RUDOLF GRABER

DIE BASLER FÄHRENGESCHICHTEN

Mit Zeichnungen von
IRENE ZURKINDEN

FRIEDRICH REINHARDT VERLAG BASEL

Umschlaggestaltung: Ruedi Reinhardt, Basel
Umschlagzeichnung: Irène Zurkinden, Basel

Printed in Switzerland
Satz und Druck:
Friedrich Reinhardt AG, Basel
© 1985 by Friedrich Reinhardt Verlag, Basel
Alle Rechte vorbehalten
ISBN 3 7245 0548 5

INHALT

BASLER FÄHRENGESCHICHTEN 7

ERSTE ÜBERFAHRT 9
Die Geschichte von der Wassergrube 10
Die Geschichte von der Beerdigung 20

ZWEITE ÜBERFAHRT 25
Die Geschichte von der Meerschaukel 26
Die Geschichte von dem Holzscheit 35

DRITTE ÜBERFAHRT 48
Die Geschichte vom lieben Gott 48
Die Geschichte vom Vorhang 53
Die Geschichte von dem Spitzentüchlein 58

VIERTE ÜBERFAHRT 60
Die Geschichte von der Telefonkabine 60
Die Geschichte von der Arbeiter-Riviera 64
Die Geschichte von dem Trambilleteur 70

FÜNFTE ÜBERFAHRT 77
Die Geschichte von dem tapferen Ehemännlein 78
Die Geschichte von der Wasserleiche 83
Die Geschichte von dem feuerroten Kardinal 93

NEUE BASLER FÄHRENGESCHICHTEN 99

ERSTE ÜBERFAHRT 101
Die Geschichte von dem angeschossenen Täublein 102
Die Geschichte von dem Raubmörder Studinger 109
Die Geschichte von der Brautfahrt 114

ZWEITE ÜBERFAHRT 123
Die Geschichte von dem unbelehrbar Glücklichen 126
Die Geschichte von der Verfolgten 132

DRITTE ÜBERFAHRT 144
Die Geschichte von Anneli Busenhart 146
Die Geschichte von dem zweigeteilten Mädchen 151

VIERTE ÜBERFAHRT 155
Die Geschichte von den Wasserläufen 156
Die Geschichte vom Waldspaziergänglein 161

FÜNFTE ÜBERFAHRT 169
Die Geschichte von der goldenen Nase 170
Die Geschichte von dem erkaltenden Mädchen 176

DIE LETZTEN BASLER FÄHRENGESCHICHTEN ... 183

ERSTE ÜBERFAHRT 185
Die Geschichte von der nächtlichen Heimsuchung 187
Die Geschichte von der Werkhütte 192
Die Geschichte von dem Rotschwänzchennest 200

ZWEITE ÜBERFAHRT 208
Die Geschichte von der Degustation 209
Die Geschichte von der weissen Ratte 220

DRITTE ÜBERFAHRT 229
Die Geschichte von der Schülerversicherung 230

VIERTE ÜBERFAHRT 259
Die Geschichte von dem weinroten Pullover 260

BASLER
FÄHRENGESCHICHTEN

ERSTE ÜBERFAHRT

An einem warmen Juniabend fuhr eine Fähre zu Basel über die sonnige helle Rheinmitte in den grünklaren Schatten der alten linksufrigen Häuser. Das Schifflein bummerte an den Landesteg, alles Volk stieg aus – nur ein Männlein von sechzig Jahren blieb in einer Wolke süssesten Weingeruches beharrlich sitzen.

Sogleich drängte eine Menge neuer Rheinfahrer fröhlich in das Schifflein und füllte die zwei Längsbänke – das Männlein aber tat nach wie vor keinen Wank, es gluckste nur von Zeit zu Zeit leise und glücklich in seine Brust hinein.

Jetzt fasste der Fährmann den Eisenhebel mit dem Seil, er brauchte ihn nur herumzuwerfen und das Schifflein stiess vom Ufer; aber er wartete diesmal noch und sprach zu dem Männlein:

«Wie haben wir es, Berty? Übernachtest du auf der Fähre? Oder steigst du heut noch aus? Wie oft bist du jetzt schon hin und her gekreuzt? Weisst du's überhaupt noch?»

Das alte Männlein hob seine violettliche Nase, einen kräftigen Storzen mitten in seinem welken Gesicht, von der Elfenbeinbrücke seines Stockes und antwortete dem Fährmann:

«Wenn es dir nichts ausmacht, so fahr ich auch diesmal noch mit. Das Rheinlüftlein bekommt mir über alle Massen gut, und der Schritt aus dem Schifflein auf den Fähresteg über das grüne tiefe Wasser ist mir plötzlich merkwürdig verhasst. Es kommt vom Alter.»

«Vom Alten, meinst du?» rief der Fährmann.

Da lachte ein mächtiger Spenglermeister und sagte:

«Es ist nicht jedem gegeben, übers Wasser zu schreiten, auch wenn der Geist in ihm ist. Ich hab es damals gedacht, als es beim Bahnhof draussen brannte.»

«Wieso?» fragten gleich ein paar neugierige Rheinfahrer und streckten ihre Nasen her.

«Nun», antwortete der Spenglermeister, «ich will es euch gern berichten, wenn ihr ‹die Geschichte von der Wassergrube› hören wollt.»

Und er streckte seine Beine noch einmal so lang über seinen Werkzeugkasten, rückte den grünen verschwitzten Filzhut aufgeräumt aus der gleissenden Stirn und begann also zu berichten:

Die Geschichte von der Wassergrube

«Es war an einem Sonntagabend im Spätherbst, da brannte zwischen den Geleiseanlagen des Güterbahnhofs eine riesige Früchtehalle nieder. Die Leute strömten aus allen Seitenstrassen herbei und stauten sich auf den Dämmen und Brücken hoch über den Schienenwagen. Es war schon halbdunkel, die Feuermassen lohten aus dem Düster der Regennacht herüber und überzuckten mit rotem Blacken die Köpfe der Gaffsüchtigen, die dicht ineinandergeschoben nach einem Ausguck vorn an den Eisengeländern rangen. Ich war nicht einer der ersten und auch keiner der letzten, die herkamen; es war bei meinem Hinrennen eben noch hell genug, dass ich im Strassenrand ein Loch bemerkte, etwa so schmal und lang – sagen wir wie ein grosser Sarg; gestern Samstag von Arbeitern bei hellem Wetter ausgehoben und sorglos ungedeckt gelassen, aber mittlerweile bis oben hin vollgeregnet, platschvoll von einem zum Greifen dicken Lehmwasser. Die heranströmenden Leute wichen dem Wasserloch alle aus, es konnte sehr tief sein, und drängten mit gereckten Hälsen und Kinnen nach vorn. Mittlerweile wurde es immer düsterer, der Feuerqualm aus der Tiefe platzte unter Schauern von hellen Goldfunken auseinander, das brennende Dach sank uns gerade gegenüber ein, eine weisse Gluthölle pfiff zwischen Mauern und Dachsparren heraus, viele Leute stöhnten auf, immer dichter und tiefer wurde die Menschenmauer, nur eben die Stelle mit dem Wasserloch blieb in der Masse von Vorwärtsdrängenden hübsch vorsichtig ausgespart. Ich stand in der Nähe des Lochs, ein paar Schritte davon, andere waren näher. Auf einmal vernahmen wir trotz dem Knattern des Feuers das Klingeln rutschender Steine und ein Aufgurgeln des klebrigen Wassers, und als wir herumfuhren, sahen wir im Halbdunkel einen feierlich gekleideten Greis bis über die Hüften in dem Wasser stehen etwa in der Art eines amerikanischen Missionars, der in gesetztem Alter im Mississippi Taufe hält; die Schösse seines schwarzen Gehrocks schwammen um ihn auf dem gelben Wasser, er wackelte immerzu wortlos und missbilligend mit dem schlohweissen Bart hin und her, schliesslich hob er vorsichtig mit einer langsamen Bewegung seine zwei tropfenden Rockschösse von dem Wasser ab und hinter sich empor. Wir sprangen ihm bei, ihn aus seiner misslichen Lage zu befreien. Allein kaum hatten wir ihn unter den Armen gefasst, so liess er seine zwei Frackschösse wieder ins Wasser plumpsen und holte zu einer fürchterlichen Ohrfeige aus, die uns Helfer alle hineingeschmettert hätte, wären wir nicht schnell zurückgewichen.

«Das hän Si absichtlig do, Si Saupack», schrie er. Sein Gesicht verknitterte sich förmlich vor Wut, seine Nase war auf einmal aufgestülpt oder zurückgeknackst wie die eines bleckenden Hundes; er erinnerte mich in seinem Wasserloch, ohnehin nur zur Hälfte sichtbar, an einen bösen Nöck mit seinen greulich funkelnden Augen, die jetzt mit einemmal von ganz schwarzen Zirkeln umgeben waren. Plötzlich schwang er sich mit der erschreckenden Geschmeidigkeit eines Tieres aus dem Wasser, stand, betrachtete seine Hose, die jetzt allerdings bis unter den Gehrock aus gelbem

Khaki geschneidert schien, schrie noch einmal jählings, indem er seine Faust gegen uns schwang: «Das wärde Si mir alli biesse miesse», und machte sich, zur Hälfte gelb, zur Hälfte rabenschwarz, über die Strasse davon.

Als er etwa in der Strassenmitte war, rief ihm jemand nach: «Si – Ihre Rägeschirm hän Si glaubi no vergässe!»

Und wirklich, der Regenschirm schwamm, peinlich glatt gedreht, mit einer goldenen Zwinge, die Nase in das Dreckwasser gestreckt, mitten in dem viereckigen Tümpel.

«Bhalte Si en!» schrie der ergrimmte Greis, und schon bückte sich ein derber Brauereiarbeiter umständllich danach, da besann sich der Herr doch noch eines Bessern und rief: «Nai, gän Si mer en här!»

«Nämme Si en nur!» sprach der Brauergeselle gefasst und richtete sich denn wieder auf.

Nun fingen die Leute ringsumher, die sich von dem Brandunglück abgewandt und der kleinen Wasserkatastrophe zugekehrt hatten, alle ein wenig an zu lachen, so ganz verschämt und behaglich aus dem Herzgrüblein herauf, und lachten verstohlen und ein wenig geniert weiter, bis der erboste Mann seinen Regenschirm unter einigen Schwierigkeiten aus dem Teich gefischt hatte und mit hellen Drohungen abgezogen war.

Mittlerweile war es der Feuerwehr gelungen, mit ein paar Spritzenwagen über die Geleise vorzustossen; Riesenleitern schoben sich in den nächtlichen Brandhimmel; an einer der Leitern sahen wir im Dunkel das Goldfunkeln eines Helms rasch emporklimmen; alles streckte sich auf die Zehen; auch ich veränderte meinen Standort und kam jetzt dicht neben das Loch zu stehen, das immerzu einen dunklen Einschnitt in der hinteren Menschenmauer freihielt.

Dabei streifte ich aus den Augenwinkeln ein Liebespaar, blutjunge Kinder noch, die eben von einer Wochenendwanderung schwerbepackt heimkehrten; er in kurzen Samthosen, die Knie krebsrot aus den wuchtigen Wadenstrümpfen leuchtend, Klötze von Bergschuhen an den Füssen; ein Sennenkäppli auf dem Haarwulst des Hinterkopfes, sie desgleichen; und beide Gebirge von Rucksäcken aufgetürmt über den Schultern. Sie traten Hand in Hand näher, ihre schönen jungen Gesichter glänzten wie metallene

Masken im Feuerspiel, ihre Augen glänzten noch heller, als sie der Feuerqualm malen konnte; ich sah bescheiden wieder weg in den Flammenstrudel hinüber, sie in ihrer versunkenen Feuerseligkeit nicht zu stören; denn jetzt lehnten sie sich verstohlen aneinander, und ich spürte ihren Leibern und Seelen an, wie sie in dem Glutenmeer versanken und alle Flammen mitten durch sie hindurch schlugen – auf einmal hörte ich wieder dies verfluchte Steinklirren und Wasserschlabbern, schoss herum, und sapperment! sank eben der junge Bursche mit Rucksack, Windjacke und Blumenstrauss darauf rücklings in die Wassertiefe. Das Mädchen stand einen Augenblick entsetzt allein oben, ihre Knie wankten, ihre Hände schlugen sich im Schoss übereinander – und schon liess sich das dumme Ding besinnungslos mit weichen Knien hinter dem Knaben dreinsinken. Sie drückte ihn im Stürzen vollends unter Wasser, sein frisches blondes Gesicht versank völlig in dem Dreck, ja ihres, das sie dicht auf seinem liegen hatte, auf einen Augenblick mit. Jetzt kamen sie beide wie die Schwäne wieder unter dem Wasser hervor; hockten noch bis an die Schultern mit ihren schweren Rucksäcken im Wasser und fingen beide gleichzeitig mit offenen Mäulern und klebrigen Gesichtern aus ihren weit aufgerissenen Kehlen heraus zu lachen an, dass es nur so schetterte. Und hopp, hatten wir das liebe Pack aus dem Loch gerissen, sie schüttelten sich beide wie die jungen Hunde, auf einmal packten sie sich an der Hand und rannten holterdipolter davon.

Jetzt war die Reihe zu lachen an uns, das besorgten wir weidlich, bis drüben von der äussersten Höhe einer der Leitern ein feiner weisser Wasserstrahl die Nacht zu durchstechen begann und, sich auf halbem Wege auseinander schüttelnd, in die Feuermassen tropfte. Andere Strahlen schossen hinüber – alles staunte und werweisste – und doch ertappte ich mich über einer kleinen Neugier, wer wohl als nächster an den Rand des Loches treten werde.

Die zerstäubten Wasserstrahlen richteten gegen das donnernde Feuer nämlich nicht mehr aus als ein Holderkügeli gegen einen Löwen. So hatten wir bald wieder Zeit, einer Gruppe junger Berner Burschen zuzusehen, die eben angeheitert aus der nächsten Wirtschaft strömten. Es waren Hornusser, Knechte und Bauernsöhne, die heut auf den abgeernteten Feldern vor der Stadt sich im Wettkampf mit Basler Hornussern gemessen und offenbar einen

Bombensieg davongetragen hatten. Denn der vorderste der Gesellen, ein toller Bauernbursche mit einem Kranz dunkelbrauner Locken unter seinem zurückgeschobenen grünen Fähndrichshut hervor, schwang allen vorbeieilenden Mädchen und jungen hübschen Frauen das grüne schwere Tuch seiner vermöglichen Fahne liebkosend um die erschreckten Gesichter und winkte und klingelte der ganzen Welt fröhlich mit dem Goldkranz, der an der kostbaren Fahnenspitze hing. Die andern hinterdrein fochten und klepften mit ihren riesigen Wurfschaufeln gegeneinander los oder erschreckten mit ihren eschenen Schlaggerten, die sie wie Schlangen durch die Luft schüttelten, männiglich rings umher. Sie waren selige Sieger und Trunkene, ihnen gehörte die Welt, was kostete der ganze Basler Bahnhof?

Sie wurden durch das Feuer zu uns herüber gezogen; und der Fähndrich hielt, wie von einer gütigen Hand zurückgehalten, fünf Schritte vor dem Wasserloch inne, das im Dunkel ein Uneingeweihter längst nicht mehr sehen konnte. Da stand er und schrie: «Ja, dir Basler! Dir liessit ringer d'Häng vom Züserle, statt da so nes Fürli a z'gattige. Dir dunders Hagle vermögit's ja doch nümme z'lösche. Zletscht am Änd syt er no froh über üs Bärner Chrigle, dass mir nech häuffe z'Stedtli lösche, we's nech scho fascht s'Härz abdrückt het, dass mir nech das goudig Chränzli da gstryzt hey, he?»

«Jä uff euch Bärner häm mer alli gwartet», rief ein Kleinbasler Bursche, der die Hände in den heruntergerutschten Hosen, einen Gürtel um den kümmerlichen Bauch und eine Zigarette im Gesicht, in Sicherheit hinter dem unsichtbaren Wasserloch stand. «Mer händ scho eine welle schigge gon ych hole. Aber jetzt sind er jo zum Glück sälber ko!»

«Wird de numme nit fräch!» sprach der Berner, und seine Stimme nahm jählings einen ganz hellen gepressten Klang an vor Zorn. «Sones brings Bürschli wie du eys bisch, chlepfen ych wie ne Hornus i d's Für da übere!»

«Hesch der Ydrugg, dass de no öppis triffsch?» sprach der Kleinbasler gelassen und bemass den Abstand über das Wasserloch her.

«Di ämu scho, du uverschante Blagöri», schrie der Fähndrich, «di rüeren ych vo blosser Hang i d's Für», tat zornfunkelnden

Gesichts einen Schritt, trat wie Petrus auf das Wasser und versank vor unser aller Augen aufstrudelnd in der Tiefe. Er musste just die abgründigste Stelle des Baulochs erwischt haben: er versank bis über den Scheitel in den Wogen, und von der ganzen Herrlichkeit war eine lange Weile nichts mehr zu sehen als der grüne Fähndrichshut mit der rosa Straussenfeder, der ob dem versunkenen Manne traurig suchend herumschwamm, und die Spitze der Fahne mit dem Goldkränzlein. An der Fahnenspitze aber konnten wir ablugen, dass der Mann in der Tiefe noch lebte. Denn sie hielt sich erst eine Weile senkrecht, was sie von allein nie getan hätte, und es war klar zu ersehen, dass der Unglückliche in der Tiefe sass und mit seinen Riesenschultern festgeklemmt hing; auch zitterte er mit der Fahne ein wenig, keiner wusste, ob aus Schmerz oder Ingrimm.

Auf einmal aber versank das Banner im Wasser, und über seinen Schaft herauf kam der Berner geklettert. Die mächtigen Fäuste seiner Chrigu rissen ihn heraus, die Fahne aber, die der Fähndrich als Sprosse benutzt, blieb verschwunden. Die grossen Bauernburschen warfen sich voller Verzweiflung rings ums Loch auf die Knie, stülpten die Hemdärmel zurück, ja einzelne fuhren mit geschlossenen Hemdärmeln im Brei umher, endlich zogen sie die ganz unscheinbar gewordene Fahne hervor, die goldgelb tropfte – doch da fehlte erst noch das Kränzlein dran. Aufs neue warfen sie sich hin, stocherten mit der Fahnenspitze auf dem Grund des Gewässers herum; der Fähndrich stand und gluckste ein wenig an einem kleinen heulenden Elend; der Kleinbasler Jüngling aber, der natürlich am schärfsten den Untergang des Fähndrichs beobachtet hatte, kriegte einen alten Stock geliehen und brachte an dessen Griff wahrhaftig das munter tropfende Kränzlein wieder in den nächtlichen Feuerschein herauf – der Fähndrich fiel ihm vor Dank und Schwäche um den Hals und bat ihn um Verzeihung, wobei der dunkel gekleidete Kleinbasler vorn herunter gleichfalls dottergelb gefärbt wurde – schliesslich zogen sie alle samt wieder der Wirtschaft zu, woher sie gekommen, der Fähndrich gestützt von seinem vorherigen Kampfgegner und immer ein wenig geschüttelt vom Elend.

Auf den Stufen zur Wirtschaft hinauf aber wurde die Schar noch unwillentlich die Ursache einer kleinen Tragödie. Ein alter Mann mit einer grossen Pappschachtel in der Hand wollte im Heruntersteigen dem stattlichen lärmenden Haufen erschreckt und kleinmütig ausweichen; aber er verfehlte den Tritt und stürzte, ein Bild des Jammers, immer seine verschnürte Schachtel hochhaltend, der Treppenmauer entlang auf den Strassensteig. Eine dunkel gekleidete kleinere Frau kam hinter ihm drein und begackerte heftig und – aus den stossartigen Bewegungen ihres Kopfes zu schliessen – mit aller Bösartigkeit den Sturz ihres Gefährten. Sie half ihm auch nicht aufstehen, obgleich der alte Mann grosse Mühe hatte, sich an der Mauer hochzurappeln. Als er nun aber wieder stand, mit hinaufgerutschter Weste und verschobenem Frack, da fing der arme alte Kerl auf einmal über die Strasse davonzusteuern an und mit verklärtem emporgehobenem Gesicht mitten auf unsern Brand los. Es war klar: der Alte war betrunken. Aber als er nun, magnetisch von der Feuersbrunst gezogen, sich uns näherte, erkannte ich in seinem schlohweissen blutleeren Gesicht bei aller Trunkenheit so viel Züge feiner Vornehmheit und Verzweiflung, dass ich wohl ahnen konnte, vor wem er sich in den Wein geflüchtet.

Seine Frau nämlich kam dicht hinter ihm drein geschossen, ein untersetztes kräftiges Biest, bis zum Bersten gefüllt mit Bosheit und Galle. Bald versuchte sie ihn mit kneifenden Griffen festzuhalten, bald, da er immerzu vorwärts drängte, gab sie ihm Knüffe; schliesslich stiess sie ihn in den Nacken, dass das arme weisse Gespenst vornüber sank. Mehrere wackere Arme bewahrten ihn vor dem Sturz ins Wasserloch, und ein paar ruhige Stimmen bedeuteten der Frau, sie möchte mit dem armen Menschen nicht so unflätig umgehen.

«Was unflätig?» schrie sie. «Was sufft er sich wieder voll und gheit mit däre Schachtle voll Eier dert d'Stäge-n-ab. Wieviel wärde no ganz si drin, du Dotsch?»

«I ha si jo gschänggt biko», sagte der Alte leise und sah immerzu wunderbar verklärt in die Feuerwolken, die über unsern Häuptern hochstiegen.

«Gschänggt oder nit, wäge däm gheit me nit dermit e Stäge-n-ab und macht si kaputt!»

«Das ka jedem emol passiere, dass er neime abegheit», sprach jetzt ruhig ein riesengrosser Mann, den ich schon als Tambourmajor an der Fasnacht gesehen hatte. «Sie zum Byspiel gheie jetze denn no in das Wasserloch, wenn Sie nit wyche.»

«Was ghei i?» schrie sie giftig, und wumm! – fuhr sie in die Wasserflut. Bis unter die Brust stand sie in dem Mus und schlug vor Schreck und Kälte den Kopf mit aufgeklapptem Mund rückwärts.

Ihr Mann sah sie völlig unbesinnlich an und sprach ängstlich tröstend zu ihr: «Villicht sin d'Eier gar nit kaputt. S'Elsi het doch Spreyer drum do!»

Wir hoben den triefenden Weibstropfen aus der Wassermulde hoch und hatten sie eben wieder auf die Beine gestellt, da ging eine Bewegung und ein Raunen des Schreckens durch viele der Umstehenden. Einzelne fingen an, sich fluchtartig durch die Dunkelheit davon zu machen. Ich blickte auf, und auch mich durchzuckte ein Schreck: der khakigelbe Greis, der uns so fürchterlich bedroht hatte, kam, einen Polizisten neben sich, mit glühender Schadenfreude in den dunkel umränderten Blicken, auf uns zugeschritten.

Der herbeigelotste junge Krieger für Sitte und Recht trat ernst forschend in unsere Mitte. Er war in die neue Uniform der Basler Polizei gekleidet, die eben damals an die jüngsten und zahlungskräftigsten Mitglieder ausgeteilt wurde, während die älteren Familienväter sparsam ihre schwarzen Hosen und grünen Waffenröcke noch austrugen. Ich hätte eine Wette gemacht: der junge Held trug jenen Sonntag seine märchenblaue Uniform zum erstenmal. Sie war ein Traum. Sie kam zu uns aus einer andern Welt. Indien – raunte die Uniform – englischer Offizier – Dschungel – weisses Weib... Sie war stärker als der junge Basler darin. Sie hatte ihn verzaubert. Sie hatte ihn über sich hinausgehoben. Er war ein höheres Wesen geworden, ein besseres Wesen, ein ernster Rächer aller Verfolgten. Schmerzerfüllt über das viele Unrecht, das in der Welt immer wieder geschehen musste, blickte das schmale gespannte Antlitz in uns dunkle Menschen hinein, die wir schuldbewusst dastanden. Von dem Tropenhelm blitzten die zwei silbernen aufspringenden Löwen, die das Stadtwappen hielten, auf uns herab wie zwei apokalyptische Tiere der letzten Gerechtigkeit.

Und dieser junge strenge Gott musste nun ausgerechnet auch noch in das tiefe Wasserloch hineintreten. Sei es, dass er geblendet war durch die weisse Feuerwand, die eben aus dem Sturz der vordern Gebäudemauer lotrecht emporwallte – sei es, dass der böse Alte, der ihn am Ärmel hergeleitete, ihn absichtlich ins Verderben treten liess: auf einmal versank der junge Kämpfer in edler aufrechter Haltung in der Pfütze.

Auch im Elend jedoch verlor der Erprobte seine Fassung nicht. Als ein paar Vorwitzige kicherten, sprach er aus der Tiefe ernst zu uns: «Isch das zum Lache?», worauf wir alle betroffen schwiegen und ihm recht geben mussten, ja sogar schüchtern die Arme ausstreckten, ihm wieder emporzuhelfen.

Allein er verschmähte unsere Hilfe, stemmte sich vielmehr mit einem kunstvollen Hub wieder aufs Trockene und ging nun mit triefenden Hosen ohne ein weiteres Wort in vornehmer Gefasstheit durch die Menge davon, ohne sich mehr um den verärgerten Greis zu kümmern.

In dem Augenblick tutete eine neue dunkelrote Feuerspritze auf unserer Strasse heran, alles stob vor dem Ungeheuer auseinander, ich sah auf der Flucht eben noch auf einen Augenblick den feinen betrunkenen Alten mit der Eierschachtel in der Hand seine zähneklappernde Frau aus dem Gedränge retten. Das ist die Geschichte von der Wassergrube. Und wer jetzt nicht hat lachen müssen, der zahlt einen Fünfliber.»

Nein, zu zahlen brauchte niemand. Sie wischten sich alle die nassen Lachmäuler trocken. Die alte Wurzel von einem Männlein aber sprach bedächtig durch sein Glucksen hindurch:

«Was aus euch klingt, das ist leider die sogenannte Schadenfreude. Diese aber verdirbt den Charakter. Wieviel Schöneres wüsste ich euch zu berichten, das mir erst heute nachmittag widerfahren ist – reine Herzensfreude – aber das hier erzählen, das hiesse denn doch wohl –»

«Was denn?» riefen mehrere Leute, « – etwa gar die Perlen vor die Säue werfen?»

Das wollte das Männlein nun doch nicht gemeint haben; viel mehr rückte es sich emsig zurecht, räusperte sein blühendes Weindüftlein über das ganze Schiff und sprach: «Wenn ihr mich denn dazu zwingt, so will ich euch die ‹Geschichte von der Beerdigung› beileibe nicht vorenthalten. Wir stocken ohnedies beinahe im seichten Wasser. Bis der Fährmann seinen Stachel hervorgeholt und uns ans Land geschoben hat, komme ich schon noch zu Ende. So hört denn!»

Die Geschichte von der Beerdigung

«Sass ich alter verlassener Knabe heut nachmittag auf einen Becher im Bahnhofbuffet dritter Klasse – ich muss alle paar Tage wieder Bahnhofluft atmen und unter Eisenbähnlern sein, es drückt mir sonst das Herz ab, seit ich pensioniert bin – früher war ich ja nicht so scharf drauf, als ich noch selber in der Gepäckausgabe arbeitete – aber jetzt – so ist der Mensch... Ich sass also da, schaute so froh und so traurig durch meinen Brissagorauch hindurch, wie man wohl immer schaut, wenn einen die andern nicht mehr brauchen können und doch noch ordentlich für einen sorgen; die Sonne schien durch das goldene Glasdach des Bahnhofs und durch die obern Scheiben der Gasthalle mir so recht warm aufs Häuptlein – ei sieh – kam da nicht zwischen Kleiderständern und Tischen mein guter alter Kollege Dieter Steiner einhergeschritten? Wir hatten nie viel Getue gemacht von Freundschaft und so miteinander, nein, das nicht; ich wusste kaum recht, mit wem er verheiratet war, ob er Kinder hatte oder keine – aber seit wir beide Rangiergehilfen gewesen waren: – wir hatten einander einfach gern, lachten uns von Herzensgrund in die Augen, wenn wir uns sahen, drückten einander den Kellen, einer schlug dem andern auf die Schulter: Salü, Thommen – salü, Steiner – jeder trug ein heiteres Gemüt vom andern davon. Er war später Lokomotivführer geworden, eine kleine Erbschaft hatte ihm die Ausbildung ermöglicht – ich kam ins Gepäck – so verloren wir uns allgemach im Lauf der Jahre aus den Augen.

Freude ging darum durch mein Gemüt, als ich ihn so daherschreiten sah – er war ja mittlerweile wohl auch pensioniert worden – jetzt hatte er sicher Zeit für mich wie ich für ihn – ich winkte ihm denn herzlich über die Köpfe, war so halb aufgesprungen und winkte – jetzt sah er mich, aber er fasste mich fremd und entsetzt ins Auge, wurde über und über fahl, drehte um und schwankte zwischen den Stühlen und Tischen davon so schnell, wie nur ein grosser schwerer alter Mann davonbeinern kann.

Potz Herrgott – was war nun das? Ich schnell mein Fränklein auf den Tisch geschmettert, den Hut erhascht und hinter ihm drein – und erwisch ihn eben noch zwischen Tür und Angel, wie er aus der Schalterhalle entweichen will. Ich fass ihn vorn am Rockknopf, lug ihn mir durch und durch – und wie ich ihn so halte, sinkt er mir ein wenig rückwärts an den Türpfosten, die Augen halb zu – und mit den Fingern fasst er mich unterm Ohr am Hals und kneift mich ein wenig, zwei- dreimal, und jetzt hier unten an der Kinnlade, und schliesslich sagt er: «Bist ein Toter und holst mich ab hinüber – oder lebst du am Ende noch, Thommen?»

«Jetzt s'Guggers abenander», rief ich, «hoffentlich werd ich noch leben, du wirst mir's nicht vergunnen, Steiner, du bist nicht der Mensch dazu.»

«Vergunnen», sprach er und schüttelte den Kopf wie ein Vergaster, «aber wir haben dich doch vor vier Wochen beerdigt.»

«Mich?» schrie ich. «Bhüetis der lieb Süess. Davon ist mir nichts bekannt geworden. Es hätte mir doch auch auffallen müssen. Oder nicht?»

«Du sagst also, du lebst», sprach er mit einem letzten misstrauischen Blick in mein Gesicht. «Du riechst auch nach Bier und Brissago, was ich von Toten noch nie gehört habe. Aber was sagst du dazu?»

Damit holte er aus seiner Brieftasche eine Todesanzeige; sie war aus einer Zeitung ausgeschnitten; danach war ein Hubert Thommen den 25. Mai gestorben; Schalterbeamter der SBB.

«Wir sagten dir doch immer Berty», sprach Steiner, «ich dachte nichts anderes, als du seist es.»

«Albert heisse ich», entgegnete ich ihm, «ich bin auch über die Gepäckabfertigung nie hinausgekommen. Aber du wirst doch nicht gar noch an meiner Beerdigung gewesen sein?»

Steiner starrte auf seinen Zettel in den Händen, zögerte, schliesslich sagte er: «Doch. Auch das noch.» Und nach einer Weile: «Ich hab dich immer gern gehabt, Berty, ich weiss nicht warum – von der ersten Zeit an, seit wir zusammen gebremst haben da draussen, unter allen Kollegen. Ich dachte: Nun will ich ihn doch noch einmal sehen. Ich hab mich so lang nicht um ihn gekümmert, weiss nicht, was aus ihm geworden ist. Unterwegs zum Friedhof, da kam mir so alles wieder, was du für ein herzguter Mensch zu mir gewesen bist – ich war doch so gross immer, alle lachten mich aus, ich habe ja vielleicht etwas von einem Orang-Utan an mir gehabt, damals – die Arme so voll Haare – nein, nein, jetzt natürlich –. Du hast mir auch einmal deine Fausthandschuhe geliehen, im Winter – nachts. Mir war ein Stück Haut an der Bremse kleben geblieben, in der Kälte, weisst du. Du bandest mir dein Taschentuch darüber, ich musste deine Handschuhe nehmen – dann sprangst du auf die Wagen und bremstest bis morgens sechs – ich bediente die Weichen mit den Ellbogen – nein, leugne es nicht, das prägt sich einem Menschen ein. Als ich durch den Gottsacker ging und dann so langsam und schwer die breiten Treppen hinauf zu den Abdankungshallen, da stieg ein Pfarrer neben mir hinauf, der schnaufte gleichfalls, und ich schnaufte – schliesslich fragte er mich, ob ich auch an deine Beerdigung gehe. Ich sprach ja und ob ich ihm für seine Abdankungsrede nicht ein Wort über dich sagen dürfe, was vielleicht niemand mehr wisse von dir. Freilich, sprach er, wohl, wohl, und ich erzählte ihm das von den Fäustlingen, wie du dir beide Hände erfroren – fast erfroren; auch von deinem Kaffeekännli in den Winternächten und so. Er brachte sie richtig nachher zur Sprache, Berty, deine Wollfäustlinge – er sagte zwar Pelzhandschuhe: weisst du, ausgerechnet Pelzhandschuhe für uns Rangierer – aber was tat's? Es ging ein Weinen und Kämpfen durch die Trauergemeinde – du hättest es hören sollen, Berty, du wärst für den Rest deines Lebens gerechtfertigt gewesen.»

«Aber», sagte ich, «wolltest du mich denn – nicht noch einmal sehen – als Toten... Ich meine nur... da wirst du doch...»

«Natürlich wollte ich dich sehen. Ich ging auch vor der Abdankung den langen Gang durch mit all den Holztüren, wohinter die Toten liegen. Eine Kabine war aufgeschlossen, deine Kabine, Berty – eine Menge Volks stand davor, SBB-Beamte, Verwandte; alle ein wenig steif und zurückgelehnt; es fehlte so etwas – kurz und gut, ich ging also mit meinem – ich ging auf die Witwe los, die da in der Mitte stand: übrigens in dem schwarzen Schleier und Hut und mit dem rotgeweinten nassen Mund die herzigste Frau, die du dir denken kannst, zum Anbeissen – wohl eine Welsche der Rede nach. Zu ihr ging ich und drückte ihr die Hand und sagte ihr, wie lieb ich dich... was für ein treuer Freund du... aber was brauchst du zu wissen, was ich von dir sagte – kurz: dein armes Fraueli, das erst ganz verschüchtert in der kühlen Gesellschaft gestanden, es nahm auf einmal meine beiden Hände und fing laut heraus an zu weinen und bog ihr Gesicht auf meine Hände und wollte sie nicht mehr loslassen – und ich von ihr weg taumle in die Zelle hinein, wo du lagst, Berty, hinter einer gläsernen Wand – ich hab dich also –»

«Du hast mich nicht wieder erkannt?»

«Nicht deutlich, nein... die Blumen und Kränze... und die seidenen Schleifen mit den Inschriften... nein, ich...»

«Gut», sprach ich und schneuzte mich, «aber nun möchte ich nur eins wissen von dir, Dieter: du wirst mir doch nicht auch noch einen Kranz hinausgenommen haben auf den Friedhof – es wäre zuviel getan für mich alten Burschen.»

«Ich hatte unterwegs so an alles gedacht, Berty, da wir noch Bremser waren: wie wir uns jedesmal zuriefen, wenn du auf deinem Wagen an meinem Wagen vorbeifuhrst, so keck und lustig, jedesmal einen Scherz und Spass, übermütig wie ein Eicher – oder in ein Lied ausbrachen beide gemeinsam – und wenn wir wieder an einander vorbeifuhren, waren wir beide genau gleich weit in dem Lied: da nahm ich unterwegs einen Kranz mit, aus einem Laden – daran erkannte mich just der Herr Pfarrer.»

«So. Also doch. Ich danke dir dafür, Dieter, einenweg. Waren Wachsblumen drauf oder was?»

«Nein, im Sommer... ich hatte dir Rosen... ein paar Rosen drauf genommen... so –»

«Jetzt, Dieter, will ich dir etwas sagen», sprach ich, «du bist mein Freund, nimm es mir nicht übel, ich frag dich jetzt etwas, aber mit einem bestimmten Zweck, du bist kein Knickeri und ich nicht, jetzt gönn mir ein unbefangenes Wort.»

«Du willst aber nicht –» sagte er und wurde im Gesicht wie ein Stein, ganz grau und hart.

«Dieter», sagte ich, «du gibst es doch zu, dass wir meine Auferstehung bei einem Fläschlein Wein feiern? Was du für deinen Kranz angelegt hast, das soll mein Fläschlein Wein wiederum wert sein. Schnell heraus mit dem Preis – und dann ins Buffet.»

«Sechzehn Franken», sprach er, «du Amsel du, du alte. – Aber du machst mir mit keinem Wein der Welt so viel Freude wie mit deinem lebendigen Anblick, Berty. Der wird von jetzt an jeden Tag nachkontrolliert. Ja oder nein?»

«Wer ist froher als ich alter Einsiedler?» sprach ich. –

Sie hatten im Buffet keine Flasche zu sechzehn. Wir mussten zwei zu zwölf nehmen. Die dritte zahlte dann der Dieter Steiner –

ich konnte ihn nicht beleidigen, so kurz nachdem ich vom Tod zum Licht zurückgekehrt war. Oder nicht?» –

«Ja, allerdings, nicht gut, das nun wohl nicht», pflichteten alle Leute in der Fähre bei und blickten mit heitern freundschaftlichen Augen auf das selige Männlein.

Der Fährmann sagte: «Wenn du noch einen zweiten triffst, der an deiner Beerdigung war, holst du mich auch zum Feiern ab, Berty, oder ich schau dich meiner Lebtage nicht mehr an.»

«Es sei», sprach das Männlein. Darüber polterte die Fähre an den Landesteg, ein heisser Hauch von Lindenduft fiel in das Schiff und füllte es bis unters Dach, ein Wasserreisender nach dem andern verabschiedete sich unter heitern Redensarten und trat vorsichtig oder kühn aus dem schwankenden Schiff auf den schwankenden Steg, zuletzt verabschiedete sich das totgeglaubte Männlein vom Fährmann. Aber dieser sprach: «Gib mir lieber die Hand, Berty, und lass dich halten, wenn du den Schritt übers Wasser tust. Du hast heute zuviel gegen das heilige Nass gesündigt. Einen Kranz für sechzehn Franken brächte ich Wassernickel trotz aller Liebe nicht auf für dich.»

ZWEITE ÜBERFAHRT

Das Männlein ging, und schon stak die Fähre wieder voller Leute und wollte eben abstossen – da kam der Spenglermeister mit seinem Werkzeugkasten in das Schifflein zurückgerannt. Er hatte an seiner Arbeitsstätte jenseits des Stroms eine Zange vergessen; die musste er unbedingt wieder haben.

Der Fährmamm sagte zu ihm:

«Du wärst verlumpt ohne dein Zänglein, was? Ich hab denn auch noch keinen Handwerksmeister getroffen, der andern Leuten auch nur ein vergessenes Zänglein gegönnt hätte.»

Der Spengler erwiderte:

«Dir jedenfalls hab ich den Fährbatzen noch immer gegönnt. Aber wenn du gern Leute von der Sorte kennen lernen willst, wie du sie in mir vermutest, und wie ich nicht bin, dann kann ich dir ja die Geschichte von der Meerschaukel erzählen, die ich heute erlebt habe.»

«Du weisst jedenfalls», sprach der Fährmann, «warum du mir deinen Fährbatzen bezahlst und nicht zu Fuss den Werkzeugkasten da über eine Brücke schleppst. Aber wenn du partout deine Geschichte von der Meerschaukel los sein musst –»

«Wenn du denn schon derart in mich dringst», sprach der Spengler, «so werde ich die Geschichte wohl nicht für mich behalten dürfen. Also hör gut zu, und ihr alle auch, wenn ihr wollt», sprach er lustig zu den neugierig lauschenden Wasserfahrern – «so etwas Verzwirbeltes habt ihr doch in eurem Leben noch nie gehört.»

Die Geschichte von der Meerschaukel

«Ihr wisst alle, dass es in der weitläufigen Stadt Basel ausser den grossen und berühmten chemischen Werken noch manche kleinere chemische Fabrik von einigem Namen gibt. Dagegen weiss kein Mensch viel von der Unmenge chemischer Zwergbetrieblein, die mit einer Handvoll Arbeiter aus geringen Stoffen ausgefallene Dinge herstellen, wie Haarwässerchen, Gichtmittel, Schlafpillen und dergleichen, und daran ganz heimlich und im stillen einen bäumigen Klotz Geld verdienen.

In ein solches Betrieblein oder Goldgrüblein wurde ich heute morgen gerufen und habe drin bis gegen Abend zu tun gehabt. Der Besitzer sah treuherzig aus wie ein älterer württembergischer Prediger, mit einer goldenen Brille und einem Näslein rund und knallrot wie eine hochreife Erdbeere, und somit nicht unsympathisch. Aber anscheinend bedeutete er nicht alles gegenüber seiner Frau. Die überragte ihn um mehrere Stockwerke, und wenn auch an keinem ihrer Stockwerke das mindeste dran war, so überschattete sie ihn doch und hielt mit ihren flatternden Bewegungen ihn und alles im Betrieblein in Schrecken. Schwang sie in ihrem weiten Kleid aus graubrauner Glanzseide ihre abgezehrten Arme, so meinte ich immer, das dürre gierige Geschöpf wolle auffliegen, so sehr erinnerte sie mich an eine Geierin.

Als ich mit meinem Werkzeugkasten angekommen war, versammelte der Herr Fabrikant auf einen Wink seiner Frau Gemahlin seine Belegschaft um sich: zwei junge Burschen, eine junge hübsche Einpackerin und einen armen alten kleinen Arbeiter. Und redete sie folgendermassen an:

«Wie ihr wisst, gibt es noch kein Mittel gegen die Seekrankheit. Ich habe mich infolgedessen entschlossen, unsere Forschungen auch auf dieses Gebiet auszudehnen, und erhoffe mir einen Erfolg, der es endlich nun ermöglichen soll, die Lohnverhältnisse unseres kleinen Betriebes, die bisher leider noch nicht ideal genannt werden konnten, wesentlich zu verbessern. Doch werden die Versuche von uns allen gewisse Opfer verlangen. Da uns kein Meerschiff zur Verfügung steht, so habe ich mir etwas Besseres ausgedacht. Ich habe diesen Herrn Spenglermeister kommen lassen, der uns helfen soll, eine Meerschaukel aufzuhängen, worauf keine Windstillen unsere Versuche lahmlegen werden. Ihr seht hier die Platte meines Billardtisches. Da ich längst nicht mehr Billard spiele –»

Hier streifte sein Auge unterdrückt die Kinnlade seiner Frau.

«– so habe ich sie auf dem Estrich abmontieren und hier herunterschaffen lassen. Ihr habt bereits, ohne zu wissen wozu, in die vier Ecken diese vier gewaltigen Schraubenhaken eingetrieben. Daran sollen vier Seile die Platte vom Boden heben. Die Seile wird uns der Herr Spenglermeister sachgemäss an der Decke oben befestigen an vier Haken, die vielleicht ein wenig näher beisammenstehen als die Ecken meiner Tischplatte. Denn je näher die vier Haken an der Decke beieinander stehen, desto leichter werden wir unserer schwebenden Platte auch noch eine kreiselnde, eine um sich wirbelnde Bewegung geben können, da das Meerwasser ja gelegentlich auch kreiselt oder schlingert, wie man sagt. Allein, nicht wahr? dies alles wäre noch nichts weiter als eine gewöhnliche, etwas verdrehte Schaukel, wenn wir nicht an der Tischplatte an jedem der Seilhaken noch ein zweites Seil befestigten. Jedes dieser Seile führen wir auch an die Decke. Aber wir befestigen es nicht an einem Haken – wir ziehen es dort oben über eine Rolle, lassen es auf der andern Seite wieder zu uns herniederfallen und geben jedes der Seilenden einem von uns in die Hände. Schaukelt nun unsere Billardplatte und kreiselt sie ein wenig um sich, so rufe ich: «Nummer eins – hoch!» und Nummer eins unter uns zieht erst noch die Meerschaukel an einer Ecke leise in die Höhe – und wer nun auf der Schaukel sitzt, muss einen Magen haben wie ein Tintenfisch, wenn es ihm von dem Schaukeln, Kreisen und dem Hinaufsteigen bald in der, bald in jener Ecke nicht kreuz-elendjämmerlich zumute wird. Mir wird jetzt beim blossen Drandenken schon sterbensübel. Dann geb ich unserm Mitarbeiter auf der Schaukel so lang von meinem Dröglein ein, bis wir eins gegen die Seekrankheit entdeckt haben. Und haben wir eins, so bin ich – so sind wir gemachte Leute. Ich selbst kann leider nicht mehr auf die Schaukel steigen. Ich habe mir meinen Magen längst gründlich verdorben – bei unserer gefährlichen Arbeit im Laboratorium. Es wird einer von euch dran glauben müssen. Aber erst muss die Schaukel mal hangen.»

Um neun hing sie. Wir stiessen sie zuerst leer an, gaben ihr einen sanften Fussstoss, dass sie auch noch um sich quirlte, und hoben sie dann sachte im Hinfliegen an einer Ecke nach der andern hoch. Mir drehte sich vom blossen Hinsehen bereits alles im Leib. Aber nun setzte die Frau Fabrikantin einen alten gepolsterten Armstuhl auf die grüne Billardfläche und fragte scharf:

«Na, wer steigt jetzt ein?»

Ein junger Bursche sprang auf, setzte sich behaglich mit gekreuzten Armen in den breiten Lehnstuhl, sah ein bisschen starr vor sich hin, als wir alle unter Gelächter zu schaukeln begannen, schluckte ein paarmal, wies aber im Verlaufe einer halben Stunde keine weitern Veränderungen auf, ausser dass er mit der Zeit in ein immer höhnischeres Grinsen ausbrach.

Der Besitzer sprang ein paarmal neben ihn hin, wenn er meinte, der Bursche wäre um einen Schatten gelber geworden, und fragte ihn angelegentlich, ob es ihm noch nicht schlecht würde. Aber der Bursche zuckte verächtlich mit den Mundwinkeln (er war ein Wasserfahrer vom Rhein) und liess sich weiter schaukeln.

«Ich habe meinen Stundenlohn noch nie so ring verdient», sagte er. – «Wenn ich ein Jahr lang für meinen Lohn so geschaukelt werde – prost Nelke!»

Die Fabrikantin stiess einen hellen Zornruf aus und liess ihn augenblicklich aussteigen.

Der Schaukelfahrer sagte: «Also denn nicht», und sprang verdrossen herab.

Nunmehr anerbot sich sofort der zweite Bursche (der übrigens auch ein Wasserfahrer war) und siehe, schon nach ein paar Minuten klemmte er sich um den Magen herum zusammen, bedeckte auch von Zeit zu Zeit die Augen mit den Händen und stöhnte leise – kurz, er zeigte, was er sich so ungefähr unter Seekrankheit vorstellte. Aber als der Herr Fabrikant ihm jetzt ein Schälelein brachte, woraus er geschwind ein paar Tropfen versuchen sollte, da richtete er sein Gesicht jugendfrisch aus seinen Händen empor und sagte, er denke zu viel an die Seekrankheit, drum wolle sie nicht über ihn kommen, und lehnte einstweilen die Tropfen ab. Aber wenn noch jemand mit ihm auf der Schaukel führe, mit dem er sich unterhalten und ablenken könnte – wenn vielleicht die Einpackerin mitfahren wollte –.

Die junge Einlegerin lachte laut heraus und sagte: «Stürmi!», aber sie stieg doch auf, nachdem wir die Schaukel angehalten hatten, und die beiden klemmten sich nun zusammen in den alten Lehnstuhl, sie halb auf der Lehne, halb auf seinen Knien, einen Arm um seine Schulter gelegt, und der Bursche sagte:

«Friedy, jetzt beginnt unsere Hochzeitsreise über das Meer – wenn es uns jetzt nicht schlecht wird!»

Und wir mussten ihnen antreiben wie nicht gescheit, und der Fabrikant rief immer wieder: «Eins hoch – drei hoch!», und über die entsprechende Rolle wurde sachte die erste oder dritte Ecke oder die zweite oder vierte oder gar zwei, drei auf einmal hoch und höher gezogen, und die zweie flogen durch die Lüfte hin und her, dass des Mädchens dichtes gekräuseltes Negerhaar sich aufblähte und das hübsche Kind im Schwindligwerden sein spöttisches rundes gelbliches Mulattengesicht immer wieder an der Brust des wackern Burschen verstecken musste. Aber als nach einer halben Stunde die Frau Direktor innezuhalten gebot und klipp und klar Auskunft haben wollte, ob es den zweien jetzt endlich schlecht sei, fühlte sich das Mädchen schon wieder gründlich wohl; der Bursche jedoch meinte, nach abermals einer Stunde wäre ihm todsicher übel, das hielte ja kein Mensch aus.

Der Herr Direktor drohte ihm eine Ohrfeige an und jagte ihn aus dem Lehnstuhl herunter. Und aller Augen fielen jetzt auf das arme elende Arbeiterlein, das nun allein noch übrig blieb. Es war ein Männlein gewiss von über sechzig, eins von den ganz kurzen, geringen Mannli mit den ein wenig zu langen Hosen auf den schweren Schuhen und den tapfern, aufgebrachten Gebärden, womit sie sich immer gegen irgend etwas wehren müssen, da die ganze Welt grösser ist als sie. Es hatte an seinem Seil auf Befehl wacker gezogen. Aber immer wenn dann die Schaukel in ein Schlingern hineingeraten war wie ein Schiff in einer langen Dünung, hatte es blitzschnell sein Gesicht an den Armen verstecken müssen, und wenn es wieder aufgesehen hatte, war es totengelb gewesen. Es war klar: Das war der Pionier, der die Medizin gegen die Seekrankheit entdecken würde. Der Herr Direktor sagte es ihm.

Das Männlein entgegnete: es sei sechsundsechzig Jahre alt und Vater von fünfzehn Kindern, und lasse jetzt nicht mehr den Narren mit sich machen.

Der Herr Direktor entgegnete: Aber wenn es jetzt das Ungemach der Schaukel auf sich nehme, so helfe es durch seinen Opfermut vielleicht ungezählten Tausenden vor dem Elend der Seekrankheit.

Das hartnäckige Männlein aber sprach: Es habe selber schon so viel Elend erlebt, dass es das Elend anderer ganz und gar nicht auch noch zu tragen wünsche.

Der Herr Fabrikant redete ihm jetzt zu und wies es auf das Eigensüchtige und Unschöne solcher Haltung hin, und das Männlein wurde jetzt kleinlauter und sagte: Es hätte auch noch gar nichts im Magen, womit es ihm ordentlich schlecht werden könnte.

Hier sprach der Herr Fabrikant vielleicht etwas zu voreilig: Solange das Männlein auf der Schaukel sitze, solle es immer von einem gedeckten Tisch schmausen dürfen.

Und obgleich die Frau Direktor ihrem Gatten schnell und besorgt die Hand auf den Arm legte und ausrief: «Albert!» – so beharrte er dennoch darauf.

Das Männlein indes sah traurig die Schaukel an, schüttelte den Kopf und sprach bedrückt:

«Ich bin lange schon magenkrank und kann nicht einfach essen, was man mir vorsetzt – ich muss meiner Frau immer sagen –»

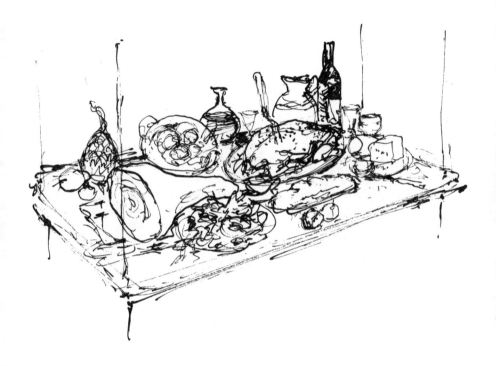

«Sie sollen haben, was Sie wollen!» rief der Direktor.

«Gut», sagte darauf das Männlein, und nun bestieg es die Schaukel.

Die Frau Direktor sprach sogleich, sie hätte noch ein wenig Morgenkaffee – wenn es den wolle – oder denn von gestern nacht noch Hafersuppe.

– Nein, sagte das Männlein, es möchte zuerst einmal Früchte: Grapefruits – davon habe es bisher nur immer reden hören – und Sommerorangen – und von den ersten spanischen Trauben.

Die Frau Direktor rief, das sei unerhört, das solle ein anderer einkaufen gehen als sie.

Darauf sprach das Männlein: Wenn sie so rede, steige er gerne wieder herunter, sehr gerne sogar – und sie musste gehen.

Sie brachte die Früchte in kleinsten Mengen, aber das machte dem Männlein nichts: es ass still und aufmerksam davon, wurde geschaukelt, ging ruhig hinaus, sich zu erbrechen, kam munterer herein als es gegangen, es hatte lustige kleine Röslein auf den Wangen – verschluckte seine Droge, verteilte die letzten Beeren der spanischen Trauben an uns Arbeiter, ja es warf ein ganzes Stielchen voll der goldhellen Beeren mit dem nettesten Schwung der jungen dunkelhaarigen Einpackerin zu, die lachend das ganze Trötschlein auf einmal in ihren Mund abbeerte.

Während der Mittagspause schlief das Männlein erschöpft auf der grünen Billardbahn seiner Schaukel. Runde Schweisstropfen standen ihm in Menge auf der noch zornig umwölkten Stirn; aber es schmatzte trotzdem im Schlafe immer wieder leise und naschgierig mit den Lippen.

Nach der halben Stunde Arbeitsruhe kam die Frau Direktorin aus ihrer Wohnung herunter und rief:

«So, frisch an die Arbeit!» und weckte das Männlein.

Dieses sagte: Jetzt möchte es auf dem Tischlein sehen: Schinken, Aufschnitt, ein wenig Käse, Tomaten und ein Essiggürklein.

Die Frau Direktorin wand sich vor Zorn, sie hielt sich mit beiden Händen an einem Seile und sah das Männchen durchdringend an.

Aber dieses sagte: Und wenn es jetzt auch wie ein Millionär da oben fahre – ein seekranker Millionär sei auch ein armer Mensch. Wenn sie statt seiner hinauf wolle – er mache ihr sofort Platz.

Sie setzte voll Zorn sofort einen Fuss auf die Schaukel. Aber die Schaukel wich – und sie holte schnell die Leckerbissen über der Gasse. Das Männlein ordnete alles viel netter auf der Platte an, als es die Frau Betriebsinhaberin getan hatte, knabberte im Schaukeln mit steigendem Interesse an den Herrlichkeiten herum, eilte rasch einmal hinaus, vom Herrn Direktor misstrauisch begleitet – aber es schwindelte nicht, es war ihm regelrecht übel geworden – jetzt schluckte es sein Dröglein, jetzt ass es mit immer grösserem Staunen weiter, jetzt kriegte es wieder die Seekrankheit und erhielt ein anderes Sälzlein; aber es sprang gleich wieder auf die Schaukel und hatte noch nicht alles aufgezehrt, da bestellte es schon zum voraus ein halbes Backhähnchen mit Nudeln und Salat. Der Direktor, in der Schaffensseligkeit eines gottbegnadeten Künstlers, schrie die Frau Direktorin an, als sie sich weigerte, das Mahl beim Küchenchef einer benachbarten Gaststätte sofort zu bestellen, und erzwang es. Als sie es auftischte, sah die Frau Direktor die Herrlichkeiten lange an, stiess plötzlich das Männlein von der Schaukel, warf sich selber in den Leidensstuhl und rief:

«Wenn schon, denn schon.»

Aber im Augenblick, wo sie ihren mageren Vogelkopf in die Speisen senkte, gaben wir der Schaukel ihren ersten Stoss, und was für einen, und zogen durcheinander an den Rollseilen wie die Glöckner an Ostern, und die Frau Direktorin stiess einen Schrei aus, sprang auf, klammerte sich an eines der Halteseile, liess es fahren und sank von der Schaukel ausgerechnet dem Männlein über den Kopf wie eine grosse Fledermaus.

Wir holten das Männlein unter ihrer magern, weit ausgebreiteten Gestalt in dem flatternden, graubraunen Glanzseidenkleid hervor, und das Männlein bestieg wie ein Sieger die Schaukel: wahrhaftig, es erglühte vor Freude. Es hieb, obgleich ihm sofort wieder liederlich wurde, ein wie ein Drescher, rief zwischendurch, erbleichend vor dem eigenen Übermut, die Frau Direktorin solle doch bitte ein Notizbüchlein zur Hand nehmen, damit sie zusammen die morndrige Speisenfolge festlegen könnten, stürzte nach dieser Ungezogenheit leichenweiss hinaus und opferte der See, kam aber doppelt geschwind wieder herein und fragte die Direktorin, was sie ihm zu gefüllter Kalbsbrust für einen französischen Weisswein empfehlen könne – kurz, die Frau Direktorin hielt es nicht mehr aus, sie eilte weg, der Direktor trocknete sich die Stirn und fragte, wie lange das Männlein wohl rechne, bis sie ihr Mittel gefunden hätten; das Männlein gab zur Antwort: Wenn der Herr Direktor nicht bald etwas Wirksameres herausfinde als die Dröglein von heute, so werde es wohl bis an sein Lebensende da oben auf der Schaukel sitzen müssen und essen.»

So endete der Spenglermeister.

Ein paar Leute lächelten, eine jüngere Dame in schwarzer Seide mit weissseidenem Hutrand sagte:

«Wenn man denn ohnehin schon übers Wasser fährt – und erst noch derartige Meerschaukelgeschichten anhören muss –!»

Nur ein grosser, dicker Mann im hintersten Hüttenwinkel der Fähre lachte unbändig, aber leise für sich hin, ein Mann mit einem weissen, dicken Knebelbart und weissen Augsbrauen unter einem grossen schwarzen Seelsorgerhut.

Der Mann räusperte sich schliesslich und gab zu verstehen, er wüsste auch noch eine erbauliche Geschichte vom Geiz oder dergleichen. Der Fährmann, der nahe bei ihm am Steuerbalken stand, sagte mit scheinheiligem Augenaufschlag:

«He ja, Herr Pfarrer, erzählen Sie nur, unsereiner ist immer einer christlichen Belehrung bedürftig –» und tauschte aus seinen wasserblauen Augen mit dem Spenglermeister einen schmerzlichergebenen Blick. Der Herr Pfarrer aber ruckte seine mächtigen Achseln ein wenig, stemmte die grossen, zähhäutigen Hände auf die gespreizten Oberschenkel, schüttelte den Kopf und sprach mit seiner tiefen gewaltigen Stimme:

«Nein, Herr Schiffsmeister, eine geistliche Belehrung erteile ich grundsätzlich auf einer Fähre nicht. Wer danach strebt, kann sie am Sonntagmorgen bei mir an anderm Orte erlangen. Es soll dort jedesmal noch für einen Fährmann Platz haben.»

«Dann will ich meiner Frau demnächst das Fähristeuern lehren», sagte der Fährmann, «so steht meiner Rettung nichts mehr im Weg.»

«Das nenne ich einen ersten Schritt zum Licht», sprach der Pfarrer. – «Nein, was ich erzählen möchte, meine Geschichte von dem Holzscheit, ist alles andere als geistlicher Art, sie ist sogar sehr weltlicher Art, aber ich hoffe, dies stosse niemanden unter uns.»

«Nein, gewiss nicht», sprach die Dame in schwarzer Seide mit dem weissseidenen Huträndlein – «Sie werden es ja wohl nicht gar zu arg treiben, Herr Pfarrer.»

«Sonst machen Sie mich darauf aufmerksam», sprach der Pfarrer.

«Ja gern», sagte die Dame, und der geistliche Herr hub atemholend zu erzählen an:

Die Geschichte von dem Holzscheit

«Vor manchem Jahr, als unsere Stadt Basel noch viel schöner war als heute – denn sie wird mit jedem Jahr um gar manches böse Stücklein garstiger gemacht – da lief von dem Wiesenfluss draussen ein frischer, lustiger, dunkelgrüner Wasserlauf quer über die Matten in unser liebes Kleinbasel herein und zum Entzücken der Kinder und wasserlustigen Alten munter blinkend und tosend unter mancher Sägerei und Mühle durch in den Rhein. Schwarzwälder Holzfäller flössten drauf ihre Stämme bis in die Sägereien vor dem ehemaligen Riehentor. Jetzt ist dieser Riehenteich aus unerklärlichen Gründen längst zugestopft und eingeebnet. Aber als ich ein junger Pfarrer war, da duftete es dem Wasserlauf entlang noch gar herrlich von dem herangeschwemmten Holz und seinen

Rindenstücken. Den grössten Holzhandel dort draussen unter einem schimmernden Dach von grünen Lindenwipfeln trieb Daniel Brandmüller, Dänni genannt, ein unbändiger Mann, ein gewaltiger Mann, ein strotzender; ein Bulle, hätte ich beinahe gesagt (aber der Herr Pfarrer hob schnell beschwichtigend die Hand gegen die Dame in schwarzer Seide, und diese nickte begütigend) – kein Fichtenstamm war dem Goliath zu mächtig, er wälzte ihn in fürchterlicher Kraft und Lust. Aber mit fünfundfünfzig Jahren unterliefen Dänni die Augen blutigrot, die Adern an seinem Hals traten wie fingerdicke Seile hervor; stieg er über ein paar Stämme, wurde ihm schwindlig, dass er sich niedersetzen musste; ging ihm beim Werken das geringste gegen den Strich, so hätte er in einem unvernünftigen Zorn seine Holzknechte mit der Faust niederschlagen mögen; rote Fetzen flogen ihm vor den Augen durch wie Wolken in Gewittern. Da halfen alle Blutegel nichts mehr und alle Bäder und Pillen nicht – und schliesslich verboten ihm die Ärzte steif und fest jede weitere Arbeit, wenn ihm noch um ein paar Jährlein zu tun sei und ihn nicht unversehens ein Schlagfluss hinstrecken sollte wie einen erschossenen Muni. Dänni erschrak nun doch vor den entschlossenen Mienen der Ärzte und zog sich denn also verstört von seinen Stämmen über das Riehenteichbrücklein in sein Haus auf der andern Wasserseite zurück. Es war ein schöner alter Bau mit offenen, holzgeländerten Lauben und hellen Sälen, ein ehemaliges Landgut aus der lieblichen Zeit des Rokoko.

Aber Dänni ohne tolle Arbeit in sein Haus sperren – das hiess ein Gewitter in ein Arzneifläschlein stopfen. Er rumpelte wütend stiegauf und -ab und kreuz und quer durch die ganze Haushaltung, guckte in alle Truhen, spitzte in alle Töpfe, begann über den Untergang seines Hauses zu schreien, nun da es nicht mehr jeden Tag einen Schauer Gold ins Haus regnete – schliesslich verwies ihn seine Ehehälfte, eine wackere, gescheite und immer noch hübsche Frau, scharf aus ihrem Reich. Da stürzte sich alle zornige und ach, so ziellos gewordene Mannskraft Dännis über seine erstorbenen reglosen Holzschätze her, die noch unverkauft in endlosen Bergen und Beigen unter den Linden am Teich lagen, und er hatte sofort heraus, dass irgendeine Diebsratte dran nagte – und wer anders konnte es sein als der Lohnwäscher dort zunächst an den Stapeln in seinem kleinen schmalen Häuslein überm Teich – räuberhaft versteckt unter einem gewaltigen Rosskastanienbaum?

Dänni fuhr zur Probe erst ein paarmal über seine eigene Magd her und rechnete ihr ingrimmig jeden Korb Holz nach, den sie da unten aus seinen Schätzen zum Kochen und Heizen holte. Aber dann nannte ihn seine Frau abermals einen Toren, und nun sah es Dänni klar wie unter grellem Blitzlicht: niemand anderer als der Wäscher war der Dieb.

Erst zeichnete Däni die Beigen heimlich mit Blaustift an, überstreute die Berge von Klötzen mit Sägemehl und Asche: immer wieder fehlten ganze Klippen und Berghänge seines Holzes.

Eines Werktags streckte Dänni sein gewaltiges Haupt mit den trübgewordenen hundsmüden Augen und den rotgeäderten Wangen, die jetzt schwer hingen wie halbgefüllte Blutwürste, durch das niedrige Fensterlein in die Waschküche des Nachbarn. Er fasste die Bäckerspälten ins Auge, die der Mann in seinem Ofen verbrannte, und sagte:

«Zeigen Sie mir jenes Scheit doch einmal her – es kommt mir so bekannt vor.»

Der Wäscher war ein langer, sehniger, etwas ausgelassener Mann mit lichter Haupthöhe in einem schwärzlichen Haarkranz und einem mächtigen Kehlkopf, woraus eine warme, verhüllte Stimme meist freundlich scholl. Er lachte jetzt ein wenig seltsam und sprach:

«Ein Kauz, wen das wundert – da ich all mein Brennholz Euch abkaufe.»

«Es gleicht aber nicht dem abgekauften», sprach Dänni bebend, «sondern dem geklauten, worauf blaue Striche sein müssen. Reichen Sie es mir einmal her, bitte.»

Der Wäscher, inmitten der Schar seiner Kinder, seiner Frau und Mägde, holte tief Atem und reichte das Scheit her. Das Scheit hatte keinen blauen Strich. Der Wäscher sprach: Dänni solle jetzt gefälligst sein Haupt aus der Wäscherei hinausziehen, dass er das Fensterflügelchen vor dieser bösen Luft schliessen könne; von nun an kaufe er sein Holz anderswo, wo es ihm nicht teurer zu stehen kommen solle.

Und wupp: fuhr das Flügelchen zu und lief alsogleich dampfweiss an, Dänni hörte den Wäscher drin erregt noch etwas sagen mit seiner leicht belegten und noch klangvollen Stimme, worauf die Mägde hell lachten: – von dem Augenblick an war Dänni Tag und Nacht völlig aus dem Häuschen, den unverschämten Burschen bei seinen Diebereien an der Gurgel zu fassen.

Dännis Frau versuchte, ihn auf Sinnvolleres zu lenken als auf seine Schneckentänze um das Holz: – auf die Politik; umsonst; und da ein Kirchenrat starb, auf Kirchenfragen; viele Leute meinten ohnehin längst, Dänni tauge wie kein zweiter zum Kirchenrat. Sie bat ihn geradezu aus Herzensgrund, sich zur Wahl zu stellen. Sie war immer noch stolz auf ihren Prachtsburschen von Dänni und fand keinen Titel angemessener für ihn als Kirchenrat.

Dänni antwortete, jedermann solle ihm mit dem Worte Kirchenrat vom Leib bleiben wie mit etwas Bösem. Er kaufte sich vielmehr hartköpfig ein Fernröhrlein und spiegelte ganze Nächte lang durch die Fensterläden auf des Wäschers Haus und die Scheiterbeigen hinüber; aber er kriegte den Marder nie und nie zu fassen.

In ihrer heiteren Beharrlichkeit nun steckte sich seine Frau hinter den Hauptpfarrer der nahen Kirche, und hier vermochte Dänni nicht widerborstig zu bleiben: sie beide zusammen knöpften Dänni, der am liebsten die Wände hinauf wäre, die Einwilligung zur Wahl in den Kirchenrat ab.

Aber die Nächte bis zur Wahl lag Dänni mit einem Knüppel in der Hand hinter den Holzbergen und lauerte ausser sich auf den Dieb; er, der früher so währschafte, ja in vielem so edelsäftige Mann lag heruntergekommen wie ein Halbirrer, der nichts Gescheiteres mehr zu tun hatte, und lauerte.

Er lauerte umsonst, und am Tag nach seinem längsten Wachen wurde er zum Kirchenrat gewählt. Er freute sich nun doch darüber, ein paar Tage liess der elende Druck in seinem gewaltigen Schädel nach; er wurde sogar wieder schöner, wurde aufrechter und mächtig in seiner Haltung. Ja, er willigte sogar unbesehen darein, den ganzen Kirchenrat zu einem Festmählchen zu laden.

Doch auf das Mähli hin wurde ihm abermals grau zumut. Beim Gedanken an die vielen korrekten Kirchenräte, die er zu Gast gebeten, musste er immer wieder den Hemdkragen aufreissen, trotzdem es kalter Winter war; er konnte gar nicht mehr frei atmen vor Beklemmung, Scheu und Abneigung vor ihrer Untadeligkeit; schliesslich, je näher der Festtag kam, desto ärger geriet er vor innerer Unruhe wieder ausser Rand und Band und in seine Umtriebe und seinen Hass hinein gegen den diebischen Wäscher, der so fröhlich und frech da drüben mit gestohlenem Holz feuerte und dampfte und seinen Lachmianen von Mägden die nassen Leintuchzipfel hinter die rosigen Ohren schlug, wenn sie nicht fein genug schafften. Und in der Nacht vor dem erlesenen Mahl, in einer grimmig kalten Januarnacht, bohrte er, seiner selbst nicht mehr Herr vor Zorn, Abneigung und Hass gegen alle Welt, an dem Berg jener Bäckerspälten, der am raschesten hinschwand, die paar schönsten Scheiter mit einem groben Bohrer an, stopfte sie voll Jagdpulver, pfropfte sie mit Korkzapfen zu und verschmierte die Zapfstellen mit Erde, dass sie wie Astbutzen aussahen. Dann gruppierte er sie unauffällig lockend wieder an den Fuss des Berges, und erst jetzt, in der zornigen Ausmalung des Pulverqualms, der dem Wäscher zusamt der gusseisernen Ofentüre bald einmal ins Gefräss fahren würde, erst jetzt fand der Herr Kirchenrat eine kurze wirre Nachtruhe.

Er erwachte im schönsten Wintertag. Es lag ein wenig eiskalter Glitzerschnee auf Dächern und Höfen, eben genug, um als reinster zartester Hintergrund alle Färblein des Winters doppelt freudig aufspringen zu lassen; aber Dänni empfand nichts von der Helle und Heiterkeit dieser Färblein: Gräue und Atemenge waren um ihn, wenn er an die Reihe der gestrengen und in Gott geläuterten Kirchenratsgesichter dachte, unter denen er bald sitzen müsse.

Er ging, nach Atem suchend, über den Hof gegen den Riehenteich. Die Lindenäste glänzten jetzt im Januar schon silbern wie sonst im März und grünrindig; und die feinen Zweiglein leuchteten kräftig rot und staken gragelig voll kleiner roter Knospen. Das begehrte er nicht zu sehen, und auch die Baumläufervögelchen nicht, die kopfüber die Lindenäste herabliefen mit graublauen Häubchen und zimtroten Brüstchen. Und als er wider Willen entdeckte, dass nicht nur die Sonne im zartblauen Himmel Dännis Schatten auf die Lindenstämme warf, sondern gar noch das Sonnengeglitzer aus dem Riehenteich empor einen zweiten Schatten seiner, aber nur ganz fein und gläsern, höher hinauf an die Bäume spiegelte, da erweckte dies liebliche Lichtspiel nichts in ihm als den

Wunsch, sein Diebsfeind, der Lohnwäscher, möchte über kurzem als ebensolcher Schatten durch seinen Kastanienbaum emporsteigen – und am liebsten alle elf Kirchenräte mit ihm.

Je näher es auf Mittag ging, desto umschnürter und bänger ward Dänni vor dem Einzug der Gottesmänner. Gepressten und ehrfürchtigen Herzens geleitete er den ersten Ankömmling in den Festsaal hinauf. Der Saal nahm den ganzen ersten Stock gegen Süden hin ein und stammte noch fast unversehrt aus der herrschaftlichen Zeit, da das Haus ein reicher Landsitz vor den Mauern der Stadt gewesen war in den Reben. Noch flogen über die weisse Saaldecke hin in weissem Stuck zarte Bänder und umflatterten hingestreute Blumeninseln. Noch waren alle Mittelstücke der braunen Wandgetäfer mit altlilaner Seide voll damastener abgeschossener Goldblümchen bespannt. Noch stand in der Mitte der Längswand riesengross und weiss wie Schnee ein allerschönster Porzellanofen, ein teures Kleinod, rund und herrlich gebaut wie eine griechische Götterfigur und über dem Gesims gekrönt mit einer schimmernden Urne, woraus zu beiden Seiten Tücher aus Porzellan niederhingen.

Der Gast warf in dem behaglich gewärmten und durchsonnten Raum einen freudig begehrlichen Blick über die weisse Festtafel mit ihrem Geglitzer von schwerem Silber und geschliffenen Gläsern, fasste sich aber sofort wieder und erkundigte sich bei Dänni beiläufig nach dem Verkaufspreis seiner Holzlager; und unserm Dänni ward sofort leichter; denn er hatte sich auf emporschwebende und Gott wohlgefällige Gespräche gefasst gemacht.

Der zweite Herr Kirchenrat kam und fragte Dänni unter der Hand, während sie in einem Fenster standen, was denn eigentlich an dem Gerücht sei, dass Dänni seiner Tochter eine Mitgift von fünfmalhunderttausend Franken zugesagt habe; sein Sohn habe ihn darüber befragt. Dänni lächelte und fühlte sich abermals ein Schüblein wohler; er merkte, er hatte mit Menschen zu tun, die denselben Boden unter den Füssen hatten wie er.

Der dritte Kirchenrat, ein Mann aus dem Volke, berichtete aufgebracht, er habe gestern bei einer Kirchenvisitation entdeckt, dass der Sigrist in der kühlen Sakristei neben dem Abendmahlwein ein Fässlein eigenen Weins gelagert habe; den werde er ihm aber aus dem Heiligtum hinausbefördern wie Jesus die Münzbretter der Wechsler; und alle fanden dies richtig, und Dänni fing sich geradeswegs auf das Mähli zu freuen an inmitten dieser Männer. Ja er hatte schon seine Angelegenheit mit dem Wäscher zu äusserst auf der Zunge, wie er dem Burschen den Kopf gegen eine Wand sprengen wolle, und fühlte sich der Zustimmung aller sicher.

Allein da trat der vierte Kirchenrat ein, auch er wie alle bisher erschienenen schwarz und feierlich gekleidet, und dieser vierte war zornig über den schlechten, bereits wieder abbröckelnden Kirchenverputz, der Dänni bisher weiter nicht aufgefallen war; der Kirchenrat behauptete, seine Firma würde hier andere Arbeit leisten und die Kirche nicht so schändlich betrügen wie –.

Die Herren wandten sich alle herum, denn unter der Tür erschien der Knabe eines der drei Pfarrer des Kirchsprengels. Er sollte sich erkundigen, ob der und der Pfarrer auch zum Mahl käme; dann würde sein Vater vorziehen wegzubleiben. Die beiden Pfarrer hatten sich nämlich just in den letzten Tagen über die Auffassung Zwinglis von der Rangfolge im Paradies fast bis aufs Messer entzweit.

Dem Knaben wurde bedeutet, der und der Pfarrer sei trotz vorgerückter Stunde noch nicht erschienen und dürfte somit schwerlich noch auftauchen, worauf sich der Knabe freundlich empfahl. Kurze Zeit später kam der und der Pfarrer aber doch und wurde von allen aufs innigste begrüsst. Und etwas später traf richtig denn auch der Vater des Knaben ein, und die beiden Pfarrer reichten sich mit verzerrten Zügen die Hand.

Als letzter aber erschien der Hauptpfarrer.

Der alte Hauptpfarrer, ein bärtiger Herr, sah in seinem schweren schwarzen Radmantel und seinem grossen verbogenen schwarzen Schlapphut wie ein Hirte aus, und zwar wie ein etwas erkälteter Hirte; denn er zog seltsam die Brauen über der Nasenwurzel empor und drückte doch zugleich die Augen zu schmalen, erschreckten Spalten zusammen. Er sah aber auch im Sommer so aus, wo es keine Erkältungen gibt – er hatte im Laufe seines Lebens ganz allmählich diesen seltsamen, ein wenig entsetzten und ungläubig hinhorchenden Ausdruck bekommen. Denn wenn je ein Basler die frohe Botschaft Jesu zu leben ganz entschlossen war, so er; hatte Geld und Gut und mehr als dies: sein Herz verspendet und doch diesen leise verschüchterten und kläglichen Ausdruck erhalten. Und dennoch wurden alle im Saale Harrenden in ihren Gesichtern plötzlich schöner, als der Herr Hauptpfarrer eintrat, und Dänni, der sich bisher an dem erdhaften Treiben seiner Gäste weidlich ergötzt, spürte mit dem Eintreten des alten Herrn einen feinen Riss mitten durchs Herz und kam sich plötzlich ganz schwarz vor im Gesicht.

Der Herr Hauptpfarrer wärmte sich erst ein wenig an dem kostbaren alten porzellanenen Ofen. Dann setzte sich alles zum Mahl, und gegen das Ende des Mahles begannen die Reden auf Dännis neue ehrenvolle Stellung. Dänni sass gewaltig und breitschultrig da in seinem schwarzen Frack und der riesigen weissen Hemdenbrust. Aber jedesmal, wenn er seinem alten Pfarrer ins freundliche Gesicht sah, pickte ihn das Herz wie ein eingeklemmter Vogel, und er lauschte entsetzt nach dem Diebshäuslein hinüber, ob es doch nur nicht gerade jetzt in die Luft führe.

Am Ende des Mahls erhob sich auch noch der alte Herr Pfarrer zu ein paar Worten. Er musste sich zwar gedulden. Das Mägdlein liess eben vor dem Ofen einen Arm voll herrlicher Buchenspälte niederrumpeln. Und er musste sich zum zweitenmal gedulden. Denn Dänni, der über den Tisch hin das Holz scharf ins Auge gefasst hatte, fuhr plötzlich eine Handbreit empor und rief schrekkensbleich:

«Seit wann verbrennt ihr dies Holz in unserm Haus?»

Eine jähe Betretenheit plumpste in die fröhliche Gelöstheit des Mahls. Alles starrte her. Der Herr Pfarrer hob sogar erschreckt ein wenig die Rechte. Dännis Frau aber, die heiter und prächtig in ihrem schwarzen Seidenkleid neben ihrem Gatten sass, sprach lachend:

«Wohl, wohl: meinst du, ein Mensch brächte bei dem Wintergrimm den Saal hier mit den Scheitlein warm, die du uns gnädig zusprichst? Seit drei Tagen heizen das Mägdlein und ich heimlich an Bäckerspälten, was in den Ofen geht. Die Verzeihung für den Diebstahl wollten wir nach dem Feste beide zusammen einholen – so musst du sie uns eben jetzt gleich erteilen.»

«Ihr habt sie», rief Dänni, «wenn nur nicht –»

Und er drückte sogar einen Augenblick die Hände auf die Ohren.

Der Herr Pfarrer aber schüttelte den Kopf, ging zum Ofen und nahm aus den Händen des erstaunten Mägdleins das letzte Riesenscheit, ehe sie es auch noch in die hell prasselnde Glut werfen konnte. Halb im Arm, fast wie ein Kind, trug er die Bäckerspälte zum Tisch und sprach: Wenn ihn jemand früge, welchen Stoff er auf Erden am liebsten habe, es ginge ihm auch wie Dänni Brandmüller: er würde sagen: Holz. Es wachse – wie herrlich sei das. Es wachse langsam – das sei erst recht gut so. Und werde wie schön unter dem Hobel, wie vornehm, glänzend und duftvoll. Und so liebenswert wie Holz sei ihm immer sein Dänni Brandmüller vorgekommen – beiläufig gesagt einer seiner ersten Konfirmanden – so wie dies Holz –

Und hob das Scheit mit beiden Händen ein wenig in die Höhe.

– Aussen rauh und splittrig oder rindig – aber inwendig –

Und er pochte ein wenig an das Scheit und lauschte sogar mit leicht gesenktem Haupt auf den Klang des Holzes – und alle schauten hin – und Dänni Brandmüller, ganz zusammengeduckt vor unterirdischem Schreck und Angst, schaute gleichfalls hin und sah, wie der gute Herr Pfarrer mit dem Nagel ein wenig an einem Korkpfropfen kratzte, der im Holz stak.

«Ja, unser Dänni», sagte der Herr Pfarrer, «mag sogar in seinem Wesen manchmal auch so einen queren Astspross haben wie das hier –»

Und er pochte mit dem Zeigfinger auf den festgeklemmten Korken und lauschte wieder ein wenig her.

«Aber deswegen ist er in seinem Wesen doch durch und durch währschaft, treu und fest wie Holz, und herzlich freue ich mich drauf, mit ihm im Kirchenrat zusammen zu arbeiten. Auf ein schönes, gesegnetes Wirken!»

Er hob sein Glas mit der freien Rechten, und alle taten es ihm nach. Aber schwankend und aschfahl erhob sich Dänni und wischte sich die Stirn mit dem Mundtuch und sagte:

«Herr Pfarrer – Sie haben bisher noch jeden Menschen für besser angesehen, als er war. Aber in meinem Fall –»

«Keine Selbstbezichtigungen», rief lustig der Herr Hauptpfarrer, «erst wollen wir mal das Glanzstück meiner Rede seinen Brüdern nachschicken –»   Und eilte, was gisch? was hesch? mit seinem Stück Holz zum herrlich aufgeschwungenen, weissen Ofen und hatte schon das Ofentürlein aufgerissen, aus dem die hellgoldne Glut leckte, da fasste das Scheit Dänni, der um den Tisch herumgerannt war schwer wie ein Elefant, dass alles im Sälchen klirrte und die alten Bilder auf den Seidentapeten zitterten, und rief:

«Lassen Sie mir das Scheit, Herr Pfarrer... zur... zur Erinnerung... an Ihre Rede –»

Indes der Pfarrer nahm es ihm wieder aus der Hand und sprach:

«Aber Dänni, wir Reformierten sammeln doch keine Reliquien», und bückte sich zum zweitenmal und schob bereits den Kopf des Scheits mitsamt seinem Korkzapfen ins Feuer, da riss es Dänni mit beiden Händen wieder heraus und hielt es vor sich hin, und die Rinde des Scheits rauchte bereits ein wenig gen Himmel. Und Dänni hob mit einem schweren Atemzug seine mächtige Brust und stockte, und sah wieder auf das Scheit und schwieg, und blickte wieder auf, zuerst auf das grundgütige Hirtenantlitz seines alten Seelsorgers, und dann auf seine Frau, und er sprach, das Scheit immer in beiden Händen haltend:

«Ihr Lieben, Ihr seid hergekommen, mein schönes Fest zu feiern. Aber an meinem Fest muss ich mit diesem Scheit in der Hand das Schändlichste gestehen, was ich je getan habe.»

Und nun blickte er auch auf die übrigen – und aus glitzernden Augen und Zwickergläsern und Brillenlinsen starrte ihm tratschfreudige Neugier entgegen und eben noch unterdrückte Schadenfreude und sprungbereites Schwertrichtertum. Und Dänni senkte auf einmal sein Scheit in den Händen, sein Munikopf wurde dunkel vor Schmerz, Groll und Elend; er gab das Scheit dem Pfarrer in die Hand und sprach:

«Tun Sie es in die Glut!»

Und als ihm der Herr Pfarrer willfahren war, fasste ihn Dänni innig am Arm und sprach:

«Und nun führen Sie meine Frau schnell hinaus, schnell, lieber Herr Pfarrer –»

Und stellte sich bolzgrad vor den mächtigen Ofen.

Und der Herr Pfarrer wollte ihn noch etwas fragen. Aber nun merkte er doch an Dännis Gesichtsausdruck, dass es da nichts mehr zu spassen gab, und führte die erstaunte und sich leise und bewegt wehrende Frau Brandmüller gegen die entfernte Tür. Aber er hatte die schimmernde Messingklinke, die die Form eines lustig emporspringenden Delphins aufwies, noch nicht niedergedrückt, so – bumm! – knallte es aufs furchtbarste und der herrliche Ofen löste sich in seine hundert Kacheln, und zwischen all den schwer und widerwillig sich auseinander hebenden Kacheln schoss wie die Höllenglut gelbrotes Feuer und schwärzester Qualm quer hin durch den Saal, und all die am Tisch Sitzenden sprangen mit Rufen der Wut auf und verschwanden auf der Stelle in Nacht- und Russwolken, und ihr Geschrei ward kläglich. Nur Dänni stand wie ein Eichenbaum, Glut und Pulverdruck im Rücken, und er erhielt die schwere schöne vornehme Urne, die den Ofen so königlich gekrönt, mit ihrer ganzen Wucht zwischen die Schulterblätter. Aber er sagte nur:

«Recht so, etwas höher auf die Hirnschale wäre besser gewesen», und stand unbeweglich.

Doch der Herr Hauptpfarrer kam durch die unterweltlichen Glutwolken auf ihn zu und riss ihn weg, und dann öffneten alle die Fenster und liessen die Nacht in dunkeln Quälmen hinaus, und jetzt erschien auch noch durch die Russwolken erschreckt der Wäscher und anerbot sich, seines frühern Zorns vergessend, zur Hilfe. Und Dänni nahm ihn um die Schulter und sah ihn an und schüttelte schmerzlich den Kopf. Dann sammelte der Wäscher von all den Herren die vorher weiss leuchtenden Manschetten zusammen und die steifen und bei einzelnen noch ganz altertümlich hohen Stehkragen, und auch die gesteiften Hemdenbrüste, und einen Augenblick mussten sich die Herren, die ohne ihren steifen Schmuck eher kläglich und ein bisschen gerupft dreinschauten wie Hühner in der Mauser, gedulden. Dann lieferte der Wäscher aus seinem Vorrat neue Panzerstücke und versprach, die alten bis morgen früh jedem blitzblank zuzustellen.

Als alle nun wieder schön und stattlich waren, auch wohl gewaschen und frisiert, sagte Dänni, er werde nun denk ich ins Gefängnis wegmüssen, da bei ihm so Schreckliches passiert sei.

Aber der Kirchenrat, der nur zögernd und allmählich die tieferen Zusammenhänge erfasste, beschloss einstimmig, die ganze Angelegenheit unter sich zu behalten, um in der Gemeinde kein Ärgernis zu erregen, und auch der Wäscher versprach sofort von Herzensgrund Schweigen.

Ja es fand sogar jemand, dass Dänni weiterhin im Kirchenrat bleiben sollte.

Allein hier widersprach der alte Herr Hauptpfarrer mit den Worten:

«Er gehört anderswohin als in die Beratungszimmer – vorläufig noch – er gehört zu seinem Holz – sonst verdirbt er. Ich würde mich beim Handel ein wenig schonen, Dänni, aber im übrigen die Ärzte Ärzte sein lassen.»

Das tat der also freigesprochene Dänni, lebte wieder auf und führte ausser Hauses mit keinem Menschen so lustige, helle und herzliche Gespräche von seinen Holzbeigen herunter wie mit dem Wäscher in dem weissen Häuschen und dessen fröhlichem Anhang und am Sonntag nach der Predigt mit seinem geliebten Pfarrherrn.»

«Ein Begebnis», sagte der Fährmann, «woraus einiges zu lernen ist.»

«Ja», stimmte der Pfarrer zu, «auch ich habe einiges daraus gelernt.»

«Wieso?» fragte der Fährmann.

Da sprach die schwarzseidne Dame mit dem weissen Huträndlein:

«Wohl weil Sie von da an nicht mehr so viel Gewicht legten auf die Auffassung Zwinglis von der Rangfolge im Paradies?»

«Eben deswegen», gestand der grosse Herr Pfarrer.

In dem Augenblick stiess die Fähre an den Steg.

Darauf sprach der Fährmann plötzlich: «Aha», und alle Fähregäste lächelten.

DRITTE ÜBERFAHRT

Und weil sie nun schon so im Erzählen drin staken, blieben gleich ein paar der Rheinfahrer sitzen, lächelten noch einmal über die Verlegenheit der Kirchenräte im Pulverdampf und kamen alsogleich auf die seltsamsten Verlegenheiten der Welt zu reden.

Und die hübsche Dame von noch nicht dreissig Jahren mit den spöttischen Mundwinkeln und dem kühlen Näschen sagte, sie wüsste zwar auch so eine Geschichte, eine ausgefallene sogar, die ihr selber widerfahren sei – aber diese sei zu wüst.

Nun drang natürlich die ganze Gesellschaft heftig in sie, die Geschichte preiszugeben – aber nichts da – wo sogar ein Herr Pfarrer ihr gegenüber sitze.

Der grossmächtige, ja ungefüge alte Herr Pfarrer mit dem weissen Knebelbart sprach, nun müsste er ja eigentlich aus der Fähre weichen. Aber weil es jetzt nirgend so schön sei wie hier auf dem Wasser, so wolle er lieber der Dame die Zunge lösen, indem er selber von der wüstesten Verlegenheit berichte, worin er gesteckt sei, und wenn die Dame dann nicht den Mut fände, herauszurükken, dann wisse er auch nicht. Und darum erzählte er also ‹die Geschichte vom lieben Gott›.

Die Geschichte vom lieben Gott

«Ich besuchte einst an einem Samstagabend im obersten Dachstock einer elenden Mietskaserne ein armes krankes Jüngferchen, und als ich die vielen winkligen Stiegen wieder hinabpolterte, da stürzte mir unversehens mit aufgelöstem Haar aus einer Küchentür eine verzweifelte Tessiner Frau mit ein paar geussenden Kinderchen entgegen und flehte mich händeringend und halb kniefällig an, indem alle zusammen an mir zogen, ihrem Mann meinen

geistlichen Beistand doch um Gottes Barmherzigkeit willen nicht zu versagen.
— Ja, ob sie denn auch reformiert seien?
— Nein, aber wenn ich nicht käme, so tue sich der Mann im trunkenen Elend ein Leid an.

Und all die Kinderchen schrien zum Himmel und rissen an mir, und ich fuhr in ihrer Mitte in meiner schwarzen Tracht in die Küche hinein, ich wusste nicht wie. Der Familienvater lag, ein junger sympathischer Tessiner oder Italiener, hinter dem Küchentisch, ein gewaltiges Brotmesser in der Hand, und war drauf und dran, sich damit laut weinend und sich verfluchend die Gurgel abzuschneiden — da sah er mich eintreten, stutzte, glotzte, starrte — verklärte sich unter heftigen Tränen immer seliger und heller, stürzte mir zu Füssen, sah mich mit Innigkeit an und rief mir aus Leibeskräften ins Gesicht: «Du lieber Gott, nimm mich zu dir, ich will nicht mehr weiterleben, ich habe meinen Lohn von vierzehn Tagen heut abend mit meinen Arbeitsgenossen versoffen (aber es war das erstemal, lieber Gott, gelt Luisa!) und einer hat mich noch bestohlen dabei, und nun müssen meine Frau und meine Kinderlein verhungern — nimm mich zu dir, lieber Gott und Vater!» und immer heftiger: «Nimm mich zu dir, oh nimm mich zu dir —» und drückte mir plötzlich sein Messer in die Hand und schrie wie von Sinnen: «Töte mich, erstich mich mit dem Messer, lieber Gott — erlöse mich von dem Übel —» und hatte dabei ein so sauberes Gesicht mit seiner fein geschwungenen Himmelfahrtsnase über einem Hängeschnäuzlein und dem sehr schön gebildeten Ohr, dass ich ihn trotz allem mit Milde betrachtete.

«Ich bin nicht der liebe Gott, junger Mann», sagte ich mit meiner tiefen rollenden Stimme, «schlag dir das aus dem Kopf.»

Da schrie er:

«Du bist der liebe Gott, ich kenne dich, und wenn du mich nicht töten willst und zu dir nehmen, soersteche ich mich selber —» und riss mir das Messer auch schon wieder aus der Hand und wollte sich das Schlimmste antun, und ich konnte ihm das Messer kaum mehr entwinden — aber jetzt schlug ich Zorniggewordener ihm mit dem Messerheft allerdings eine gegen die Schläfe, dass er zufrieden sein konnte, und sagte:

«So, da hast du's denn, du Trotzkopf!» und hoffte, ihn bettreif und vernünftig geklopft zu haben – aber was bildete er sich denn jetzt wieder ein? Etwa gar, er sei tot? Er richtete sich mit seinem reinen schönen Gesicht selig gegen mich auf – die krausen dunklen Haare liessen nur den kleinsten Teil seiner Stirn und seiner kräftigen Wangen sehen – dankte mir mit verklärten Augen, indem er meine beiden Hände in seinen beiden zusammendrückte, dass ich ihn vom Leben zu mir genommen hätte, hob sich sogar halb von den Knien empor, umfasste mich wie ein Kind den Vater um die Brust und wandte von meinem Herzen den Kopf zu seinen Kinderchen zurück, die mit ihm zu gleicher Zeit sich vor mir auf die Knie geworfen hatten und mit gefalteten Händchen in mir jetzt gleichfalls den lieben Gott erkannten.

«Lebt wohl, Kinderchen», rief er mit schluchzender Stimme und winkte der aufschreienden Schar mit der Hand Lebewohl, «ich fahre jetzt an der Brust des Herrn gen Himmel» – und eine Wolke war zwar um uns, aber leider aus dem Weinfass, nicht aus Eden, und ich hatte Mühe, den schwanken jungen Menschen an meiner Brust aufrecht zu halten – «nun seh ich euch schon fast nicht mehr, so hoch bin ich» – und beugte sich hintüber – und die Kinder schrien:

«Padrino, padrinello, bleib bei uns», und die junge Frau, halb noch bei Sinnen und halb schon von einem Schauer gepackt, er spreche die Wahrheit und entschwebe, trat mit einer edlen flehenden Gebärde zu ihm, fasste mit der Rechten seine Hand und legte die Linke auf ihre junge Brust.

«Die Sterne», sagte der junge Mann mit tränenströmenden Augen – «sie kommen alle auf mich hernieder, so gross wie Kinderköpfe und so golden; und da fliegen die Scharen der Engel gegen mich – oh wie schön – und nehmen mich an den Händen und hängen mir silberne Flügel ein –»

Und begann an meiner Brust mit beiden Armen zu flattern, und die Kinderchen schrien heftiger und hielten ihn, und die Frau lachte und schlug sich entsetzt über ihre Ruchlosigkeit auf den Mund und fasste ihren Mann mit beiden Händen am Hinterhaupt und küsste seinen Nacken und stammelte:

«Oh Peppino, oh bleib bei mir –»

«Ich bin tot», sagte Peppino, «aber ich komme jede Nacht zu

euch und lege euch einen Stern aus Gold auf den Küchentisch – den verkaufst du, wenn die Kinderchen nicht mehr damit spielen wollen. Ach, leb wohl, Luisa.»

Und küsste sie mit wehenden Flügeln auf den Mund und rief plötzlich hell hinaus:

«Mein Vater, nun hol ich nur noch die arme Kranke da oben mit in den Himmel», und war aus der Küche geflattert, eh ich ihn hatte halten können. Und bis ich mich aus den Kinderchen herausgearbeitet hatte, ohne eins zu zertreten, kam der Verstorbene schon wieder die Stiege herab mit dem alten Jüngferchen im weissen Leintuch, und dieses meinte, es müsste ins Spital, und machte ganz gefasste klare Augen zu der Sache; es wollte nur noch das Kassenbüchlein mitnehmen und sagte es dem Engel, aber dieser blieb mitten auf der Treppe stehen und sann nach und sagte:

«Im Immel bruche Sie gei Gassabüechli – Ängeli gänn der z'ässe –»

Da strömten mittlerweile aus all den Türen die Leute und füllten die untere Stiege, und durch sie empor arbeitete sich ein rundlicher katholischer Priester, ein älterer behaglicher Mann, den ein Hausbewohner zu den armen Italienern zu holen schon lange weggerannt war. Aber ich sah ihn in dem Getümmel nicht, ich sprang die paar Treppenstufen hinan und sagte zornig:

«Sofort trägst du sie wieder hinauf, Peppino – das gebietet dir der liebe Gott!»

Aber Peppino hatte einen Kopf wie ein Stier, er widersprach:

«Et gei Männli und geini Ginderli, liebe Gott, et nüt Schöns uff der Wält – nämme sie mit uns in Immel, bitti, bitti, liebe Gott –»

Und legte sie mir auf die Arme und begann wieder ein wenig zu flattern – da trat aus der Mitte der staunenden Leute der katholische Herr Pfarrer auf uns zu und wollte ein wenig den Kopf schütteln, und Peppino sagte:

«Err Pfarrer, bini gstorbe und en Ängeli, und is das do der lieb Gott, et mi gholt.»

Aber der Herr Pfarrer wollte es nicht glauben und sagte streng:

«Panozzi, wo isch s'Bett? Marsch und dry!»

Da schwirrte Panozzi hinein, und mir half der gütige Herr Pfarrer das Jüngferchen wieder hinaufbetten, und als wir ins Stiegenhaus zurückgetreten waren und jeder seine neugierigen Schäflein in die Schläge gewiesen hatte, da sah mich der geistliche Herr durch seine Brillengläser heiter an und sagte, indem er mich am Ärmel festhielt:

«Herr Collega, wie wär's, wenn wir dem armen Panozzi seinen Lohn jeder zur Hälfte aus unsern Kirchenkässlein schenkten? Es ist doch sicher auch schön und seine paar Franken wert, einmal für den lieben Gott angesehen zu werden. Und dem ersten reformierten Pfarrkind, das mich für den lieben Gott hält, zahle ich dann gern auch wieder die Hälfte.»

So der Herr Pfarrer.

Die entzückende Dame aber in schwarzer Seide – nur am Huträndchen blühte schon wieder ein wenig Weiss hervor – sie schürzte die Lippen und sagte:

«Das ist doch hinten und vorn die anmutigste Geschichte – und da sollte ich mit meiner blöden aufrücken – nein – davor bewahre mich der richtige liebe Gott.»

Da sprach der Fährmann, der sich arglistig horchend von seinem Steuerbalken her in die Rotte gebeugt hatte:

«So will ich denn sehen, ob ich nicht durch ‹die Geschichte vom Vorhang› erreiche, was der Herr Pfarrer verfehlt hat. Aber haltet euch fest – die Geschichte lässt an Wüstheit nun gar nichts zu wünschen übrig.»

Da setzten sich alle freudig zurecht, und der Fährmann hub an:

Die Geschichte vom Vorhang

«Im letzten Herbst, zur Feier unserer silbernen Hochzeit, wollten meine Frau und ich uns zum erstenmal im Leben etwas ganz Grosses gönnen und fuhren also in den Kanton Tessin. Und weil wir beide so gar unbekannt waren mit dem fremden Land und den Sitten, so liessen wir uns schon hier zu Basel in eine Reisegesellschaft einschreiben, worin nun jeder sein Heftlein voller Anrechtsscheine seelenvergnügt in seiner Brusttasche in den Zug mit sich trug – war doch alles vorausbezahlt und alles inbegriffen. Wir flogen auf unserer Fahrt in den sonnigen Tessin durch das allerheiterste Herbstland – zu regnen fing es erst jenseits des Gotthards an. Da glänzten die Felswände wie nasses Eisen, die weissen Wolken zogen waagrecht dran hin, am Bahnhof wurden wir mit Regenschirmen empfangen, und am Nachmittag, zum Fünf-Uhr-Tee – alles vorausbezahlt – stelzten wir auf den Absätzen durch die Wasser zum Kursaal. Auch sah man alte Damen voll Ferienlust über die breit fliessenden Ströme viel zu kurze Sprünge nehmen. An der Garderobe des Kursaals klitschte und platschte es von nassen Gummischuhen, sprudelnden Schirmen und triefenden Mänteln. Der mächtige nüchterne Saal war verdattert kalt. Auch als sich die meisten gesetzt hatten, schien er noch immer leer. Die eine Längswand, wo wir Platz nahmen, bestand aus hohen Turnhallefenstern. Ein Licht grau wie Eis fiel daraus hernieder. Brrr! machten die Regenschwälle an den Fenstern hin, und die Damen schüttelten die hochgezogenen Schultern und legten sich ihre bunten zarten Shawls um die Hälse.

Nach einiger Zeit erschien das Orchester, welches aus fünf Mann bestand, auf einer Bühne und begann zu spielen. Die Orchesterbühne stand vor der hintern Schmalwand. Links und rechts davon hingen graue Vorhänge von der Decke bis zur Erde hernieder. Der Vorhang links war mit aufeinander getürmten Tischen und ineinander gebeinelten Stühlen verstellt. Der Zugang zum rechten Vorhang war frei. Jedermann konnte hinzutreten und ihn heben.

Nach einigen Musikstücken fing eine kräftige, von Gesundheit strotzende Dame an, sich mit halb gesenkten Wimpern suchend im Saal umzusehen. Sie traf dabei auf die gequälten Blicke vieler von uns Neulingen, die sich ebenfalls verstohlen umsahen. Denn brrr! machte der Regen an den vielen vielen Scheiben. Nach einer weitern Darbietung des Orchesters flüsterte die gesunde Dame lange mit ihrem Begleiter, einem sehr alten Herrn in weissem Bart. Auch dieser sah vorsichtig allen Wänden entlang, zuckte aber schliesslich unauffällig und hoffnungslos mit der Achsel. Nun hefteten sich die dunklen ausdrucksvollen Augen der lebensprühenden Dame auf den grauen Vorhang zur Rechten des Orchesters und blieben lange Zeit prüfend daran hangen. Wieder flüsterte sie kurz mit dem alten, weissbärtigen Herrn. Auch dieser besah sich jetzt aufmerksam den Vorhang und nickte leise.

In dem Augenblick begann das Orchester mit Handharmonika und Singtrichter einen modernen langsamen Tanz. Sofort sprangen ein paar Tänzer und Tänzerinnen begeistert auf. Und den kleinen Wirrwarr benutzte die Dame, um sich rasch zu erheben und mit gefestigtem Gesichtsausdruck und kühnem kräftigem Schritt zwischen den Tischen durch auf den grauen Vorhang zuzuschreiten. Sie hob ihn an seinem linken Ende hoch, dicht neben dem Musiker mit dem Schlagzeug, und verschwand dahinter. Zahllose Augen waren ihr trotz der flott hingehackten ersten Tanztakte gefolgt und klebten nun gespannt auf dem etwas abgeschlissenen Stoff, der von Grau nach Lila spielte.

Der langsame und sehnsüchtige Tanz wurde von den wenigen Tanzpaaren stürmisch beklatscht und von dem dankbaren Orchester sofort wiederholt. Gegen sein Ende hob sich in raschem Griff der Vorhang, die Dame tauchte wieder hervor, sie neigte unter dem sich bauschenden Stoff den Kopf mit dem kecken Federhütchen ein wenig zur Seite.

Sie schritt mit einem leis umflorten Auge an ihren Platz zurück. Ihr alter Begleiter beugte sich in besorgtem Fragen zu ihr. Sie aber nickte nur etwas gereizt mit ihren langen dichten Wimpern.

Scharfen Auges indes hatte dies flüchtige bejahende Wimperspiel ein junger energischer Zürcher in ihrer Nähe beobachtet (denn auch eine Unmenge Zürcher waren in Goldau hinten an unsern Jubelzug angespannt worden), und mit männlicher Bestimmtheit zog er daraus seinen Schluss. Er schnellte frisch empor und schritt, eine Hand ungezwungen in der Tasche, mit der andern sein straffgescheiteltes gummiertes Haar dichter an die Schläfe drückend, mit dem leichten Stirnrunzeln tiefer Nachdenklichkeit auf den Vorhang zu. Er hob ihn nachlässig elegant hoch und versank dahinter.

Durch das Gejups und Gekrächz des neuesten Negertanzes hindurch hielt der halbe Saal den Vorhang atemlos im Auge.

Es verging eine geraume Zeit. Der Negertanz, um den sich die Tänzer nach meiner Meinung umsonst bemüht hatten, verklang. Stille lag im Saal.

In diese Stille trat der Zürcher zurück. Undurchsichtigen Antlitzes, aber leichten elastischen freudigen Schrittes drehte er sich zwischen den Tischen durch an seinen Platz. Als er bei der strotzend lebensvollen Dame vorbeikam, streifte er sie einen Blick lang eisig. Die Dame hielt unbewegt dem Blick stand. Darauf flüsterte sie dem alten Herrn an ihrer Seite gelassen ein Wort zu. Dieser hob erschrocken die Brauen, drehte sich unmerklich ein wenig um und betrachtete verstohlen von der Seite her den jungen tatkräftigen Zürcher mit mitfühlenden wassergefüllten Hängeaugen. Der junge Mann aber zog sein Zigarettenetui aus der Tasche und klopfte lange Zeit verachtungsvoll eine Zigarette zurecht.

Die feineren Nuancen dieses Mienenspiels waren jedoch den Fernersitzenden entgangen – sie hielten sich an die grossen Tatsachen – und die Nähersitzenden vermochten sie nicht zu deuten – so ich. Als das Orchester jetzt einen langsamen und sehnsuchtsvollen Walzer zu spielen begann und mehrere aufspringende Tanzpaare die Sicht verwirrten, schossen an vier, fünf, sieben Tischen Beklommene auf und strebten eilig dem Vorhang zu. Ich schloss mich ihnen an. Wir hoben den Vorhang und traten dahinter.

Wir standen in einem grossen leeren düstern Raum. Zwei gewaltige Leuchter aus weisslich schimmerndem Kristall hingen wie umgekehrte blühende Bäume von der Decke und spiegelten trotz der Düsternis aus dem Parkett empor. Die Mitte des Saals beherrschte ein Spieltisch, mit grauer Leinwand bedeckt. Eine einzige Tür führte aus dem Raum. Auf sie schritten wir Auswanderer jetzt bedrückt zu. Wir spürten es, dieser Gang nahm kein gutes Ende. Auf dem dunkeln und prunkvollen Holz der Türe stand in weisslichen, eben noch entzifferbaren Buchstaben: Direktion. Wir hielten, eine dunkle Gruppe, eine Zeitlang lautlos davor. Jedes spürte, dass Sitte und Anstand es verlangten, vor dem Zurücktreten in den Tanzsaal eine angemessene Zeit hier zu verharren. Aber wir hatten uns kaum ein wenig umgedreht, da wurde der Vorhang von aussen her schon wieder gehoben. Aus einem dunkelbärtigen Gesicht blickte ein Landprediger grossen Auges zu uns herein. Am Arm hielt er seine kleine, unförmlich dicke Frau. Er blieb betroffen unter dem Vorhang stehen, den er immerzu in die Höhe hielt, und mass stets misstrauischer uns trostlos Dastehende. Seine Frau schob sich mit gerecktem Halse neben ihn. So hielten sie eine lange Weile verblüfft inne und starrten in unser bleiches Wachsfigurenkabinett. Ja, der Prediger hob ungläubig den Vorhang noch ein Stück höher. Als uns jetzt auch der letzte im grossen Saal gesehen hatte, liess der Geistliche endlich den Vorhang vor diesem Bild des Kummers niederwallen und wanderte, das Haupt schüttelnd, mit seiner Frau an den Tisch zurück.

Lähmender Schreck hatte sich rings im Saal vieler Ausweglosen bemächtigt. Nur die lebensstrotzende Dame sog unbewegt mit spitzen Lippen an ihrem Strohhalm und hielt die Lider über die vollen Augen geklappt, und der junge tatkräftige Zürcher schob sich im Stuhl zurück, warf ein Bein über das andere und stiess unbeteiligt einen scharfen auseinanderflutenden Strahl Rauch aus dem Mund.

Eine halbe Minute später kamen wir Unseligen dicht gedrängt aus dem Vorhang heraus. Lachen lag uns fern. Wir schritten mit hangenden Armen zu unsern Tischen. Dort wurden wir mit Fragen bestürmt. Wir wehrten blass ab. Brrr, knatterten die Regenschwälle waagrecht an den riesigen Scheiben entlang. Die Scheiben dunkelten. Schwarzbefrackte Kellner eilten und zündeten im Saal die hellen Lichter an.»

So endete der Fährmann.

«Ich habe mich», sagte ihm eine ältere Hausangestellte, «hier an meiner Stange Eis festgehalten (die sie für ihren Meister, einen Arzt, überm Wasser geholt hatte) – aber ich hätte es nicht nötig gehabt. (Die Eisstange war etwa so lang wie eine Erstklässlerin und in Emballage gewickelt.) Erstens bin ich überhaupt nicht drausgekommen aus dieser sogenannten Geschichte, und zweitens war sie im geringsten nicht unanständig. Da sitze ich, mir zergeht die Stange Eis zwischen den Knien, und der Fährmann verzapft sittsame Berichtlein aus dem Tessin.»

«He», sagte die entzückende Dame mit dem scharfen Näslein und Zünglein, «ich habe auch schon sittsamere gehört. Jedoch, damit Sie nicht umsonst die Fähre mit Ihrem Eis vollgeschmolzen haben, und weil mir die beiden Herren Erzähler nun doch ein wenig Mut eingeflösst, so erzähle ich jetzt trotz ihrer Unstatthaftigkeit die schreckliche ‹Geschichte von dem Spitzentüchlein›, die mir in meiner sittsamsten Jugend passiert ist, da ich just siebzehn zählte und noch was für ein herziges Ding war, heiter, übermütig und kitzlig wie ein Gitzi – ach Gott ja.»

Die Geschichte von dem Spitzentüchlein

«Da fuhr ich denn einst», erzählte die entzückende Dame mit dem scharfen Näslein und Zünglein, «an einem noch viel heisseren Nachmittag als heute in der Basler Strassenbahn. Die Wagenfenster zu beiden Seiten waren heruntergelassen, damit ein Luftzug die Erstickenden belebe, und in dem Luftzug öffnete ich Unvorsichtige mein Täschlein, um noch schnell vor dem Aussteigen ins Spiegelchen zu gucken – husch! da blies mir der Windhauch mein duftiges weisses Spitzennastüchlein aus dem Täschlein hinaus und wie ein weisses Seelchen quer durch das Tram – einem schlafenden dicken Herrn auf den obersten Oberschenkel. Der Mann sass im Bankwinkel – denn damals sass man sich in der Strassenbahn noch auf zwei langen Bänken gegenüber. Er war mit dem schweren müden Kopf auf seine fette gepolsterte Brust gesunken, und in der herabgeglittenen Rechten hielt er die Zeitung, über der ihn der Schlummer erfasst hatte. Der Tramschaffner tappte im Halbschlaf mit seinen Billeten hinten im Anhängerwagen umher; in unserm Wagen ergötzte sich ein leider schon etwas zerfallener Offizier von Herzensgrund an meiner Not und Pein; eine Diakonissin von Riehen schloss vor Schmerz und Scham die Augen – sie war ein blasses schmales Geschöpf mit einer sittenstrengen, schneeweissblutleeren Nase, und die drei Schülerinnen, die sie mit sich führte, sahen sofort auch steif zu Boden unter meine Bank, als suchten sie das Mäuslein. Sonst war niemand weit und breit – helfen musste ich mir selber.

Ich beugte mich also zögernd vor und streckte meine Hand zitternd durch die Luft – da ging ein so entsetztes Zucken durch die Heilige von Riehen, dass es auch mich durchschlug und ich meine Finger blitzschnell zurückzog.

Aber wenn das Tram hielt, musste ich hinaus – ich streckte mich ein zweitesmal hin und berührte schon fast mein Tüchlein – da juppte der schlimmäugige Offizier mit beiden gestiefelten Beinen in die Luft vor Lachen – ich zuckte abermals zurück, übergossen von Röte und Zorn wie von Blut.

Aber nun knirschten die Bremsen, ich wollte um alles in der Welt mein reizendes Tüchlein nicht verlieren – ach, es war ein Gespinstchen wie aus Silber und Licht – schon funkelten meine

Augen auf, meine Fingerspitzen kribbelten, ich hatte es schon – schon beinahe: da rührte sich plötzlich der Mann im Schlaf, ich sank auf meine Bank zurück und riss mein Spiegelein vor die Nase, der Erwachende hob den Kopf so schwer, als trage er einen Taucherhelm, er blinzelte, der Wind wehte mit leisem Flattern mein liebes schneeweisses Tüchlein – ach, wie sage ich es – ein wenig höher am Bauch des Herrn empor – irgendwie spürte dieser das weisse Blinken, auch waren aller Augen auf ihn gerichtet, da hob er, der Durchtriebene – oh was sind wir arme Frauen gegen die unerschütterlichen Männer – da hob er gleichgültig sein Zeitungsblatt halb vor sich in die Höhe, und dahinter schob er, während ich aus dem Wagen taumelte, mein weisses Spitzentüchlein als ein vorwitziges Hemdzipfelchen in seine Hose.»

Mit dieser Geschichte waren nun alle ausnehmend zufrieden.

Aber die Frau mit dem Eisbalken vor sich musste doch noch gefragt haben, ob die Erzählerin das Tüchlein so für immer eingebüsst habe.

«Nein», sagte die Dame, «leider nicht», und stand auf und wollte gehen. Aber da hielten alle sie zurück, und sie sagte: Drei Tage später habe es ihr der Offizier richtig zurückgebracht und sei daraufhin ihr Mann geworden – und alle freuten sich. Aber sie schüttelte den Kopf und sagte, indem sie aus der Fähre stieg: Das Tüchlein sei trotz allem die vielen bittern Stunden nicht wert gewesen, die er ihr damit geschenkt habe.

Und ging.

Und die andern mit ihr.

VIERTE ÜBERFAHRT

Das Schiff aber füllte sich im Hui wieder mit wasserlustigem Volk, es fuhr ab, die Leute zahlten ihr Fahrtbätzlein – einer Frau gab der Fährimann auf ihren Franken gleich neun Batzen heraus – eine ganze Handvoll – und er sah dazu der Frau sehr treuherzig und harmlos in die Augen. Darauf blickte die Frau argwöhnisch ein Bätzlein nach dem andern an, und auf einmal sagte sie:

«Aha, daher der treue Blick», und reichte dem Fährimann eins von den Münzlein zurück – es war ein falsches; und der Fährimann, zornentbrannt, musste es wieder nehmen und ihr ein rechtes helvetisches dafür geben.

Er rief, als er die Fassung ein wenig zurückgewonnen hatte:

«Sie sind jetzt die Neunzehnte heute, bei der ich's versuche – aber wenn's hundert werden, ich lasse nicht lugg, ich bin auch damit hereingeleimt worden, also darf ich's.»

Da lachten alle Rheinfahrer in dem Schifflein aus vollem Hals, erstens ihres guten Gewissens wegen und zweitens, weil der Fährimann bestimmt keinen von ihnen mehr mit dem falschen fremdländischen Dreckbätzeli erwischen würde, und einer nach dem andern fing Geschichten an zu erzählen, worin es auch nicht immer ganz recht und gehörig zuging; zum Beispiel berichtete ein stiller freundlicher alter Geldeinzüger vom Elektrizitätswerk, der seine beiden müden Hände immerzu auf dem messingenen Verschluss seiner Geldtasche liegen hatte, ‹die Geschichte von der Telefonkabine›.

Die Geschichte von der Telefonkabine

«Da gibt es ganz weit hinten im Kleinbasel einen Platz, den kennt nicht einmal jeder Basler, so weitab liegt er, und mancher Grossbasler, wenn er nachts unversehens dorthin müsste, wagte es nicht ohne Revolver; aber er brauchte ihn nicht. Das ist ein sehr langgestreckter Platz; auf der einen Seite türmen sich unabsehbare Bretterbeigen in die Lüfte, auf der andern röstet Haus neben Haus in der Sonne; und mitten durch streckt eine schmale endlose Strasseninsel ihre grünen Baumbüschel auf; diese Insel trägt an beiden Enden je ein Telefonhäuslein aus silbern gestrichenem Eisen und funkelndem Glas, mit einem lustigen Chinesenhütlein als Dach.

Vor der einen dieser Kabinen stand unlängst an einem so hellen sonnigen Abend wie heute eine längere Schlange von Menschen; die blickten alle überaus vergnügt und erwartungsvoll drein, und immer kamen noch neue angeschlichen, fragten erst vorsichtig die Wartenden etwas und stellten sich dann heiter nickend hinten an.

Vor der andern Kabine aber stand kein Mensch, und es telefonierte auch keiner drin.

Dies Missverhältnis fiel schliesslich einem scharfsinnigen jungen Polizisten auf, der hoch zu Rad seine Streife durchs Viertel machte. Er stutzte, umfuhr langsam einmal die Bauminsel, hielt dann am Trottoirrand an und besah sich argwöhnisch die immer länger werdende Reihe der Harrenden.

Diese dämpften denn auch merkbar ihre fröhliche Unterhaltung und wurden sichtlich etwas gezwungen; aber sie boten beim besten Willen keinen Grund zum Einschreiten.

Nun fuhr der junge strebsame Polizist zum andern Telefonhäuslein hinauf, stieg ab und umschritt es unauffällig. Aber er entdeckte nichts Ungereimtes, und auch im Häuslein drin nicht; der Apparat war in Ordnung.

Er stellte sich nun halb hinter die Bäume, halb hinter das Häuslein, um so versteckt die Reihe der Verdächtigen dort unten zu überwachen; aber diese sahen alle unverwandt zu ihm herüber, und ihre sämtlichen Augen glänzten in der Sonne bunt wie Gufenknöpfe und voller Spott.

Der Polizist sah sich in seiner List durchschaut und ging jetzt aufs Ganze. Er fuhr abermals zu dem belagerten Häuschen zurück und stellte die Leute offen zur Rede.

«Wäge was», fragte er, «stöhn er eigetlig alli vor dem Hüsli und nit ei Hälfti dört obe? Das wär doch logisch!»

Ihm antwortete ein Bursche:

«Wäge der reine Luft – si isch suscht immer so bakteriefrey do umenand.»

«Hän Sie kei frächi Röhre!» sagte der Polizist. «Suscht verzell ich Ihne, wär e Bakterien isch und wär nit.»

Drauf wandte er sich in hellem Zorn gegen eine junge Frau und wollte von ihr wissen, warum sie nicht ins andere Häuslein telefonieren gehe.

«I gang jo!» antwortete die Frau kleinlaut, sah schmerzerfüllt in ihre Hand hinein, wo sie den Zwanzger hielt, trat aus der Reihe und wanderte niedergeschlagen auf dem Randstein nach dem zweiten Häuslein. Als sie davorstand, sah sie noch einmal in die Hand, zuckte die Achseln, schüttelte die Haare aus der Stirn und ging stracks an dem Häuslein vorbei heim.

«Jetzt lön Sie mi in das Hüsli yne!» rief der Polizist. «Do goht öppis nit mit rächte Dinge zue!» und wollte in die so heiss begehrte Kabine eindringen. Aber ein klotziger Holzarbeiter legte ihm die Hand auf den Unterarm und sagte:

«Gsehnd Sie nit, dass das Müetterli do inne grad redet? Derwylscht hän Sie doch kei Rächt do yne z'goh.»

«Suscht haut Ene das Müetterli no eini!» sprach ein Hafenarbeiter.

Und ein Mädchen rief mit ihrer ungebrochenen harten hellen Stimme:

«Polizischte hinden-aschliesse! I muess zerscht no mym Schatz telifoniere!»

Wahrhaftig – jetzt verlangten alle, dass der Polizist hinten anschliesse, und der Erzürnte war in keiner beneidenswerten Lage – da ging die Kabinentür auf, das Mütterlein, das telefoniert hatte, taumelte heraus, geblendet von der Sonne und ganz schwindlig vor Glück, und rief, ehe es eine Gefahr auch nur ahnen konnte, ausser sich vor Seligkeit und immerzu die geschlossene Hand auf ihr Herz drückend:

«I a my Sohn vertwütscht und dreimol gönne mit ihm rede, und s'Fufzergli isch dreimol wieder unden-use gho!»

Und sah das Fufzgerli entzückt an und drückte es wieder ans Herz.

Sie war ein altes Zeitungsfraueli, lustig, dürr und spitzig, mit einer ungeheuer vergrössernden Brille auf der Nase – der Polizist verhaftete sie jetzt sofort. Sie war aus dem Welschen; sie hatte niemand mehr als einen Sohn in Sion; dem hatte sie angeläutet, zum erstenmal im Leben, in die Garage, wo er arbeitete, und hatte seit zwei Jahren zum erstenmal wieder seine Stimme gehört, und war ausser sich vor Glück. Ihr war von jemandem – von wem denn? – sie wusste es in ihrem Jubel gar nicht mehr – ihr war bedeutet worden, in dem Häuslein falle heute abend nach jedem Gespräch das eingeworfene Geld wieder unten aus dem Automaten. Ja – sie erklärte sich schuldig. Aber sie würde jetzt gern den Franken fünfzig bezahlen, wo sie dreimal drei Minuten mit ihrem Milon hatte reden dürfen.

«Wenn's mit-eme Frangge fufzig abgoht!» sprach, Dunkles ahnen lassend, der Polizist. «Das isch denn noni gseit! Und jetzt schryb i erscht no Sie alli zämme uff – blybe Sie nur stoh! S'soll mer kein vo der Stell!»

«Wäge was vo der Stell?» fragte ein kühner Büetzer. «Mir hän jo no gar nit telifoniert, mer hän jo erscht gwartet!»

«Aber Sie hätte telifoniert, wenn Sie dra ko wäre!» rief der Polizist ausser sich.

«Sowieso!» sagte der Büetzer. «Aber s'het is leider nümme glänggt.»

Das war richtig – der Polizist musste sie laufen lassen. Die böse Absicht – und keine Tat: dafür durfte niemand gepflückt werden. Hihi!

– Aber halt einmal! Halt! Alle halt! Wer waren denn die, die schon vorher gratis telefoniert hatten?

Daran konnte sich niemand mehr erinnern.

Es blieb nur das Mütterlein. Dieses zahlte sogleich dem Polizisten seinen Franken fünfzig, den dieser quittierte. Drauf schrieb er es auf und liess es laufen. Und es läuft jetzt noch... mit zwei Herzkammern voll Angst und zweien voll Glück, und es sagt allerorts: wenn die Telefonverwaltung es verklage, läute es zeitlebens nie mehr nach Sion an, dann reise es vielleicht (z'leid!) einmal mit der Bahn hin. Wenn sie es aber laufen liesse, telefoniere es schon an Weihnachten wieder, und das nächste Jahr auf Ostern, und so weiter; und wenn die Telefonverwaltung nicht ganz übel beraten ist, lässt sie sich dies verlockende Geschäft nicht entgehen und drückt ein Auge zu.»

Unwillkürlich drückte im Zuhören eine Frau gleichfalls ein Auge zu, und alle lachten und sagten, sie wisse sicher auch eine Geschichte vom Augenzudrücken, wenn es ihr vom blossen Anhören schon so im Augendeckel jucke, und die Frau sagte mit einer lauten fröhlichen Stimme: «Allerdings», rückte sich munter zurecht, warf den Kopf ein wenig zurück und erzählte die ‹Geschichte von der Arbeiter-Riviera›, und vor Heiterkeit glänzten dabei nicht nur ihre hellblauen Augen, sondern glänzte auch ihr rösleinroter Mund, der im Berichten ganz feucht wurde, und glänzten die hellroten prallen Äpfelein ihrer Wangen.

Die Geschichte von der Arbeiter-Riviera

«Wer da drüben dem Kleinbasler Ufer nach abwärts schreitet, der findet zwischen den beiden letzten Brücken ein Gestade, wo das grüne frische Rheinwasser etwas flacher als anderswo über die weissen Kiesel hinhüpft; dies ist die alte Flosslände mit ihren flachen steinernen Landerampen und den halbverwitterten Eichenpfählen, an die einst die Flösse gebunden wurden; hier war zu Sommerbeginn der schönste Badeplatz weit und breit. Da hökkelten die Kinder im niedern Wasser wie die Fröschlein oder lagen flach wie die Kuchenmännlein auf den heissen Steinplatten und zitterten ganz ausgeschwemmt mit den Ächselein – wie Engelchen mit abgebrochenen Flügeln, die gern wieder aufgeschwebt wären. Die Schulkinder, in einer Wolke von Geschrei und Wassergischt, machten weiter draussen aus den verankerten Rheinkähnen ihre Spiessli, Köpfli, Hechtli, Ärschli und Ränzli, dass es eine Lust war. In der Mittagspause legten sich dort mit nacktem Oberkörper die Arbeiter aus den Chemischen in die Sonne; ihre Frauen brachten ihnen das Essen und sahen aus dem Schatten der Ahornbäume zu, wie ihre Mannen auf den glühenden Steinplatten das Essgeschirr ausräumten. Abends nach der Arbeit kamen aus der Stadt junge Männer und Mädchen heimgeschwommen, die sich unter den Brücken ausgezogen hatten und ihre Kleider in Schwimmsäcken hinter sich her zerrten, an Schnüren, die sie ums Handgelenk geknotet hatten; schön und glitzernd stiegen sie scharenweise aus den Wassern und spiegelten in der Abendsonne wie frisch in hellem Gold gegossen; am Fuss der Böschung, unter dem grünen Ahorndach, kleideten sie sich ruhig an und gingen die Flosslände hinauf heim. Nach dem Nachtessen aber, aus all den heissen Gassen und Strassen des Viertels, kamen die verschwitzten müden Büetzer an den Rheinstrand; sie brachten ihre Frauen und die grösseren Kinder mit; die kleinen schrien in den Betten hinter ihnen her. Und nun tummelten sie sich alle in dem Wasser; die Männer lehrten ihre kreischenden oder gurgelnden Frauen schwimmen; die Jungen zeigten den Eltern, wie man richtig das Wasser schlage; aus dem Seifenfabriklein kamen die Blinden getäppelt, tasteten sich in das Wasser und stöhnten oder brüllten leise vor Schreck und Glück in der ziehenden Kühle. Alle waren glücklich an der Arbeiter-Riviera.

Eines Nachmittags aber setzten sich zwei heranwachsende Schulmädchen in ihren leuchtenden Badkleidern auf eine der Bänke oben auf dem Spazierweg, legten einander die blanken Arme um die glatten Achseln, lachten und plauderten. Und dies sah eine Frau aus einem der Häuser hinter der Strasse, welche wusste, was Sitte und Anstand war. Sie läutete sofort dem Frauenverein an, der Frauenverein wandte sich mit einer gesalzenen Eingabe an den hohen Regierungsrat, und der Regierungsrat verbot sogleich in eiserner Tatkraft alles Baden im Freien in der ganzen Gegend der alten Flosslände, ja er schickte jeden Tag und jede Stunde Polizisten hin, die die Badenden verjagten und die Widersetzlichen aufschreiben sollten.

Viele dieser Polizisten waren nett zu den armen Menschen, die alle aus dem Wasser mussten und die die uniformierten Stadtwächter meistens erst gar nicht verstanden. Einer der Polizisten sagte sogar:

«Sie könne mer's glaube: s'isch mer vedammt unagnähm.»

Andere Polizisten aber wollten noch ihre Sporen abverdienen. Sie kamen gleich zu zweit auf Velos, traten unversehens unter den Bäumen hervor, und wenn dann all die Erschreckten ins Wasser hinausflüchteten und wegschwammen, fuhren sie ihnen am Ufer nach so lang, bis jene halb ertrunken ans Land groppelten; dann erzählten sie den Zitternden etwas; davon war das Kleiderwegnehmen das geringste.

So lichtete sich der Flössistrand immer mehr. Tagsüber badeten nur noch kühne Buben, die ihre Posten aufgestellt hatten und – sobald etwas Graublaues auftauchte – auf allen Vieren wie braune Äfflein das Steinbord hinaufsausten und in den Badehosen in die Seitenstrassen wegzäpften. Abends in der Dämmerung aber schlichen in alten Regenmänteln, mit Schlappen an den Füssen, geduckte Büetzer den Gartenhägen nach ans Wasser, warfen mit einem Ruck Mantel und Schlappen von sich, standen in den Badekleidern da und tauchten verstohlen und tückisch in die verbotene Flut.

Einst, in einer schwülen Nacht, erwischte dabei ein Polizist einen Plattenleger. Er stellte sich über Regenmantel und ausgelatschte Sandalen hin und fragte, warum jener trotz Verbots hier bade.

Der Plattenleger sprach:

«Wenn Sie wüsste, wien ich heimkumm...»

Er arbeitete jetzt, in der heissen Sommerszeit, in einem Neubau unter Glasdächern und trug während der Arbeit Holzscheiben an Knien und Händen, damit er sich nicht auf dem flüssigen Asphalt verbrannte.

«So göhn Sie doch in e Badanstalt!»

Wenn einer so kaputt war wie der Plattenleger, dann lief er nach Feierabend nicht mehr bis zu einer Badeanstalt.

«Denn nämme Sie ebe s'Velo under en Ar... under en Arm wien ich au.»

Der Plattenleger hatte keinen Pneu mehr.

Es war zum Ersticken warm, der Ertappte hatte ein ganz gedunsenes Gesicht, seine rötlichen Brauen und Wimpern waren bis auf krause Stummelchen abgesengt – aber er musste weg; er konnte sich ja zu Hause am Küchenhahn abwaschen.

Es wurde gegen Ende Juni bei uns unten so heiss, dass das Ahornlaub sich krauste und an den Astspitzen braun wurde. Die Erde in den Gärten stäubte. Auf dem Kupferblech vor meinem Dachfenster hätte ich den ganzen Tag Eier prägeln können.

Nunmehr lauerten hinter allen Jasminbüschen und Jalousien die armen Leute, bis die Polizeistreife um neun Uhr abends vorbei war. Die meisten hatten noch auf ihren Pflanzplätzen gearbeitet, manche anderthalb Stunden weit vor der Stadt. Bis sie heimgefahren waren auf den Velos mit den Kindern im angespannten Wägeli, waren sie wie ausgedörrt und ausser sich vor Unverträglichkeit. Wenn sie in ihren heissen Schlafstuben, zwischen den unruhigen Kindern, Schlummer finden sollten, mussten sie noch in eine Wirtschaft abhauen zum eiskühlen Bier oder dann ins kühle Rheinwasser bis über den Schopf hinaus.

Den meisten fehlte das Geld für das eiskühle Bier. Sie stürzten, kaum dass die Polizisten verschwunden waren, in immer grösseren Scharen in den Jordan – wie viele fälschlicherweise den Rheinstrom nennen – und schwaderten, tunkten sich, standen im Wasser auf den Kopf, spritzten und verführten ein Hallo, immer unverhohlener, immer lauter und ausgelassener, immer fröhlicher und besoffener vor kaltem Glück, dass schliesslich aus den Gassen der letzte Büetzer unwiderstehlich ans Wasser gerissen wurde und alles da unten in der halbdunkeln Nacht durcheinander plätscherte; sogar die scheuen Blinden kamen wieder, abgerissene Zeitungsverkäufer, was weiss ich wer alles.

Eines Nachts aber, als der Rummel gar nicht mehr lustiger werden konnte – alle waren ausser sich vor Wasserlust, die Flut bummerte von den Kopfsprüngen wie von Schüssen, die Frauen wateten ins Bodenlose hinaus und geussten wie besessen, wenn der erste Wirbel sie um den Leib packte, die schwimmenden Burschen tauchten die Köpfe halb unter Wasser und gurgelten mit einem schaurigen Hall die Luft aus den Mündern empor – in dieser Nacht kam plötzlich die Flossländi herunter ein Mann gerannt, ein Schweisser aus einer Maschinenfabrik, und rief unter die Badenden das schreckliche Wort:

«E Schroter!»

Ein Schroter ist ein Polizist. Weiss Gott, wer diesen riesigen tückischen Bären von einem Polizisten hergeklingelt oder hergepfiffen hatte. Ordnungswidrig, zwischen die gewohnten Patrouillen herein, kam er angejagt. Aber ehe er noch am Tatort war, rannte, kletterte, schoss, purzelte das ganze Heer der nächtlichen Übeltäter, eine graue tropfende Geisterschar, die Mäntel um sich schwingend, die Schlappen in den Händen, Flossländi und Steinbord hinauf, verschwand hinter Büschen, Haustüren und Tomatenstöcken und starrte mit nachtfunkelnden Augen auf das Schauspiel, das sich jetzt über der Flossländi entwickelte.

Denn ach – jemand hatte seine Kleider nicht so rasch gefunden wie der wilde Schwarm der andern. Ein blindes Hausiererpaar, das die Seifen aus dem Blindenfabriklein in der Stadt vertrieb, es wurde gefangengenommen. Er war ein junger, kräftiger, grosser, schöner Bursche mit goldhellem dichtem Haarschopf, sie eine ältere Frau, schlohweiss, sie schien seine Mutter, wenn sie ihn tagsüber führte, sie war aber seine Frau. Die zwei hingen mit unbegrenzter Liebe aneinander; sie standen jede Nacht im Wasser und wuschen eins das andre, zärtlich und betulich. Sie fasste der Polizist derb an den Armen, als sie mit vorgestreckten Gesichtern an ihm vorbeistrebten.

Er fragte sie nach Namen, Vornamen, Wohnort, Beruf und schrieb all dies mächtig und klotzig in sein Büchlein, und sie standen beide und zitterten.

Und siehe: da geschah ein Wunder.

Ein Gärtner, ein Gärtnereiangestellter, hinter seinem Röslibusch, sprach kühn zu seiner Frau:

«Also – denn soll er au mi uffschrybe – aber verdammi die zwei nit ellei.»

Und obgleich ihn seine Frau am Arm halten wollte, trat er, in Mantel und Schlappen, ein untersetzter alter Schweizer, rothäutig vom Sonnenbrand, mit einem Kopf wie eine gewaltige glänzende polierte Kugel, aus seinem Versteck und zu dem Schugger hin und sprach:

«Chasch mi au grad notiere.»

Hinter allen Hecken, Rösleinlandern und Bohnenstangen staunte es; viele Herzen schlugen heftig; viele Sinne überlegten. Ein Gartentörchen knarrte. Schau: da trat eine ehrenwerte Frau gleichfalls auf die Strasse, eine prächtige Hausfrau, die im Krieg die Hausfeuerwehren des ganzen Gevierts kontrolliert und erst noch wie geschurigelt hatte in mancher dunklen Nacht: eine tolle frohe rundliche Stauffacherin; sie fasste alle ihre Tapferkeit zusammen, schüttelte sich und schloss sich dem Unglückshäuflein an.

Nun kam auch die Frau des Gärtners geschritten; sie liess ihren Mann doch wegen einer Busse nicht im Stich – chasch dänke!

Drauf tauchte ein junger scheuer Angestellter der Universitätsbibliothek aus dem Dunkel einer Traubenwand, den eine innere Pflicht seinen Mitmenschen gegenüber trieb.

Ein junges Ehepaar, die besten Faltbootfahrer Rhein auf und ab, trat Hand in Hand zu den Verruchten, und die blonde fröhliche Frau sagte:

«Mer wänn au nit gmein sy.»

Ein alter Färbereiarbeiter murmelte: «Solidarität!» und kam gleichfalls in die Gefahrenzone; ein junges Mädchen: «Wenn alli göhn, gang i au, worum nit?» und tat es.

Und eine sonst als bös verschriene Frau rief: «Anderi solle sich drugge – aber ich nit!» und schloss sich dem dunklen Haufen an.

Denn ein Haufe Menschen waren die Tapfern nun schon zu nennen, die den Polizisten umringten. Dieser sah sich jetzt geradezu, nachdem er die Antworten der Blinden in saftigen grossen Zügen notiert hatte, nach einer Strassenlaterne um, die ihm zu seinem Schreibwerk mehr Helle gewähre als die hellen Sterne. Er bahnte sich einen Weg dorthin. Der Haufe der Opferbereiten folgte ihm. Während er den Gärtner notierte, kam eine Schar junger Burschen, mindestens sieben an der Zahl; sie sahen dem arbeitenden Polizisten über den Arm ins Büchlein und sagten ihm, wie er die Namen richtig schreiben müsse. Der Polizist, mit seiner markanten Schrift, hatte zuerst pro Kopf zwei Seiten in seinem kleinen Notizbüchlein gebraucht. Jetzt schränkte er sich auf eine pro Nase ein, denn das Büchlein hatte nur noch wenige leere Seiten; schliesslich auf eine halbe. Und es wimmelten verflucht nochmal jetzt in Scharen immer neue Badende an. Er war im Nu auf der letzten Seite. Ein Bursche sagte:

«Pro Ma e Linie, Sie, suscht längt's Ene nümme!»

«Wie heisse Sie?» fragte der Polizist scharf.

Der Bursche sagte es getrost; da war der Polizist mit seinem Büchlein zu Ende.

«Hett no öpper Papier für dä fremd Herr?» fragte der Bursche.

– Nein, es hatte niemand keins.

«Wieviel sinn mer denn no?» erkundigte sich der Bursche.
«Wär nit uffgschriben isch, soll d'Hand erhebe.»

Fast alle noch streckten sie auf; der Bursche zählte; es waren etwas über vierzig.

«Was mache mer jetz, Herr?» forschte der Bursche. «Solle mer Sie zum Poschte geleite?»

Der Polizist sah den Scheinheiligen durchdringend an, langsam klappte er sein Büchlein zu, schnellte das Gummiband drum, steckte das Büchlein ein und sprach verachtungsvoll zu den Versammelten:

«Lose Sie! Länge Sie mir doch alli an Arm!»
Und ging. Aber bestraft worden ist nie einer.»
Darüber freuten sich alle über die Massen.

Ein älteres Mädchen aber, mit weissen scharfen Gesichtszügen und dunklen überanstrengten Augen, seufzte und sprach:

«O Gott, fast wäre mir jetzt die Geschichte meines unglücklichen Vaters auch noch entschlüpft, wo schon so viel von Übertretungen die Rede war. Aber seit nun gar – seit wir nun gar mit Krallen und Nägeln hinter ihm her sein müssen, damit er uns nicht unser letztes Stückchen Hab und Gut verzettelt, und jemand letzthin sogar von Entmündigung flüsterte, darf ich als seine Tochter doch nicht –»

Sie liess sich aber durch mehrere wohlwollende Zuhörerinnen bewegen, dennoch ihre ‹Geschichte von dem Trambilletteur› preiszugeben, und hub seufzend an:

Die Geschichte von dem Trambilleteur

«Bis mein Vater fünfzig Jahre erreichte», erzählte das ältere Mädchen mit weissen scharfen Gesichtszügen, «war er – das darf ich ruhig sagen – der musterhafteste Trämlibilleteur der ganzen Stadt Basel, frisch, freundlich, heiter; sagte allen Einsteigenden laut und kräftig: «Grüess Gott!», den Aussteigenden herzlich «Läbe Sie wohl!» und lieferte das Jahr über im Tramhäuslein am Barfüsserplatz ganze Haufen Münz ab, Fässer voll, alles zusammengeschüttet, und jedermann war mit ihm zufrieden, Vorgesetzte wie Fahrgäste; und keiner verlangte mehr von ihm.

Seit aber die Mutter tot war und er für sich allein so hinspintisieren konnte, fing er an, über alle möglichen Dinge in der Welt viel zu weich zu denken, die abscheulichsten und fluchwürdigsten Dinge, wie ich deren eines noch werde erwähnen müssen, zu erläutern und zu begründen, kurz: allen alles nachzusehen, ja, was das Schrecklichste war: sich selber auch, und in seinem Beruf eine gesetzlose Willkür einzuführen, die allerdings nach Ahndung rief.

Er fing nämlich an, wenn der Kontrolleur im Gegentram vorbeigeflitzt war und somit keine Gefahr weit und breit drohte, oder zu drohen schien, sag ich wohl besser, o Gott – da fing er an, die Leute, die ihm herzlich wohlgefielen, frei und umsonst in seinem grünen Trämlein durch die Welt zu führen, nahm ihnen kein Geld ab, knipste ihnen kein Löchlein in ihre Karten und Abonnemente und rupfte ihnen keine Zettelein aus den Heften.

Erst tat er dies ganz unauffällig:

etwa am Sonntagmorgen einer heitern Familie, die mit Kind und Kegel in die frischen Wälder ausriss;

oder einer Schar Buben, die abgekämpft, halb tot und noch toll vor Lustigkeit vom Sportplatz heimfuhr;

oder einem behaglichen alten Freund aus dem Verein für Vogelkunde, dessen begeistertes Mitglied er seit unzähligen Jahren war.

Und allen wünschte er zum Abschied hell und freundlich einen schönen Tag, und alle dachten: «Haben wir dich verseggelt, alter Schwede?» und stiegen ein wenig verdrückt und halbtot vor Glück über ihr gespartes Zwanzgerli aus; und er nickte ihnen allen von ferne noch herzlich zu.

Um den Feierabend bediente er meist eine Linie, die hier unten durchs Kleinbasel in die grauen armen Quartiere hinzweigt. Da fuhren die Scharen der Arbeiter heim:

die Maurer mit ihren braunen staubigen Kitteln über den Schultern;

die Farbarbeiter mit ihrem fetten Geruch aus den Mündern und den weissen Bläschen in den Mundwinkeln – von der vielen Milch, die man ihnen gegen die Gifte zu trinken gibt;

die Näherinnen aus den Wäschefabriken mit ihren zitternden Fingern vom Gezappel an den Maschinen.

Und hier trieb es Vater bunter. Er liess zwei, drei auf einmal schlüpfen, spielte das Herrgöttlein, prüfte alle mit seinen freundlichen dunkelbraunen lebhaften Augen – ach du mein Trost, wer will ihn hassen? er hatte auch so ein dunkles dichtes schwellendes Kinnbärtlein, immer gebürstet, dass es glänzte; er war überhaupt ein schöner Mann, so klein er war... Wer ihm am mitgenommensten und erbärmlichsten dreinsah, den überhüpfte er, er nickte bloss freundlich. Aber auch dies drehte ihm noch nicht den Hals um, obgleich viele Arbeiter anfingen, auf seinen Wagen zu warten, und wegsahen und die Achseln zuckten, wenn die andern Billeteure sie einsteigen hiessen.

Nein, die ihn verdarb, war ein Ding – ein Ding – hätte ich sie hier zwischen meinen Händen, ich glaube, ich könnte sie – die fuhr als Schneiderin jeden Tag in die Stadt, und ich bin sicher: schon damals, als sie noch ein halbes Kind war, liess sie mein Vater umsonst fahren, obgleich er es aus Leibeskräften leugnet, der verstockte dumme arme Mensch; aber damals hätt ich's noch verstanden, da war sie das niedlichste Geschöpflein weit und breit im Kleinbasel, ich musste sie oft selber anstaunen, wenn ich sie irgendwo sah, dies Finettli dies aparte: wie aus einem seidengefütterten Schächtelein gehoben; ich hätte das Dingelchen jederzeit um Hälslein und zarte Schülterlein nehmen und verschmutzen können auf Lippen und Äuglein, so allerliebst war sie; und hatte Löcklein den Kopf voll so hellgolden wie Hobelspänlein.

Aber eben: Engelsgesichtlein – Teufelskrälleli.

Die fuhr damals ausser sich vor irgendeinem heimlichen Glück in die Stadt... und später ganz weich und aufgelöst und müde... und dann erschreckt und zusammengeduckt... und drauf elend verhürschet und verweint und liess ihr Köpflein von ihrem Hals hangen; verbarg unter einem schweren dunklen Mantel, was endlich doch ans Tageslicht musste, und fuhr schliesslich mit ihrem Kindlein auf dem Schoss jeden Morgen in die Kinderkrippe und abends nach der Arbeit mit dem Dingeli wieder heim. Verheiratet war sie aber nicht. Nein, das brauchen heutzutage viele nicht mehr zu sein und tun doch wie die Narren mit ihrem Geschmeiss und freuen sich noch dran. Nun, sie nicht. Sie sah damals gottserbärmlich aus; und ihr feines Himmelfahrtsnäslein ragte trostlos ins Leere; und ihre aufgeworfenen Lippen hatten ein weisses Häutlein, als hätte sie zu viel Mehlpäppli gegessen; und ihre geringelten Löcklein um die Wangen und Öhrchen, nun, die waren struppig geworden und stahlspänern (wären sie's nur immer geblieben!); und wo war ihr Goldglanz hingeschwunden? Nein, die Sünde macht sich nicht bezahlt, das sagte uns die Mutter oft und immer wieder. Aber eines prägt sich's ein, ein andres lacht darüber. Und jenes gefallene Engelein hatte ihr Kind von einem verheirateten Mann; und ihr Vater starb vor Schmerz über sie; und jetzt fuhr sie ganz schwarz angezogen im Tram dahin und lachte und weinte mit dem Kindchen in ihrem Winkel, wo sie meist sass, und hatte so ein schmales Gesicht bekommen, die Augen wuchsen ihr immer grösser darin wie Wegwartenblumen und fielen ihr beinahe aus dem bisschen Gesicht heraus, und die schweren Lippen wurden nur immer heller.

Der liebe Gott allein weiss, wie er einst die Männerwelt fabriziert hat und warum er sie so seltsam, verdreht und unverständlich gemacht. Denn je elender das Mädchen nun ward, je unansehnlicher und herabgekommener, desto heller entzündete sich in unserm verworrenen Vater eine blödsinnige Liebe zu ihr. Er schäkerte mit dem Kind, er redete einmal ein verschämtes stokkendes Wort mit dem verlorenen Geschöpf, sie antwortete leise und unter Tränen – seither hätte ihn nichts mehr vermocht, aus ihrer Hand ein Stück Geld zu nehmen – gratis und franko kutschierte er die Sünderin herum, je ein paarmal musste er ihr, als Kontrolleure aufsprangen, ein Billett in die Hand drücken, das er aus dem eigenen Sack blechte. Zugegeben hätte er es zwar nie, aber er hat sich doch einmal vor mir verschnepft, der Gescheitel.

Und nun kam, was kommen musste. Andere Frauen fahren doch in einem solchen Komödiantenwagen nicht mit, ohne bald einmal etwas zu merken.

Erst sagten die Weiber laut untereinander:

«Uns hat er scheint's lieber als das Züseli dort: uns vergisst er wenigstens nie.»

Später, zu dem Mädchen:

«Fräulein, für den sind Sie Luft – ist das nicht wüst von ihm, dass er Ihnen nie auch nur einen Blick gönnt und jeden Tag einen weitern Bogen macht um Sie?»

Drauf eines Tages zum Vater:

«Sie müssen keine Angst vor dem Maitli da haben. Sie beisst nicht, wenn Sie ihr auch einmal die Hand ums Geld hinstrekken.»

Und endlich beim Aussteigen, als das Spiel trotzdem weiterging, unter Geschrei:

«Alte Weiber sind zu schwer zum Gratisfahren, was? – hätten es aber manchmal verdeggel nötiger als die jungen, leichten.»

Das Mädchen streckte jedesmal schnell das Geld hin – es war zu spät.

Eines Morgens stand Vater vor dem Disziplinargericht der Strassenbahnen. Das Mädchen sass auch dort in einer Bank – ihr gegenüber eine Schar ergrimmter Weiber. Wir zu Hause beteten für ihn, wir Dubel. Wir glaubten noch an seine Unschuld.

– Ob die beiden einander kannten? wurden sie gefragt.

– Nein, sie wussten nicht einmal voneinander, wie sie hiessen.

– Ob sie nähere Beziehungen zu einander gehabt hätten?

– Oho!

– Aber wieso Vater das Mädchen immer umsonst habe fahren lassen?

«Das hat er nicht!» rief das Mädchen zornig. «Ich hätte es auch nicht angenommen.»

Und hatte Tränen in den Augen.

«Nein», sagte der Vater, «ich hätte mich gar nicht getraut ihr gegenüber», und sah immerfort das zornige Mädchen an – und sie ihn auch, ganz fest durch ihre zornigen wasserblauen Tränen hindurch.

Sie logen das Blaue vom Himmel herunter, stocksteif, eine Stunde lang.

Die Weiber waren ausser sich vor Zorn. Die Vorgesetzten und Kollegen im Disziplinargericht schüttelten die Köpfe.

Der Fall wurde als zweifelhaft angesehen, doch immerhin war Vater stark belastet. Er wurde für ein Jahr aus dem Fahrdienst gezogen und zu Werkstättenarbeit verknurrt. Dort schmiert er jetzt Achsen und hämmert zerbeulte Bleche glatt, der lustige Billeteur. Nun, der Herr sei mit ihm. Jetzt beten wir aber nicht mehr für ihn.

Denn draussen vor dem Gerichtssaal, in dem grauen sandsteinernen Treppenhaus, warteten die zwei Lügenmäuler jedes in einer Ecke, bis sich die zeternden Weiber verzogen hatten; dann schossen sie auf einander zu was gisch? was hesch? und ihre Schritte hallten wunderbar ineinander. (Dies eine Feststellung meines überspannten Vaters.)

Das Mädchen sagte erst laut und zornig, dass es jeder Horcher hinter einer Tür hören musste:
«So etwas von einem hinzulügen – das ist doch –»
Sie lauschten. Dann, als alles still blieb, sprach sie leise:
«Sie dürfen nicht meinen von mir, dass ich immer so lüge... und so bin... das bin ich nicht. Ich wollte nicht, dass Sie... Und auch ich: ich hange im Geschäft noch an einem Fädelein.»
«Ich habe vielleicht ein paarmal die Billette vergessen...» sagte mein Vater schüchtern und erschüttert (denn so wie ich ihn kenne, war er schon in der grössten Herzensnot)... «wenn es mir das eine oder andere Mal passiert sein sollte... ich wollte gegen Sie nicht aufdringlich sein.»
Das Mädchen sagte noch leiser und nahm seine Hand:
«Als ich mein Kindlein bekam» – und nun spürte mein Vater, wie ihre Hand zitterte, «da habe ich eine Zeit durchgemacht... ich wünschte sie keinem... Da waren Sie der einzige Mensch, der mir immerzu Gutes erwies. Ich fürchtete jeden Tag, es könnte auch mit Ihnen einmal aus sein, plötzlich, wie mit... wie mit... Aber jeden Tag nahmen Sie mich wieder mit... und so freundlich... Ich hätte es bezahlen können, am Ende, obgleich ich elend dran war. Aber dass mich diese ganze Zeit ein Mensch nicht wegstiess, sondern heimlich lieb war zu mir, und zu mir hielt, so als ob er... als ob wir... Treue...»
«Ja», sagte mein Vater, «so war es... ja... so...»
Sie gingen ein paar Stufen das hohe steife halbdunkle Treppenhaus hinunter. Draussen regnete es. Die Winkel waren ganz dämmerig. Auf einem Absatz fragte sie:
«Ist es schlimm: dieser Werkstättendienst... ein Jahr lang... und die Trämlein missen?»
«Die Menschen missen», sagte mein Vater, «das ist schlimm. Manche nicht mehr sehn, die man lieb hatte... und nie mehr ein Wort mit ihnen reden dürfen... und sie vielleicht aus den Augen verlieren für immer in dem Jahr.»
Und so weiter und so weiter... was soll ich das blöde Geschnörr wiedergeben dieser zwei Ausgerutschten da? Es ist ja klar, was sie jetzt zur Antwort gab – in Sachen Trennungsschmerz und ein Sälbli drauf – ich hätte es auch gesagt bei einem rechten Trämler... nicht bei so einem alten natürlich, wie mein Vater war, schon

dreiundfünfzig – der aber immerhin noch im Saft ist, bei allen Heiligen! das muss ich denn doch sagen! – ein Auerhahn, wie er im Buch steht, mit Balzen und Gurren um seine feine Henne herum. Und wenn sie jetzt dann nächste Woche Hochzeit halten, die zwei, weiss der Herr, ob es nicht am Ende noch ein ganzes Nest voll junger Auerhähne gibt... und mit jedem wird mein Erbteil an unserm vierstöckigen Haus schmaler... Aber natürlich, was braucht ein altes Tanti Geld... das können seine zukünftigen Neffen und Nichten doch viel besser brau-... oder sind es gar meine Brüder und Schwestern, die ich da noch kriege? Jesus im Himmel... meine Geschwisterti... von der da... und womöglich noch mit ihren Augen wie Wegwartenrädlein so blau und gross. He Gott bewahre. Aber sobald sie auf die Welt kommen, so nehme ich die Brut unter meine Fittiche, und wenn mich mein Stiefmütterlein beisst: von irgendwoher müssen sie Gutes lernen, die Kleinen – und wie sollen sie das von einem Elternpaar, das sich beim Trämli-Bschyssen fürs Leben gefunden hat?»

Dazu ermunterten sie alle Wasserfahrer kräftig und stiegen mit ihr aus.

FÜNFTE ÜBERFAHRT

Auf dem Steg aber drängte sich schon wieder neues Volk in einem ganzen Schärlein und freute sich auf die Wasserkühle; denn noch immer schien die Sonne heiss und golden am Abendhimmel. Ja ein alter fröhlicher Mann stieg hemdärmlig ein; er trug seinen Rock überm Arm. Aber wie er sich nun in der Fähre niederliess, eine Lindenblüte im Mund, und den Rock über die Knie legte – siehe: da blitzte ein silbernes Schildchen heimlich und hell unter seinem Rockumschlag hervor, und der Fährmann sah es und rief:

«Was Teufels trägst du da für ein Blechlein unterm Kragen, Dänni? Du bist mir doch hoffentlich nicht unter die Geheimpolizei gegangen?»

Der alte Mann hob nur verächtlich die Brauen. Als der Fährmann aber bei ihm das Geld einzog, zeigte er ihm mit einem lustigen Blitzen in den Augen schnell das Schildchen, und da war es das letzte Fasnachtsabzeichen.

«Und sogar in Silber, du Gschwelli», sagte der Fährmann. «Das trägst du also das ganze Jahr heimlich unter deinem Rockkragen mit?»

«Bis es im Februar ein neues gibt», sprach der Schalk, «du hast es erraten.»

Und da war das Eis auch schon gebrochen, und die ganze Fähre redete von nichts anderem mehr als von der Fasnacht, und bis das Schifflein über den Rhein geschwommen war und drüben nach einer geraumen Zeit die Leute sich von dem lustigen Plauderboot trennten, waren sechs, sieben der merkwürdigsten Fasnachtsgeschichtlein von den Wasserfahrern preisgegeben, und das eine oder andere Müsterlein führe ich hier an. Da erzählte beispielsweise der wilde Fährmann unter der lebhaften Entrüstung aller Frauen die ‹Geschichte von dem tapferen Ehemännlein›.

Die Geschichte von dem tapferen Ehemännlein

«Der liebe Gott im Himmel» – so behauptete der Fährimann – «will, dass der Ehemann seiner Ehefrau Herr und Meister sei. Also ist es in der Bibel nachzulesen. Und wo das Gegenteil der Fall ist, verbirgt Gott sein Gesicht und überlässt beide, Mann und Weib, der Pein der Hölle. Aber nie verbarg er es so dicht wie über der Ehe eines winzig kleinen Briefträgers im Kleinbasel mit einer gewaltig grossen, dicken und aufgeblasenen Frau. Mit nichts, was er ihr bot, war die Unholdin zufrieden, mit keiner Hausarbeit, obgleich er ihr wie ein Engelchen diente, mit keinem Geschenk der Liebe, selbst mit seinem Lohn nicht, obgleich er ihr mit der Zeit auch das letzte Räpplein ablieferte. Und als er nun gar pensioniert wurde und nur noch fünfundsiebzig Prozent des bisherigen Lohnes heimbrachte, hei! da wusste sie sich nicht mehr zu fassen; sie schalt ihn den armseligsten Tropf auf Gottes Erdboden; und als er darob überhaupt an allen Enden und Ecken pensionsbedürftig wurde, heulte sie über ihre Verlassenheit, wo sie noch so ein tüchtiges und taugliches Weib sei, und lud nachmittags zum Bier in die Wohnung, was an derben Mannspersonen in ihre Nähe kam; vor den Burschen schalt sie ihr Männlein so hässlich aus, dass kein Bier die Gesellen bei ihr hielt; um so grösser wurde ihr Hass auf ihren Peterli.

Aber auch in diesem wuchs still und unterdrückt die furchtbarste Wut empor. Und als die Frau am Fasnachtsmontag wegging, um in einer kleinen Wirtschaft beim Servieren auszuhelfen und wieder einmal unter rechte Mannen zu kommen, die wussten, was sie wollten, da wartete er nur ab, bis sie aus ihrem Hinterhof hinaus war, dann goss er aus einem versteckten Kässeli alles Geld in seine Rechte und begab sich in dichter Nähe in ein altes Ausleihgeschäft für Kostüme und Masken. Der Andrang war aber schon am Vormittag so gewaltig gewesen, dass auf all den weiten Böden nichts mehr übrig geblieben war als eine einzige verstaubte Ritterrüstung. Sie war zudem noch eine echte, eine Tonne schwer, kein Mensch hatte sie gewollt – indes Peterli hatte keine Wahl, er liess sich darein schnallen, obwohl ihm alles viel zu gross war, schloss das Visier am Helm kunstvoll ab und begab sich über die paar Gassen in das Wirtshäuslein der Frau; sein Gang war nur

noch zu vergleichen mit demjenigen aus dem Wasser steigender Taucher in Helm und Bleischuhen.

Er war um diese frühe Nachmittagsstunde der einzige Gast in dem Pintlein, und auch die Wirtin und die junge Serviertochter waren ausgeflogen auf die Brücke hinüber, um die Maskenzüge zu bewundern.

Peterli war mit seiner Frau allein. Einen Augenblick legte sich ihm die Furcht vor ihr wieder grässlich auf Herz und Magen; er fühlte sich erkannt; er zauderte und wollte sich schnell davonmachen. Aber die Alte rief schmeichlerisch:

«Nur hereinspaziert, Herr Ritter, was isch gfellig? Nämme Sie e Bächerli? Oder längt's zuem e Halbe Rote für uns beidy?»

Da ersah er ihre Arglosigkeit, setzte sich nieder, und alles an ihm klirrte stählern; sein Schwert war so gross und mächtig, dass es zwischen Tisch- und Stuhlbeinen sich sperrte – dies gab ihm wundersame Kraft; er rief aus seinem Visier heraus:

«Gimmer e Bächer Hälls, Dicki – für e Halbe Rote bisch mer nit interessant gnueg. Machsch immer so langsam?»

Sein Herz stand ihm still. So hatte er noch nie zu ihr gesprochen. Er spähte durch die Schlitze seiner Eisenfestung. Was tat sie? Sie lachte heiser und gekitzelt, sie strich mit der Hand graziös den überfliessenden Schaum vom Glas und setzte es mit einem jugendlichen Schwung vor ihn. Da hörte er sich schon wieder reden; er traute seinen Ohren nicht.

«Und de Strohhalm?» sagte er. «Das gsehsch nit, dass i suscht nit suffe ka, was? Du bisch allwäg au keini vo de ganz Hälle, he? Wäge dir bin i ämmel nit do ane ko.»

«Nur nit so ruuch, schöne Ritter», sprach die Ehefrau und zog einen Stuhl neben seinen. «Mach du gescheiter deinen Eisenladen da vorn auf. (Sie meinte sein Visier.) Vielleicht reut es dich nicht einmal.»

«Weisch, do müesst eini schöner sy als du», antwortete er – und sein Atem stockte, und er meinte, jetzt müsste sie ihn totschlagen.

Aber sie näherte nur ihr Gesicht seinem Helm und versuchte, durch die Guckritzen hineinzuspähen. Doch warf sie selber Schatten, sie erkannte den halb Ohnmächtigen nicht.

«Wenn alle so keck wären wie du», sagte sie, «wäre die Welt

lustiger», und fing an, ihm von ihrem gebrochenen Trottel von Ehemann zu erzählen.

«Wenn du my wärsch», sagte er, «wüsstisch hüt z'Obe scho, wär Meister isch.»

«Wie tätsch mer's zeige?» fragte sie und lachte aus Herzensgrund. «So ein fählt mer, wie du ein bisch, e kecki Wanze e frächi, so ein sötti ha – und nit so e Busi-Busi-Mannli.»

Ja sie umhalste ihn, dann tranken sie zusammen doch einen Halben Roten, dann noch einen, dann schlug er ihr im Übermut mit seinem Ritterarm eine über Schulter und Nacken, dass sie vor Freude quietschte; sie balgten sich in der Stube umher; sie krallte sich wie eine Katze mit ihren Nägeln in sein Visier und wollte à tout prix wissen, wer der kühne Rittersmann sei – als sie beide schon glühten wie die Ofenröhren und sie ihm bereits eine Lederschnalle an der Schulter aufgerissen hatte, um ihn völlig zu entwaffnen, und er ihr am liebsten geholfen hätte, kamen Wirtin und Serviertochter zum grossen Glück von der Brücke heim, es kamen Gäste, Peterli zahlte, zur Besinnung gekommen, und flüchtete sich schnell.

Zu Haus erwartete er andern Morgens um fünf seine heimkehrende Frau im Lehnstuhl am Fenster; und als er sie vollständig betrunken fand, schüttelte er sie erst einmal wieder zur Besinnung; und als sie ein paarmal mit scheusslichster Wut auf ihn losging, stellte es sich beim Ringen heraus, dass das kleine eichenzähe Mannli ja viel stärker war als der grosse Mehlsack.

Da fing sie wie eine Verrückte zu lachen an und ihn um den Hals zu nehmen; er fasste sie in die Arme wie ein Riese, und gewaltige Kraft war plötzlich in ihm; er zeigte ihr den Meister.

Jetzt augenblicklich leben sie wie die Täublein – oder vielmehr wie Löwe und Löwin: denn kaum nimmt sie sich etwas heraus, so spreizt er seine Klauen und hebt ein wenig seine Pratze, und sie duckt sich gleich.

Ob es lange hinhält, wer weiss? Ich kann die Hand dafür nicht ins Feuer legen.

Wenn es nicht hinhält, kommt wieder eine Fasnacht – zu erniedrigen die Übermütigen und Kraft zu geben den Schwachen.»

So der rauhe Fährmann.

Alle Frauen an Bord tadelten ihn streng ob seiner wüsten Gesinnung. Und um ihn vor ihrem Zorn zu retten, fing der alte glückliche Mann, Dänni mit der Lindenblüte im Mundwinkel und dem versteckten Fasnachtsabzeichen unterm Rockumschlag, schnell schnell eine andere Geschichte zu erzählen an, nämlich die ‹Geschichte von der Wasserleiche›; und siehe! alsbald legte sich der Sturm, und alles hörte auch schon wieder her.

Die Geschichte von der Wasserleiche

«Ein jeder weiss und gesteht zu», begann Dänni, «dass es Virtuosen und Enthusiasten der Violine gibt und des Gesanges und des Flügelspiels – aber dass gleich grosse Künstler und Hingerissene in der Trommelkunst existieren, in der hehren harten Fasnachtskunst des Ruessens – dies begreifen will keiner, der nicht zu Basel aufgewachsen. Wer aber als Bub mitgezogen ist hinter den Trommeln her oder gar selber geruesst hat, der mag bei Wein und Kartenspiel sitzen, wo er will... und er hört aus dem Hinterstüblein der Wirtschaft die Knaben auf ihren Holzböcklein die ersten Wirbel üben, Schlepp und Tupfen, oder den Fünferruef, oder gar den Mühlriedlistreich – so legt er die Karten weg, er stellt sein Glas hin, er muss Atem schöpfen, viele junge junge Vorfrühlinge spürt er kühl über seine Haut ziehen und zaubermächtig... er steht auf... er muss in das Stüblein treten zu den exerzierenden Knaben... er muss einem von ihnen die Buchsbaumschlegel aus der Hand nehmen und ein paar Takte Arabi hinruessen... dann geht er wieder und lässt ihnen einen Fünfliber zurück an eine neue Trommel...

Wohl der tollste Trommelnarr Basels war noch vor einem Jahr der Lälle-Seppli. Er war nicht der Gescheiteste, er lallte sogar ein wenig, wie sein Übername andeutet, er hatte es weder zu einer Frau noch zu einem rechten Beruf gebracht, aber in seiner Fasnachtsclique war er der unentbehrliche Mach-Alles – er sammelte Beiträge ein, er hielt das Lokal sauber, er hütete die Trommeln wie seine Augäpfel, er glänzte ihr Messing, er spannte sie, er unterrichtete – wenn ein Trommellehrer fehlte – die Jungen im Ruessen, dass es eine Art hatte – er war ausser sich dabei, das Wasser stand ihm vor dem Mund und der Stirn – er trommelte an Fasnacht mit, bis er fast hinfiel – schliesslich verfasste er auch noch einen Trommelmarsch, nannte ihn: Dr Guggu und reichte ihn seinem Cliquenvorstand ein mit der schriftlichen ergebenen Bitte, die Clique möchte seinen Marsch unter ihre Trommelstücke aufnehmen und denselben an der nächsten Fasnacht ruessen.

Aber der Vorstand – ohne besonders aufmerksam in das Papier voller Trommelzeichen gesehen zu haben – lehnte ab, denn was wollte jetzt der Lälle-Seppli schon für einen Marsch zuweg bringen – schriftlich erhielt er die Ablehnung, wie er sein Gesuch eingereicht hatte.

Drauf sah man ihn mehrere Wochen traurig umherziehen in der Stadt, mit hohlen Wangen und dunklen Augenlöchern, vielen sein Elend schildern und sie am Ärmel festhalten, wenn sie sich lachend fortmachen wollten.

Und endlich – vierzehn Tage vor Fasnacht – als in den Cliquenlokalen schon die Laternengerüste standen, ja schon mit Stoff überzogen waren, ja bereits die Künstler mit den Farben anrückten und alles nach den herrlichen Farben roch, als die Larven und Kostüme anprobiert wurden und die Trommeln und Piccolo nachts heimlich erklangen hinter verhängten Fenstern hervor, und die Vorhänge bei den Märschen erzitterten – da verschwand der Lälle-Sepp aus der Stadt und aus dem Leben: hinterliess einen Brief an den Cliquenvorstand, sie möchten doch noch einmal auf ihren Beschluss zurückkommen und einem freiwillig aus der Welt Geschiedenen den letzten Wunsch erfüllen: seinen Marsch mitzutrommeln – hinterliess noch auf einem Fähristeg seinen Mantel und Hut und, mit der Kette ans Geländer gehängt, seine goldene Uhr, und ging im Wasser unter, ein verkannter Künstler.

Jetzt sah die Sache allerdings anders aus. Der Vorstand der Clique wurde mit Vorwürfen überhäuft, der Marsch vor der versammelten Clique getrommelt und gepfiffen; der Marsch war das schönste Trommellied, das jedweder gehört; mitten im Marsch schrie der Kuckuck dreimal; seinen Ruf bliesen die Piccolo; es war, als klinge der Vogelruf aus dem Wald; vielen gingen die Augen über; während der Kuckuck rief, warfen die Trommler den rechten Schlegel in die Luft und fingen ihn wieder auf; mit dem linken Schlegel schlugen sie ganz leicht den Trommelreifen; das gab einen

Klang zum Guggu wie Laubrascheln und Zweigeknicken; es war, als streifte junges Volk im Wald.

An Fasnacht wurde der Marsch getrommelt und gepfiffen. Wer ein Ohr hatte dafür, erkundigte sich beglückt und betroffen danach. Der Tambourmajor dirigierte schon am Ende des Morgenstreiches nichts lieber als den Guggu. Am Montagnachmittag während eines Trunks im «Schlüssel» fragte der Tambourmajor, wer wohl die Gestalt dort unter der Türe sei – den ganzen Nachmittag schon trotte sie lautlos neben ihm her. Nur wenn er den Guggu dirigiere, hüpfe sie auf ihren wackligen Beinen wie halb närrisch, klatsche dazu oder ruesse gar mit unsichtbaren Schlegeln wie ein Besessener mit. Die Figur hielt sich an einem Türpfosten und starrte unbeweglich zu den Trinkenden herüber. Sie trug die scheusslich traurige Larve einer Wasserleiche, grün und gelblich; nasse schwarze Haarsträhnen klebten ihr in Stirn und Wangen. Als die Gestalt sah, dass viele herüberblickten, löste sie die Hände vom Türpfosten und tappte durch die Ein- und Ausflutenden davon. Sie folgte jetzt dem Zug unsicher und scheu nur noch von ferne. Aber sobald der Guggu erklang, fing sie an zu tanzen, jammervoll und schwabblig, mit ausgebreiteten Armen, wie ein Trunkener, oder ruesste mit höchster Anstrengung mit, vornübergebeugt über eine Trommel, die der Mensch nicht trug.

Als die Clique zu Nacht ass, im «Helm», zu ebener Erde, starrte die Wasserleiche durch die Scheiben herein, steif und schmerzenreich. Mitten im Essen sagte der Tambourmajor:

«Mir bleibt der Bissen im Hals stecken vor dieser verfluchten Larve», stand auf und wollte sie in der Gasse draussen erhaschen und zur Rede stellen. Aber da war sie auch schon verschwunden.

Den ganzen Mittwochnachmittag stolperte sie wieder hinter der Clique drein und löste sich in Nichts auf, sobald einer sie anreden wollte. Die Clique trommelte in der Stadt umher bis Mitternacht. Dann zersprang sie in Grüpplein.

Um halb zwei des Morgens zogen ein paar ihrer Trommler und Pfeifer, darunter der Tambourmajor, aus dem Kleinbasel über die Rheinbrücke heimwärts. Mitten auf der Brücke, vor dem Käppeli, hielten sie an und ruessten und pfiffen den Guggu noch einmal aus Herzenslust. Sie taten es dem entschwundenen Lälle-Seppli zu

Ehren. Dann warfen sie ihre letzten Schnitzelbänke über das Steingeländer hinter ihm drein in den Rheinstrom und sahen den gelben, roten und blauen Papierfahnen nach, wie sie in das nachtschwarze Wasser niederflatterten und schnell dem toten Marschkomponisten nachschwammen.

Drauf trat – keiner wusste woher – die Wasserleiche zu ihnen und bat sie, mit ihr zu kommen, wortlos, mit flehenden Gebärden, indem sie die Burschen am Ärmel zupfte und immer mit der Hand über die Brücke wies. Sie folgten; sie führte sie ins «Urbanstübli»; dort redete sie heimlich mit der Wirtin; die setzte den paar Burschen Flaschenwein vor. Ohne mitzutrinken sass die Wasserleiche unter ihnen, sagte auch kein Wort. Nur ab und zu nahm sie in einer jähen Bewegung eine der Burschenhände, hielt sie lang in ihren grünen Handschuhfingern und strich sachte darüber; oder sie legte plötzlich einen Arm um eine der Trommlerschultern, setzte sich aber gleich wieder ordentlich hin.

Als die Burschen um halb drei aufbrechen wollten, sahen sie, dass der Wasserleiche immerzu Tränen unter der Larve hervortropften. Sie fragten:

«Was hesch?»

Die Maske antwortete nichts. Sie wischte nur die Tropfen aus dem Hals. Schliesslich zog sie die aufstehenden Burschen an den Armen wieder nieder und sprach erstickt unter der Larve hervor:

«Blybet doch no! Was dringgen-er?»

«Zieh erst die Larve ab!» sagten die Gesellen. «Meinst du, es sei schön, dir immerzu in deine weissen Augäpfel zu schauen und in dein ersoffenes Maul?»

«I darf sie nit abzieh», antwortete die Gestalt. «Wägen-eppis.»

Aber nun hatte sie doch zuviel gesprochen. Der Tambourmajor nahm sie um ihre ausgemergelten Schultern, sah ihr lange in ihr trauriges Larvengesicht und sprach endlich:

«Du bisch der Lälle-Seppli.»

Die Maske wollte aufspringen und davonsetzen – aber alle zusammen hielten sie fest, drückten sie auf den Stuhl nieder, knüpften ihr die Larve auf – da war es der halbtote Lälle-Seppli.

Er sass, er weinte in seinen Schnauz, er sah mit seinen rotgeweinten Hundeaugen alle der Reihe nach an, er sprach:

«Wäge däm gang i hit z'nacht doch wider ins Wasser – i muess.»

Er war nämlich das erstemal herausgeklettert, hundert Meter unterhalb der Fähre. Auf einmal, im eiskalten Wasser, hatte er die Fasnacht so wunderschön vor sich gesehen, in tausend hellen Farben, in der Februarsonne, auf der Brücke, und hatte seinen Marsch so deutlich ruessen und pfeifen hören: Guggu, Guggu! und die Schlegel fliegen sehn und an den Reifen tschättern – ob er wollte oder nicht – es riss ihn ans Ufer. In einem verwachsenen Garten, hinter einer hohen Mauer, hatte er die Nacht und den Tag darauf verbracht. In der zweiten Nacht aber, um ein Uhr früh, war er durch den leeren Wintergarten gegen das Cliquenlokal geschlichen, hatte mit seinem Schlüssel geöffnet, aus den alten Larven eine ausgewählt, die einer Wasserleiche glich, hatte sie mit den herumstehenden Farben im letzten Mondschein bemalt, aus alten Kostümen ein grünes tangiges zusammengesucht – und die Zeit bis zur Fasnacht bei einer alten halbtauben und halbblinden Verwandten im obern Baselbiet hinter dem Ofen verbracht. Mittlerweile war er als tot anerkannt und aus allen Büchern gestrichen worden. Also lebte er gewissermassen nicht mehr. Also ging er heute nacht wieder ins Wasser, aber richtig. Also wollte er ihnen noch adie sagen.

Seine Gefährten alle um ihn waren nicht mehr nüchtern, aber sie waren auf Baslerart trunken: wo das tiefste Herz aufgeht, und der wild-heitere Witz stachlig aus allen vier aufgesprungenen Herzstüblein blüht.

– Also, sagten sie mit unbewegten Gesichtern, dann begleiteten sie ihn hernach noch ans Wasser, wenn es einmal soweit sei. Wo er hinein wolle?

– Er habe gedacht, bei der Schifflände, das sei am nächsten und tiefsten.

– Gut, sprachen sie, sie spielten ihm dann zum Abschluss noch seinen Marsch.

«Hän er en gärn?» fragte der Lälle-Seppli.

– Sie hatten keinen so lieb wie seinen.

«Wäge däm muess i doch ss-tärbe», sagte er. «Susst bin-i e Bedrieger.»

– Er würde sich am Wasser unten zwischen die zwei grossen

Eichenpfähle stellen, sprach er, die tagsüber die Schiffe hielten, mit dem Rücken gegen die grundlose Flut; und wenn sie am schönsten pfiffen und trommelten, «no ghey i dry!»

«Sag uns nur noch eins vorher», sprachen seine Gefährten, «wie schlägst du den Neunerruef auf dem Reifen und fängst gleichzeitig mit der Rechten den aufgeworfenen Schlegel? Wir jedenfalls sind mit der rechten Hand nie beizeiten fertig geworden.»

«So gheert das g'macht», sagte der Lälle-Seppli und streckte beide Hände nach den Schlegeln aus. Er sprang sogar von der Bank auf, und die Gesellen hängten ihm sofort eine Trommel um.

Aber unter dem breiten Lederband sank er sofort auf die Bank nieder.

«Was hesch?»

– Ach, ihm war so schwach.

«Wäge was?»

«Oh wäge was!»

Und er hielt die Trommel mit beiden Händen um ihren blanken messingenen Leib.

«I ha au so lang nyt gässe.»

Er hatte sich doch nirgends hineingetraut, seit er wieder in Basel war. Seit drei Tagen. Er wäre ja sogleich erkannt worden. Und verhaftet. Und im Lohnhof sitzen, während irgendwo in der Stadt sein Guggu geschlagen und getrillert wurde...

Sie sagten:

«So iss doch etwas und stärk dich. Bis du uns deinen Guggu richtig gelehrt hast, ist's noch lange nicht Tag, und es erkennt dich kein Mensch, eh du wieder im Wasser bist.»

«Also», sagte der Seppli.

Er ass eine blaue Forelle und drauf eine Piccata nach Mailänder Art. Dazu trank er von dem goldenen Johannisberger. Seine Kameraden hielten ihn frei: schliesslich war es das letzte Essen vor seinem Tod – und er ihr Freund, oder nit? und hatte ihnen den heitersten Marsch geschenkt, den je einer zu Basel gehört hatte... Guggu... die ganze Clique war stolz darauf. Es ging sogar die Sage, das Fasnachts-Comité habe dem Komponisten einen Preis von tausend Franken zugesprochen. Den würden sie dann an seinen Leichenstein wenden. Wie wollte er ihn denn haben, den Leichenstein? Eine Trommel drauf geritzt... oder was?

«E Trummle», sagte der Lälle-Seppli, «und e glaine Guggu z'mittst druff, wo singt – oder was meine-n-er?»

– Aber wenn jetzt sein Leichnam ins Meer abschwamm? fragten ein paar. – Was dann? Dann konnten sie ihm doch keinen Leichenstein setzen!

«Das wär saublöd, he?» sagten die andern. «Muesch dy byzyte-n an ere Wasserpflanze hebe.»

«Ihr sinn sslächty Sieche», sprach jetzt der Lälle-Seppli auf einmal. «Susst wurd wenigstens eine sage, i soll nimm ins Wasser. Meined er eigendlig, 's syg e Vergniege?»

«Der schläct Siech bisch du», sprach der Tambourmajor. «Wenn einer seine Clique vor der Fasnacht derart im Stich lässt wie du und abtaucht – keiner schränkt (spannt) die Trommel wie er, keiner gibt den Buben den letzten Schliff wie er, keiner besorgt die Laternenlichter wie er – die ganze Clique macht beinahe den Schirm zu ohne ihn...»

«Muess y sstärbe?» fragte der Seppli unter Tränen der Sehnsucht.

«Wir wollen beraten», sagten die Gesellen. «Im Nebenzimmer. Derweilen isst du noch ein halbes Güggeli ab dem Spiess.»

– Gut, wenn sie es so haben wollten.

«Aber was wir sagen, das tust du auch! Ins Wasser oder heim in die Klappe. Versprichst du das?»

Als der Lälle-Seppli sein Güggeli verzehrt hatte und wieder ein wenig Johannisberger dazu genommen, da kamen seine Richter auch schon herein, machten aber alle sehr ernste Gesichter.

Der Lälle-Seppli sah, was ihm bevorstand.

«I weiss ssso, was er saged», rief er und trank unter Tränen schnell noch sein Weinlein aus, das sonnengoldige. «I muess –»

«Das muesch aber au!» sagte streng der Tambourmajor. «Du hast uns über Fasnacht in der tiefsten Not gelassen; weiss Gott, wie wir dagestanden wären, hätten wir nicht wenigstens noch mit deinem wunderschönen Marsch Ehre eingelegt. Anderseits haben wir wiederum an dir gefrevelt: deinen Marsch zurückgestossen, als wir noch gar nicht recht hineingeschaut hatten. Dies macht demnach Fehler gegen Fehler. Du darfst diesmal infolgedessen noch am Leben bleiben. Wir trommeln und pfeifen dich jetzt heim ins Nest, morgen holst du auf dem Fasnachts-Comité deine tausend

Stutz, und abends hilfst du im Lokal abrüsten und lehrst uns noch den rechten Neunerruef. Verstanden – und einverstanden?»
«Beides», sagte der Lälle-Seppli. «Am liebsste gäb i jedem e Smutz!»
Auf der Polizei musste der Lälle-Seppli erst ein grässliches Donnerwetter anhören, als er plötzlich wieder lebendig war. Derart verfluchte und verzwickte Schreibereien hatte der Kanzlist überhaupt noch nie gehabt, sagte er. Ausserdem fand er auf seiner Gebührentafel nicht einmal einen Betrag verzeichnet für wieder auftauchende Selbstmörder – offengestanden: der Seppli ärgerte ihn wie noch selten jemand.
Der Seppli zuckte die Achseln und lachte wie verrückt. Darauf holte er auf dem Fasnachts-Comité seine tausend Franken. Die liegen jetzt am Zins, und er will sie einst seiner Clique hinterlassen, wenn sie seinen Guggu für immer in Ehren hält – und das tut sie bestimmt.»
Das hofften alle auf dem Schifflein, und obgleich die Fähre schon längst über die Mitte des Rheins hingerauscht war, räusperte sich nun doch noch schnell ein freundlicher kleiner Herr in einem feinen dunklen Anzug mit einer Perle in der grauen Krawatte und sprach mit dem reizendsten Lächeln der Welt auf seinen runden Wangen und in den kirschbraunen klaren Augen:
«Dies Fasnachtsende erinnert mich an ein anderes – darf ich wohl noch davon berichten?»
Und wurde geradewegs ein wenig befangen.
Aber alle ermunterten ihn, und so gab er denn zum Schluss noch die ‹Geschichte von dem feuerroten Kardinal› zum besten.

Die Geschichte von dem feuerroten Kardinal

«Es war ebenfalls», sagte der freundliche kleine Herr, «in der Nacht, die dem Fasnachtsmittwoch folgte, aber schon früh gegen fünf; die Bälle in der Stadt gingen ihrem Ende zu; im Bahnhofbuffet drängten sich die Verkleideten bunt, aber schon maskenlos durcheinander; viele wollten mit dem Frühzug wegreisen; viele begleiteten die Scheidenden in wilder Liebe zu den Zügen; alle stärkten sich noch vorher mit Kaffee, Weggli, Honig und Anken ...

Da kam im weissseidenen Kostüm einer Balletteuse eine vornehme junge zart-schöne Baslerin nervös von einem der Züge durch den Wintergarten des Buffets zurück und streifte missmutig und gedankenvoll zwischen den Tischen durch, ihre kostbare Pelzjacke lose um ihre wunderhübschen Schultern geworfen.

Ihr Missmut kam nicht etwa von einem Abschiedsschmerz. Im Gegenteil; sie hatte ihre Fasnachtsbekanntschaft, die sie am Montag geknüpft und diese Nacht erneuert hatte, von Stunde zu Stunde fader gefunden und nichtssagender; sie war schliesslich froh gewesen, den blöden Burschen in den Wagen geschubst und in seine Heimat Olten spediert zu haben. Sie war mit sich selbst und der ganzen Welt unzufrieden; sie hätte alle Menschen..., wie sie zu sich selber sagte.

Da gewahrte sie unter all den Waggisen, Pierretten, alten Landsknechten und Ditty auch einen wunderschönen feuerroten Kardinal, der, in eine Schar Welscher eingekeilt, ein reiches Frühstück mit Tee, Eiern, kaltem Fisch und Tomaten zu sich nahm. Er war nicht mehr jung, er war über vierzig, aber sein Kopf war so schön, so reif und voll, er hatte so sehr alles, was dem Oltener Schwengel gefehlt: so viel Schwere, Klarheit, innere Heiterkeit und Wert, dass das nervöse, ein wenig angetrunkene und verzweifelte Mädchen der schönen Maske von hinten beide Hände auf die Schultern legte und ihr in einer leisen Hingerissenheit ins Ohr sagte:

«Mit dir wär i glickliger gsi als mit epper anderem.»

Vielleicht verstand sie der schöne Mensch aber gar nicht. Er nickte nämlich und wies ruhig mit seiner festen rötlichen Rechten auf den Stuhl neben sich, der eben frei wurde, da die Welschen Kopf über Hals auf ihren Zug weg mussten.

Sie liess sich auf den Stuhl sinken, sie schlug schnell dabei ihr abstehendes gestreiftes Gazeröckchen hinten hinauf, damit es nicht an der Lehne zerbreche; sie sagte zu dem Unbekannten:

«Du gsehsch brächtig us in dym Goschtym, Schatz. Bisch brämiert worde?»

Er wandte sein Gesicht langsam nach ihr um und antwortete:

«Parlez-moi en français, Mademoiselle, s'il vous plaît. L'allemand... ce n'est pas ma force.»

Seine Stimme war dunkel, warm und sogar gewaltig; das Mädchen spürte ihre eigene Kehle in dem dunklen Klang mitzittern, wie es ihr schon zu Füssen grosser Singender geschehen war; es zitterten sogar die nächsten Teile ihrer Lunge mit, wie ihr schien (sie war sehr überreizt), oder gar ihr Herz.

«Je suis très malheureuse», sagte sie, «ich bin sehr unglücklich... du aber bist auf deine Rechnung gekommen – ich spür es dir an. Du hast Glück in der Welt... bei den Frauen nämlich, gelt?»

Der schöne Fasnächtler aus dem Welschen wandte sein Gesicht abermals; seine Augen blitzten merkwürdig im Licht; er verhehlte ein Lächeln; er schüttelte den Kopf.

«Non, ô non... ô non», sagte er. «Ich habe es nicht einmal zu einer Frau gebracht, denken Sie.»

«Tu fais la blague», sagte sie und fasste blitzschnell nach seiner Linken. Aus seinen etwas widerstrebenden, aber höflichen Fingern griff sie den Ringfinger heraus. Zwar trägt kein Mensch, der bei Sinnen ist, an der Basler Fasnacht einen Ehering. Das wusste sie auch.

«Aber wir Mädchen», sagte sie, «brauchen mit unseren Fingerspitzen nur über das hinterste Glied eines Goldfingers zu fahren, so spüren wir an der Buchtung, ob er für gewöhnlich das Joch trägt oder nicht. Du aber trägst es wirklich nicht. Du bist frei. Du könntest noch mein... du könntest ganz herrlich mein...»
Der Welsche trug nur einen Ring an der Rechten, bizarrerweise an seinem Zeigefinger, einen toll schönen Ring übrigens, einen toll herrlichen Ring sogar, eine Goldschmiedearbeit, die es in sich hatte, tack tack tack! mit einem Diamanten von Haselnussgrösse. Sie zog jetzt auch die Rechte des feuerroten Fremdlings an sich. Der Diamant glänzte mit weiss-bläulichen Lichtern, dass ihr schwindlig wurde. Sie *wollte* auch schwindlig werden. Sie sagte:

«Du bist ein Uhrenfabrikant aus dem Welschen... schenk mir den Ring... ich geb dir dafür mein Herz hier.»

Und sie knüpfte von ihrem schönen runden jungen Hals ein grosses Goldherz los, das sie an einem weissen Satinband vor ihrer reizenden Kehle trug. Es war so gross wie ein Lindenblatt. Sie öffnete es; es zeigte, mit Edelsteinen umsteckt, die liebliche Miniatur einer blutjungen Rokokodame.

«Willst du tauschen?» fragte sie noch einmal. «Für immer? Im Ernst! Sag!»

Er erwiderte: «Ich habe den Ring geschenkt erhalten... von einem Mann übrigens, ich verehre ihn sehr... über alles in der Welt.»

«Und ich das Herz von meiner Grossmutter», sagte sie, «die ich sogar über alles liebe, und die wieder von der ihren. Ich möchte mit dir auch nur etwas tauschen, das uns beiden sehr wertvoll ist... du verstehst mich vielleicht nicht. Nimm es von mir. Hier, nimm es. Wie heisst du?»

«Ich will es Ihnen wieder um den Hals legen», sagte er und beugte sich ein wenig vor, und sie spürte: es war das Äusserste, wozu sich der teure Mensch herbeiliess. Sie bog sich sehr weit vor gegen ihn; mit ihrer feinen Nase schnupperte sie ein wenig an ihm; er roch auf eine zarte Art wundersam und köstlich; sie wusste nur im Augenblick nicht wonach.

«Du riechst herrlich», sagte sie, «wie heisst dein Parfum? Wenn mehr Herren es wählten, wäre die ganze Welt leichter auszustehen – findest du nicht auch?»

«Dies ist auch mein Glaube», antwortete er.

Er knüpfte mit etwas unbeholfenen Händen ihr weisses Satinband hinter ihrem Nacken zusammen. Der hohe Kragen ihrer Pelzjacke hinderte ihn. Sie schüttelte mit einem feinen Ruck die Jacke von ihren beiden blanken Schultern. Das Weiss ihrer Schultern, ihrer Kehle und ihrer schimmernden jungen Brust warf geradewegs einen weissen Widerschein in das rötliche Gesicht des Unbekannten. Besonders seine Stirn spiegelte plötzlich in einem allerfeinsten Weiss. Das helle Rot seines Gewandes wiederum malte das weisse Kinn des Mädchens mit einem durchsichtigen Feuerhauch, auch ihre schöngeformten jungen Wangen und ihre Ohrläppchen.

Er sprach: «Sie sehen schon an meinem Ungeschick, Mademoiselle...»

Aber sie fragte leise: «Warum sagst du mir nicht du? Weisst du denn nicht, dass dies zur Fasnacht gehört?»

Und sie durchfuhr mit ihrem zarten sehnsüchtigen Mund wie mit einem zartroten schöngeschwungenen Schiffchen schon das bisschen heller Luft, das sie von seinem Mund trennte.

«Komm, sag mir du», bat sie. «Ich schenke dir viel dafür... das andere Herz... wenn du willst... in meiner Brust... du schöner Mensch.»

Aber da richtete er sich von ihr auf, obgleich ihr Bändchen noch durchaus nicht sehr kokett sass, sie folgte seinen Augen: zwei schwarze schmale Mönche spähten sich durch das Fasnachtstreiben näher – jetzt hatten sie den stolzen Feuerfarbenen erblickt – jetzt fielen ihre schmalen Verbeugungen wie zwei Schatten über sie...

«Eminenz», sagte der eine. «Ihr Zug ist eben eingefahren. Wenn es Ihnen recht ist, führen wir Sie zu Ihrem Abteil. Es ist reserviert. Der Bischof von Basel und Lugano erwartet Sie darin und hofft, Sie zu begrüssen.»

Der Fremdling zahlte schnell... er zahlte übrigens mit belgischem Geld, was das Mädchen verwunderte.

«Wer spielt denn da alles noch mit in eurer heiligen Familie?» wollte sie eben fragen, da reichte ihr der Aufgestandene, der grossmächtig und herrlich war wie ihre schönste Traumfigur, auch schon die Hand. Sie liess ihn nicht los. Sie klammerte sich an seinen Arm, sie ging mit dem bewegt Unbewegten aus dem Wintergarten, sie stieg mit ihm in die Unterführung hinab und schon die ersten Stufen zu den Bahnsteigen hinauf – da erspähte sie oben am Zug die Aufschrift: Roma. Der Bischof von Basel und Lugano wartete davor. Sie sah seinen Kopf. Sie kannte ihn aus der Zeit, da er in ihrem Schulhaus noch als Geistlicher Unterricht gegeben hatte. Sie blieb stehen.

«Du bist Kardinal?» fragte sie.

«Ja», antwortete er. «Von Lüttich.»

«So war es doch Weihrauch», sagte sie, «was ich roch. Und der dir deinen Ring gegeben...»

«Ich reise jetzt zu ihm», sprach er, «morgen mittag werde ich sein Gesicht sehen. Du begreifst nun, dass ich dir den Ring nicht lassen konnte, meine Tochter.»

«Gegen ein Herz», sagte sie, schüttelte den Kopf und eilte schnell die Stufen wieder hinab. Sie musste aber sehr aufpassen, dass sie nicht fiel, denn der jämmerliche graue Morgen blendete sie.»

NEUE BASLER
FÄHRENGESCHICHTEN

ERSTE ÜBERFAHRT

Das Reizendste und Unwahrscheinlichste, was je auf einer Basler Fähre geschah – es ereignete sich an einem goldenen heitern Juniabend. Da betrat nämlich ein geschmücktes Brautpaar das schon fast gefüllte Schifflein, ein junges, glückatmendes, schönes, stattliches Paar, und winkte vom Schiffsrand aufs innigste zurück nach einem niedern Kleinbasler Häuslein am Rheinbord; und unter dem Rosenbogen des Häusleins am Gartentor drängte sich eine ganze Hochzeitsgesellschaft und winkte übermütig nach, nur das Tüchlein der Brautmutter wollte nicht flattern, so tränenfeucht war es – da schwang sich plötzlich aus der heitern Luft kopfüber eine Taube auf das Fährdach, und ein ganzer Schwarm junger Täublein senkte sich fröhlich flatternd um sie, und vom Fähredach glitt die Taube der Braut auf die Schulter und küsste sie mit dem Schnabel vor allen Leuten immer und immer wieder auf den Mund, und die Braut fasste sie aufs liebste unter den Flügeln um die Brust und drückte sie an ihre Wange, an ihre Schläfe, an ihr Herz und küsste sie auf den schillernden Hals, das blaugraue Köpfchen und die schönen starken Flügel – und vom Rand des Fähredachs guckte dicht gedrängt die junge Taubenbrut zu und stiess eifersüchtig mit den Köpfchen – und auf einmal wirbelten sie allesamt auch noch auf die Braut nieder und suchten jedes ein Plätzlein auf ihr und wollten sie auch auf den Mund küssen, die ganze ungeschickte Sippschaft, und purzelten dabei der Braut wie grosse weisse Blumen auf Schoss und Knie – denn sie waren alle schneeweiss – da küsste die Braut schnell ihrer so viele sie konnte, dann warf sie die Taubenmutter in die Luft, diese umkreiste noch einmal das gleitende Schifflein, der ganze Schwarm ihrer Jungen stieg ihr nach in die Höhe – auf einmal warfen sich alle aufblitzend herum, die Sonne schimmerte in ihrem warmen Gefieder auf – und weg schwirrten sie hinüber auf das Dach des rosenumsponnenen Häusleins.

Der Braut glitzerte ein Tränlein im Auge. Sie wischte es mit dem weissen duftigen Schleier weg, lachte und sagte:

«Und dies herzige Täublein wollte einst einer abschiessen.»

«Oho», riefen alle, «wer? So einer gehörte ja selber...»

«Ein schlimmer Mensch», sagte die Braut, «ein Polizist.»

«Aha», sprach der Fährmann und nickte verständnisvoll. «Wer sonst? Wieso?»

Da fasste die Braut ihren Mann um den Arm, schmiegte sich an ihn und plauderte nur so geschwind die Geschichte von dem angeschossenen Täublein herunter.

Die Geschichte von dem angeschossenen Täublein

«Ein junger, schöner, aber sehr böser Polizist», sagte sie, «wurde einst von seinem Oberpolizisten abgeschickt mit seinem Schiessgewehr, um so viele von den Täublein als möglich herabzuknallen, die herrenlos in der Stadt in Speichern, Glockentürmen und dem Gebälk der Brücken nisteten.

Der wilde, junge Polizist fasste mit Freude sein Gewehr, pfiff seinem Hund und stellte sich unter jene Brücke dort. Und als das erste Täublein angeflogen kam ins Gebälk hinauf – knall! – schoss er's herunter. Es fiel ins Wasser; der Hund patschte hinein und holte es. Aus dem Brückengebälk aber brach jetzt in hellen Wolken das entsetzte Taubenvolk – piff paff puff! pfefferte der Unhold hinein, die toten Tauben regneten nur so auf ihn nieder oder ins Wasser, der Hund kam kaum nach mit Apportieren – ein Täublein aber, jenes wolkenblaue, das eben hier war mit seiner Brut, dies süsse Ding streifte der wilde Jäger zum Glück nur mit seiner Kugel hier an der Seite der Brust. Eine Strecke weit flatterte es zu Tode erschreckt davon, viel weiter draussen erst als alle andern stürzte es ins Wasser – es schwamm, aber mit elendiglichem Flügelschlagen, rasch sein Gefieder durchnetzend; jetzt lag es mit ausgebreiteten

Flügeln im Rhein und juckte nur noch mit dem Köpfchen – es wäre ertrunken...

Aber zum Glück war damals ein Junitag wie heute, so warm, so schön; und eine Menge Kinder badeten im Rhein, und unter den Kindern ein Mädchen von wenig über fünfzehn, die konnte schwimmen wie ein Otter – sie war damals auch noch so glatt und geschmeidig wie ein Otter –»

«Nicht ganz so glatt», sagte der Bräutigam, «und wunderhübsch flaumig und golden.»

«Du musst es ja wissen», sagte die Braut. «Kurz: das Mädchen hörte kaum das Geknall und sah das Täubchen hertreiben, so war sie auch schon draussen bei ihm und rettete es voll Zorn und Zärtlichkeit vor dem Untergehen.

Und watete mit ihm gegen das Land – hu, da kam der Jagdhund angetost, sprang ins Wasser auf das Mädchen los – sie wich entsetzt zurück – zum Glück verlor der Hund den Boden unter den Füssen und musste schwimmen, und was vermag schon ein schwimmender Hund? – er trieb ab, pflotschte ans Land zurück, setzte zu einem neuen Sprung an und wieder und wieder – er erwischte das Mädchen nicht, das Täubchen nicht –

Doch da erschien, dem Gebell seines Hundes folgend, die heisse Flinte in der Hand, der junge Polizist mit gerötetem Gesicht und sonnefunkelnden Augen und rief in heller Jagdgier:

«Her damit! Und zwar dalli dalli!»

«Nein», erwiderte das Mädchen, «nie. Ich hab's gefischt, ich hab's gerettet, es ist mein, ich geb's nicht mehr.»

Und drückte es an ihr Herz, und spürte sein Taubenherzlein an ihrem Herzen schlagen.

«Muss ich dir Beine machen?» schrie der Polizist. «Du Wasserhexe!»

«Beine? Ich hab' schon. Danke. Eine solche Wasserhexe bin ich nicht. Geschwänzt nicht.»

«Komm zeig's! Komm bring's! Sonst schwimmen zwei tote Tauben bachab.»

Und er warf sein Gewehr waagrecht in die Hände.

«Also denn bachab!» rief das Mädchen, glaubte es und guckte doch ohne Entsetzen in das schwarze Gewehrlöchlein; noch zitterte die Luft drum herum vor Hitze.

«Ich steig hinein», drohte jetzt der Polizist ausser sich, «und hol dich und die Taube zusammen. Dann rauscht's aber.»

«Wenn Sie so gut schwimmen können wie Ihr Hündlein», rief sie, «rauscht's nur leis», und sie musste schrecklich lachen vor lauter schrecklicher Aufregung.

Der Polizist, mit seinen Stiefeln, trat ins Wasser. Sie wich in tieferes Wasser, sie ging immer rückwärts, das Wasser stieg ihr bis ans Herz, ja bis zum Hals, fast riss es sie schon fort; sie hob das Täublein vor ihr Gesicht; dabei sah sie, dass über ihr Handgelenk aus dem Taubengefieder ein Tröpflein warmes Blut sickerte.

«Dort stehlen Ihnen die Kinder Ihre Tauben!» schrie sie jetzt in Verzweiflung. «Dort! Dort!»

Es umringte ein Schwarm aufgebrachter Kinder das Schauspiel.

«Hei ja!» riefen alle. «Wir wollen auch eine Taube. Wo sind sie?»

Und rannten davon nach dem Berglein erschossener Vögel. Der Hund rannte hinter ihnen drein und getraute sich doch nicht, das kleine Volk zu beissen – der Polizist mit seinen langen Beinen rannte hinter dem Hund her – den Augenblick benützte das Mädchen, glitt aus dem Wasser, eilte mit der Taube, so schnell sie die Füsse trugen, über die Strasse in ihr kleines Haus, schloss die Gartentüre mit dem Riegel ab und sah aufatmend und böse noch einmal durch die roten Röseli nach dem wilden Taubentöter – da kam er auch schon über die Strasse, denn der Jagdhund stand jetzt vor den Tauben und bellte grässlich die Kinder weg, – wie rüttelte der Polizist an dem Törchen, wie zornfunkelnd forderte er noch einmal sein Täubchen. Aber sie schüttelte zornig wie er den Kopf. Drauf läutete der ungebärdige schöne Mensch an der Gartenglocke. Aber es war niemand in dem Häuslein. Einzig die Nachbarn kamen besorgt durch ihren Garten hergeschlurft und wollten sehen, wer da zu dem einsamen Mädchen einzudringen wage: da trollte sich der schwarzlockige Schütze. Das Mädchen aber, mit Tränen in den Augen, wusch in der Küche auf ihrem Schoss dem sanften schönen Vogel die Wunde aus – und ganz still hielt er dabei – und tupfte sie ihm mit Balsam – und fütterte ihm auf dem Küchentisch Milchbröckeli und Milch – und schmiegte manchmal wieder die Wange an sein Gefieder und streichelte mit den Fingerspitzen den grünen Edelsteinglanz seines Halses, und wenn sie ihn streichelte, wurde er gläsern glitzernd dunkel violett – oh sie fand der Seligkeit mit dem Vogel kein Ende. Und immer sahen über ihn her die sonnenstarken schwarzen Augen des bösen Vogeljägers sie zornig strahlend an, und ihr Herz klopfte, sie hatte Angst vor ihm, sie ging nachsehen, ob er wieder ins Gärtlein begehre. Aber er war weg.

Des Abends baute ihr der Vater in der Laube hinterm Haus aus einer grossen Kiste den allerbehaglichsten Taubenschlag: darin und im Garten und auf den Achseln des Mädchens genas die Taube und küsste sie viel hundertmal. Und als sie zu nisten begann, lupfte der Vater im Dach ein paar Ziegel und setzte den Schlag in den Estrich, und die Taube strich weg und kam mit einem schneeweissen Bräutigam wieder.

Eines Tages aber, als das Mädchen mit fliegenden Röcken auf ihrem Velo die Stadt hinuntersauste, da hielt mitten auf einem Platze, von seiner schwarz-weissen Kanzel herunter, mit weissem Handschuh der Verkehrspolizist sie an und winkte sie zu sich. Sie kam erschreckt und erbost gefahren; sie hielt sich mit einer Hand an der Kanzelbrüstung und blickte auf – da sah sie in die schwarzglitzrigen Augen ihres Feinds.

Und er fragte sie:

«Nun – was macht sie, unsere Taube? Ist sie hin? Oder lebt sie noch?»

Sie nickte im ersten Schreck, ärgerte sich über sich selber und sagte:

«Ja. Und sie redet jetzt sogar ein wenig.»

«Was du nicht sagst!» rief der Polizist. «Einen Augenblick!» Und er hielt mit der Hand eine ganze Kette funkelnder Autos an. «Na, und was spricht sie denn von mir?»

«Ich soll Ihnen einen Gruss ausrichten.»

«Einen Gruss und einen Kuss?»

«Pfui. Einen Gruss. Und sie werde Ihnen ewig dankbar sein.»

«Das denk ich mir.» Und er liess die aufgestaute Flut von Autos grossartig lossausen. «Wofür eigentlich?»

«Weil Sie ein so schlechter Schütze seien. Und sie hoffe, es gehe Ihnen in Zukunft bei allen Täublein so: dass Sie sie bloss streifen, aber keins ins Herz treffen.»

Und gab der Kanzel einen Stoss, fuhr weg und winkte ihm –

«Mit allen fünf Fingern an der Nase!» wollte der Bräutigam wissen – er wollte alles besser wissen.

Die Braut aber sprach:

«Und abermals ein halbes Jahr später, da jenes hartnäckige Mädchen in einer Winternacht aus der Tanzstunde heimstapfte... der Schnee fiel in dichtem Gewirbel, sie ging so lautlos drauf einher wie auf einem weissen Lammfell, sie tänzelte ein wenig drauf und trällerte ganz leise die letzte wunderschöne Tanzmelodie und dachte höchst merkwürdigerweise eben, wie auf die Melodie wohl mit ihrem Verfolger und heissen Feind zu tanzen wäre: da stand er plötzlich breit vor ihr im Schneegewirbel, in Mantel und tiefgezogenem Helm, lachte und knirschte gleichzeitig mit den Zähnen vor Lust – es ist das einzige, was nur er kann und die andern Menschen nicht – knirschen und lachen aufs Mal – und sah sie mit seinen schwarzen Brombeeraugen an – ach, wie erschrak sie schon wieder – fast zu Tode.»

«Nun», sprach er, «kann ich grad mitkommen und mein redendes Täublein holen?»

Sie musste erst Atem schöpfen. Dann hauchte sie:
«Ja. Nein. Nein.»
Er sagte:
«Komm. Ich geleite dich nach Hause. Sonst gehst du am Ende noch im Schnee verloren. Du kannst mir dabei das Neuste von dem Wundertierchen berichten.»
«Es hat sieben Junge.»
«Und wieviele davon schenkst du mir?» fragte er.

Vor ihrem Gartentor versprach sie ihm eins auf den Frühling, wenn er es nicht umbringen wollte und auffressen, sondern hegen und pflegen. Oh, sie hatte immer noch Angst vor ihm wie vor einem Kindlifresser.

Im Frühjahr kam er wahrhaftig in ihr Häuslein und verlangte seine Jungtaube. Er hatte für sie im Estrich seines Hauses einen eigenen Taubenstall gebaut. Aber das Mädchen war nicht da – sie war für ein Jahr im Welschland. Jedoch, wenn das Kind ihm die Taube versprochen hatte, so wollte die Mutter sie ihm nicht vorenthalten. Sie stieg mit ihm in den Taubenschlag und hiess ihn wählen.

Nach einem Jahr, als das Mädchen zurück war, grad einen Tag später, grüsste er sie über den Rotröslihag in den Garten. Er sagte:

«Sie würde nicht mehr bei dir bleiben, meine Taube, so lieb hat sie mich gekriegt.» Sie bestritt es, sie lachte ihn aus. Er schlug ihr vor: «Ich bringe sie dir, du darfst sie sogar einen Tag in deinem Schlag behalten; und sobald du sie fliegen lässt, sucht sie doch ihren Weg zurück zu mir. Du kannst ihr auch ein Brieflein anhängen. Ich will es dir dann zeigen.»

Er brachte ihr das Tierlein. Sie behielt es eine Nacht, liebkoste es eine frühe Morgenstunde lang, knüpfte ihm dann ein weisses Bändchen um den Hals mit einem Briefblatt daran, und auf das Blatt hatte sie ein fliegendes Täublein gezeichnet; aus der Tiefe aber schoss ein wüster, strammer Bursche mit dem Gewehr nach dem Vogel, und darunter standen ihre Worte: Daneben – wie immer!

Dann setzte sie das Täublein auf ihre Hand und hielt es empor – da war es schon weg – und eine Stunde später streckte ihr der Polizist zwischen zwei Fingern das Blättlein über den Hag.

Sie wollte es nicht glauben, sie fasste es, es war ihr Blättlein, aber er hatte es natürlich in seiner groben Polizistenmanier verunglimpft, er hatte mit rotem Stift in die Brust des Täubleins ein Herz gemalt, da mitten hindurch sauste seine Kugel, und schräg durch ihre Worte prangten rot seine: Nun hat's mich aber doch.

«Wen hat es?» fragte das unvorsichtige Mädchen.

«Mein Täublein. Dich.»

«Wen? Oho. Mich?»

Das ging nun doch über die Hutschnur.

Aber ach! er tat so sanft, da er um sie warb, er versteckte seine Wildheit so gut in seinem arglistigen Herzen, seine schwarzen funkelnden Sonnenaugen sahen sie so trunken treuherzig lieb durch und durch an – sie beide hatten auch so schrecklich viel über ihre gegenseitigen Täublein zu beraten wie über eine Kinderschar: eines Tages hatte es jenes arme Täubchen doch – und jetzt –»

Jetzt putschte die Fähre am Grossbasler Ufer an, und die Braut stand auf und winkte noch einmal ins Kleinbasel zurück nach dem einstöckigen Rosenhäuslein und winkte und winkte, und konnte sich nicht vom Geländerlein der Fähre lösen, und winkte immerzu – da fasste sie plötzlich der junge mächtige lustige Bräutigam um den Rücken und unter den Knien und schwenkte sie in die Luft und trug sie aus der Fähre, und sie zauste seine Haare und rief:

«Und du bleibst halt doch der böse Polizist!»

Und alle in der Fähre sahen einander an und lächelten.

Nur der Fährmann hatte die Worte nicht ganz erfasst und musste erst aufgeklärt werden. Aber als er alles verstanden hatte, rannte er unter dem Dach hervor und rief dem Paar nach, das mit Vogelgeschwindigkeit die alten, steilen Steinstiegen hinaufjagte:

«Reisst euch nur die Köpfe nicht aus beim Schnäbeln, ihr zwei!»

Hei, was brach jetzt auf der Fähre für ein Sturm los an Geschichten, wie Zweie einander für immer gefunden hatten... dass keiner weichen wollte und der Fährmann nicht wusste, wohin horchen.

Da berichtete alsbald eine muntere alte Frau (sie war ihrer Sprache nach aus dem Appenzell hierher in die Stadt verschlagen worden; die Würze der Alpenkräutlein hing oft in ihren lustigen Wörtchen und Augen) – sie berichtete die Geschichte von dem Raubmörder Studinger.

Die Geschichte von dem Raubmörder Studinger

«Nachdem uns Geschick und Missgeschick hierher in die Stadt verschlagen hatten, mich und meine Töchter», hob sie geschwind an, «da diente eine von ihnen, die älteste und munterste namens Susi als Magd bei einem Stadtmissionar und dessen Familie. Das Haus war gross, alt, schlicht und trübselig. Die Kastanienbäume im Kieshof drückten ihre dunkelgrünen Stirnen so dicht an die Fenster, dass den ganzen Sommer über eine Düsternis die Stuben erfüllte; der grosse Betsaal stand die Woche durch trostlos öd und roch nach Seufzern; die Frau Missionarin und deren Schwester überboten sich alltäglich in Gebeten und Versenkungen; der kleine dicke glatzköpfige Herr Stadtmissionar wollte zwar gleich einmal mit den Erweckungsversuchen bei der lustigen Susi beginnen, aber beim ersten Seelenschürfen schon zuckte seine Frau wie ein Specht mit der Nase dazwischen – ach, meiner Tochter war oft, sie müsse auf und davon und irgendwo einmal wieder jödeln und jauchzen aus voller Brust und gumpen wie ein Heugumper, und dann zu Bier und Landjäger eine Brissago rauchen – Brissago waren ihre Lust.

Da schickte es sich, dass an einem düstern Nebelabend im späten November die Susi ganz allein das weitläufige Gebäude der Mission hütete. Die geistliche Familie war an einen Wohltätigkeitsbazar gezogen, um durch Gesang und Guitarrenspiel die Besucher zu betören und zu waghalsigen Käufen hinzureissen.

Susi legte im Waschhaus Wäsche ein für morgen. Da hörte sie die Glocke gehen, sie klapperte in den nassen Holzschuhen durch die langen dunklen Gänge; vor der Haustür stand der schwärzeste, wildeste, düsterste Bursche, den sie je gesehen: etwa in ihrem Alter, aber mit so unterirdisch glühenden Augen, einem Gesicht so voller schwarzer Tobel; er fragte auffallend freundlich und leise, ob er den Herrn Missionar sprechen könne – nein, der kam erst auf sieben Uhr zurück, und jetzt war noch nicht sechs.

Aber der Bursche behauptete, extra seinetwegen hergewandert zu sein und nicht gern unverrichteter Dinge zurückmarschieren zu wollen – ob er nicht irgendwo warten könnte? Und liess seine unheimlichen Augen spähend umherrollen, ja er drängte auch schon halb an ihr vorbei, und halb machte sie ihm vor Schreck

Platz, und seine Schuhnägel kritzten auf den Sandsteinplatten wie spitze Dolche, und sie wusste: er war ein Räuber und wollte sie und vielleicht die ganze Stadtmissionarsfamilie ermorden; er kam aus seinem Schlupfwinkel im Wald; er roch nach Harz, Rinde und Tannchries; sogar in seinem verschwitzten Lismer staken Tannnadeln; sie staken in der schwarzen gestrickten Wollkappe, wie sie Räuber vor dem Überfall auf Menschen übers Gesicht zu ziehen pflegen; und als er sie jetzt doch vom Haupt zerrte, da er eintrat, staken ihm noch Tannnadeln in seinem filzdichten schwarzen Chrüseliräuberhaar. Er wollte sie ermorden, Susi spürte es durch Leib und Glieder mit Gruseln; aber auf dem Grund ihres Gruselns kochte wie Himbeerkonfitüre so süss die merkwürdigste Wollust; und zudem goss ihr der liebe Gott über ihren Gefühlswirrwarr hinüber auch noch einen Guss derartiger Todesergebenheit, dass sie nicht anders konnte; trotzdem sie wusste, dass er sich jetzt dann im nächsten Augenblick umkehren und ihr sein blitzendes Räubermesser durch den Leib rennen würde, ging sie wie ein Schäflein zur Opferbank still gefasst neben ihm die Stiege hinauf und führte ihn gegen das Studierzimmer des Herrn. Der Räuber besann sich im letzten Augenblick doch noch anders; er tötete sie nicht, liess sich vielmehr ins Zimmer bugsieren und setzte sich schwer und sie düster messend in den tiefen Ohrlappenstuhl des Herrn Stadtmissionars. Susi drückte ihm in der ersten Dankbarkeit, dass er sie vorläufig noch am Leben gelassen, das Buch in die Hand mit der Lebensgeschichte des Erweckers und Wundertäters Johann Christoph Blumhart; es lag gerade in der Nähe. Dann erinnerte sie sich plötzlich, dass ihr ja die Wäsche überkoche, und sie entlief ins Waschhaus. Aber als sie dort im Dampf und Gesprudel kaum nur zum Rechten gesehen, schoss ihr auch schon wieder die Angst durch den Kopf, der Räuber könnte mittlerweilen das Haus ausplündern und flüchten – kurz, sie streifte die Holzschuhe von den Füssen, glitt in den Strümpfen vor das Studierzimmer und drehte so leise den Schlüssel und zog ihn ab, dass der Mörder ahnungslos in der Falle sass.

Mit klopfendem Herzen brühte sie fertig. Jeden Augenblick lauschte sie, ob nicht ein Donnergepolter die Türe sprenge. Einstweilen blieb es still. Und nun schlug es ja auch schon vom nahen Schulhaustürmlein sieben, und der rettende Herr Stadtmissionar konnte nicht mehr fern sein – aber er kam nicht (es wurde nämlich an dem Bazar eben noch ein Schinken auf sein Gewicht geschätzt, und wer am besten schätzen würde, sollte ihn kriegen, und die Frau Stadtmissionarin hatte ein unglaublich scharfes Auge für die Schwere von derlei Dingen – darum hatte auch der Herr Stadtmissionar einen Wetteinsatz gewagt).

Um Viertel nach sieben aber – wumm bumm! als Susi eben das stockdunkle weite Stiegenhaus hinaufschlich, um oben in ihrer Kammer ihr nasses Zeug gegen warmes trockenes (und auch ein wenig netteres) zu vertauschen (denn wenn schon gestorben sein musste, wollte sie wenigstens nicht in den ältesten Röcken abfotografiert und in die Zeitung gedruckt werden) – da rüttelte etwas von innen an der Studierstubentür, und eine fürchterliche Stimme dröhnte:

«Aufmachen! Ich bin eingeschlossen. Aufmachen!»

Susi schoss in ungeheurem Schreck gleich noch ein paar Stufen aufwärts. Auf einmal aber schrie sie übers Stiegengeländer:

«Für Sie wird noch beizeiten aufgemacht – aber dann von einem, der es mit Ihnen aufnimmt.»

Einen Augenblick war es still hinter der Tür. Drauf rief der Räuber:

«Also, du hast mich eingeschlossen, Krott! Tu augenblicklich auf, sonst klemm ich das Schloss mit meinem Messer los, und dann büssest du es mir! Und wie büssest du es mir!»

Und tat wohl einen Schritt zur Seite hinter der Tür, sein Messer aus dem Sack zu reissen. Denn plötzlich schoss aus dem Schlüsselloch der Studierstube in die Schwärze des unheimlichen Treppenhauses ein Lichtstrahl scharf und hell wie eine geschliffene Klinge. Er traf Susi mitten ins Herz.

«Das weiss ich», rief sie, «dass ich es büssen muss. Aber wenn Sie meinen, dass Sie mich billig erwischen, dann täuschen Sie sich. Ein Mädchen kann eine weisse Haut haben und lustig dreinsehen – aber unter der Haut besitzt sie Muskeln, dass sie sogar einem Raubmörder den Hals zudrückt im Sterben.»

«Zwei auf einen Schlag», brummte der Unhold betroffen. «Aber woher wusstest du es, was dir blüht, sag, du Haghexe?»

«Mit Ihnen zu reden hab ich gar keinen Grund», rief Susi mit Zähneklappern. «Aber wenn eine sechsmal in einem Monat von jemand träumt, und das siebente Mal kommt er selber, dann weiss sie, was es geschlagen hat.»

«Allerdings», sprach der Räuber. «Und was hab ich die ersten sechsmal mit dir angestellt? Nur damit ich das siebente Mal nichts falsch mache.»

«Das geht Sie nichts an!» stiess Susi heraus.

«Erstochen?»

«Das wollten Sie – und dann –. Lieber Heiland», schrie sie auf, «mein Heiland!» – denn in diesem Augenblick klirrte unten ein Schlüssel in der Haustür, und der Herr Stadtmissionar, den Schinken in weissem Papier vor der Brust tragend wie einen Täufling, kam, überall Licht machend, lustvoll und strahlend mit den Seinen heraufgeschwebt. Susi aber, nah an einer Ohnmacht, konnte nur noch lallen:

«Ein Räuber. Ich hab ihn eingeschlossen!»

Da rief auch schon der schwarze Verbrecher durchs Schlüsselloch mit der freudigsten Stimme:

«Herr Stadtmissionar, Ihr Peter Studinger sitzt hier festgeriegelt – die verrückte Jungfer mit dem Chruselihaar nimmt mich für einen wandernden Mörder.»

«Was?» rief der Stadtmissionar, «eine Freude über die andere! Erst der Schinken, dann der Peter!» schmetterte die Tür auf, schloss den schwarzen Peter in die Arme und klopfte ihm mit der freien Rechten auf den Rücken. «Wie geht's? Wie steht's?»

Gut ging es dem Peter. Der Herr Stadtmissionar hatte den armen Verdingbuben einst aus den misslichsten Verhältnissen befreit und ihm zu einer ordentlichen Knechtenstelle verholfen – aber mittlerweile hatte sich der Peter selbständig gemacht und holzte jetzt für seine Gemeinde – daher die Tannnadeln an allen seinen Ecken und Enden – und wenn alles gut ging, kam er gar an Ostern zur Kantonspolizei.

War das eine Freude! Der Peter musste zum Nachtessen bleiben, der Herr Stadtmissionar holte sogar mit ihm zusammen eine Flasche Roten aus dem Keller und goss ihn verschwenderisch in den Schwarztee, den sie zum Schinken tranken – die dumme Susi aber, nachdem sie alles aufgetragen, musste sich zu ihnen an den Tisch setzen und mithalten und berichten.

«So schau ich also drein», sprach der dunkle Peter und beguckte sich im silbernen Teelöffel, worin er noch viel fürchterlicher aussah. «Ich sollte halt jemanden haben, der zu mir sieht, besonders wenn ich jetzt dann zur Kantonspolizei komme. Sonst halten mich die Diebe noch für ihresgleichen und rennen überhaupt nicht davon vor mir. Und was dann? Aber wen werde ich schon finden?»

Und besah sich jetzt teils auf der Rückseite des Teelöffels, teils in den Augen der Jungfer.

Susi seufzte und sagte, er solle ihr nicht zürnen. Aber ihr Räuber im Traum habe so haargenau ausgesehen wie er, wenn er sie mit seinem Messer verfolgte – und das Allermerkwürdigste wäre: jedesmal wenn er sie eingeholt, sei er plötzlich wie verwandelt gewesen und so nett zu ihr.

«Auch so nett wie der Peter jetzt?» fragte der Herr Stadtmissionar in überschäumender Fröhlichkeit.

«Eher noch netter», sagte Susi und errötete.

«Ich würde mir aber gern Mühe geben, es auch zu lernen», versprach Peter. «Sogar heut abend schon, wenn ich dürfte.»

Die Frau Stadtmissionarin schüttelte streng den Kopf über dies ausgelassene Hin und Her und zizerte deutlich mit den Zähnen: zzz!

Und Susi rief:

«Oho! das wollte ich Ihnen raten. Das wissen Sie ja gar nicht, wie es war in den Träumen.»

«Das kann er sich ausmalen», rief der Herr Stadtmissionar unbesonnen. Er erhielt denn auch einen kummervollen Blick seiner Schwägerin und sprang sofort auf und suchte verzweifelt seinen Pfeifentabak, um seine Beschämung wegen seines Übermuts zu verbergen, und paffte sich mit Peter zusammen hinter dicke Rauchwolken.

Aus den Rauchwolken aber funkelten von Zeit zu Zeit Peters schreckliche Feueraugen auf die närrische Susi, die nach dem Geschirrwaschen strickend mit im Kreis sass; und durch die Risse ins Rauchgewölk hinein spähten wieder ihre flinken Gluckeraugen; und jedesmal, wenn sie ihn sah, wie er jetzt so behaglich an der geliehenen Missionarspfeife sog, so fand sie sein wildes Gesicht schöner; die Wildheit ihrer Heimat war darin, schwarzer Tannenschlag und rissiger dunkler Fels – und wer jetzt nicht errät, dass sie längst Frau Kantonspolizeiwachtmeisterin ist, dem ist nicht zu helfen.»

Und die Appenzeller Frau sah den Fährmann fragend an.

Der Fährmann wollte eben gröblich den Mund auftun – da schnitt ihm auch schon ein heiterer alter Herr, aus behaglicher Fülle redend und mit klaren dunklen Augen heimlich dazu lachend, das Wort ab und erzählte in reinem und gewähltem Baseldeutsch die Geschichte von der Brautfahrt.

Die Geschichte von der Brautfahrt

«Auf einem der schönen Waldberge um Basel liegt, halb im Grün der Laubwipfel versteckt, mit dem Kirchturm aber weit ins Rheintal winkend, ein Kloster – jedoch, dem genius loci entsprechend, ein evangelisches. Oder darf ich die Anstalt am Ende gar nicht Kloster nennen, weil ihr Abt verheiratet sein und Gemahl und Töchterlein mitten unter den sanften Mönchen bei sich halten darf? Oder nicht, weil an Sonntagen Männlein und Weiblein der weiten Umgebung ungescheucht zwischen den zahlreichen Klostergebäulichkeiten durchflanieren, ja in einer Gasthalle sich von den jungen, krankhaft aufgeregten Mönchlein mit Kakao bewirten lassen? Doch, es ist trotzdem ein Kloster, wenn wir an die Mehrzahl der Bewohner denken, an die Schar der Predigerzöglinge. Sie alle sind unbeweibt, einer wie der andere, und stehen doch in den feurigsten Jahren ihrer Mannheit; sie sollten atmen wie die durchsichtigen Engelein im Paradies – ach! und wer vermöchte die Schauer zu zählen, die ein neues Tenniskleid des Abttöchterleins über sämtliche Rücken der stillen eingeengten Jungmännerschar jagt und immer wieder jagt?

Das Unerträgliche solchen Mönchstums beseufzte an einem so schönen Juninachmittag wie heute tief einer der Zöglinge, da er den grünen Buchenwald von der keuschen Berghöhe niederstieg ins Tal. Er war der Fortgeschrittensten einer, ein Schaffhauser aus der Gegend des Beerliweins, und sonst durch und durch wie seine Sprache so hell, lustig, schneidend, vordergründig und jeder dunkleren Tiefe abhold. Er war erst Buchbinder gewesen, hatte indes über dem Beschneiden und Heften von frommen Traktaten, in die er seine geschwinde Nase gesteckt, seine Berufung zu etwas Abwechslungsreicherem entdeckt und unterrichtete nun als schneller Tausendsassa bereits wieder die Untersten seiner Kameraden; predigte auch an Sonntagen bald da, bald dort im weitern Umkreis heftig vor andächtigen Gemeindlein; und stand dicht vor seiner Einsegnung und seinem Abflug in die weite Welt. Er war einer der wenigen Eidgenossen unter seinen Gefährten und ragte schon darum an Aufsässigkeit deutlich aus ihrer geduldigen Schar; er konnte aber manchmal sogar überhelvetisch widerborstig werden und so überzwerch wie sein struppiges braunes Stirnhaar und sein immer ein wenig schief sitzendes Brillengestell. Gegen sich selber allerdings war der Ungeläuterte leider die Nachsicht und das Mitleid selbst; und daher kam es, dass er, durch den sonnendurchblitzten Wald hinabstreifend, sich empört sagte, nun habe er aber lange das Äusserste mitgemacht an Anfechtung, das vom lieben Gott billigerweise einem alleinstehenden Menschen zugemutet werden könne. Und wie er plötzlich über einem hohen Steinbruch aus dem Wald trat und in der glitzernden Talferne die Türme und Dächer des stattlichen Basel schimmern sah – da faltete er die Hände, blickte in die goldene Abendsonne wie in das funkelnde Auge Gottes und sprach in nur zu hörbarem Trotz:

«Vater dort drüben, du bist der Gott der Liebe; du kannst nicht wollen, dass die Liebe in uns Menschen zu etwas Wüstem vergäre – führe mir endlich die Gefährtin zu, auf die ich mein Sehnen und Sinnen werfen darf – führe mir sie morgen zu, denn anders vermag meine Seele nicht mehr ungetrübt zu bleiben – sie sei die erste, auf die morgen in der Frühe des Sonntags mein Auge falle.»

Denn es war Samstagabend; in der Stadt Basel war heute das alljährliche Missionsfest mit Glockengeläute jubelnd angebrochen; Scharen eifriger Gottesverkünder und -verkünderinnen durchfluteten mit verklärten Gesichtern die gastliche Stadt – unser junger Missionar war ausgesandt worden, heute nacht an der Eröffnungsfeierlichkeit teilzunehmen und morgen Sonntag früh sogar als Sendbote einen Gruss seiner Anstalt und eine kleine Ansprache der Festversammlung zu übermitteln – er trug in einem Köfferlein ein bisschen Notwendiges für die Nacht mit.

Er hatte nun zwar kaum das Gelübde abgelegt, so musste er sich fragen, ob er jetzt nicht etwas Unchristliches getan und von Gott etwas zu erzwängen versucht habe. Allein indem er neben dem Steinbruch niederstieg und die Welt so golden lockend da draussen lag, auch die strahlende Sonne sein Blut im schnellen Wandern heiss kochte, fand er voller Entrüstung gegen sein Zweifeln den Antrag, den er dem lieben Gott gestellt, sehr in Ordnung und zog mit immer grössern und fröhlichern Schritten in wachsender Herzenslust und Neugier der Stadt entgegen, worin ihm morgen früh der Herr seinen Schatz und Hort zeigen würde.

Er kam ins Missionshaus, meldete sich frohlockend an – die erste Nachricht, die er erhielt, war, dass die Leute, bei denen er hätte übernachten sollen, durch den Tod eines alleinstehenden Onkels über die Festtage fortgerufen worden seien. Nun, es gab schon noch Freiplätze für die Nacht. Die Sekretärin blätterte mehrere Zettelchen durch, warf einen sinnenden prüfenden Blick auf ihn und teilte ihm die Adresse einer Witwe mit, die über dem ehemaligen Stadtgraben unweit der Kirche von St. Peter wohnte. Der junge Glaubensbote fand im Handkehrum das hohe freistehende Haus. Die Witwe hatte darin das oberste Geschoss inne und eine darüberschwebende Dachterrasse mit durchbrochenem Steingeländer und vielen blühenden Oleanderbäumchen. Sie war eine volle, lässige, immer noch sehr schöne Frau, um und um so rund und weich wie die Engel seiner Träume und allem Anschein nach genau so bequem und nachgiebig gegen sich selbst wie er. Und ausserdem traten ihm sofort im Gang die drei Töchter der Witwe voll jugendlicher Neugier freudenreich entgegen, alle drei hellblond und so wunderschön von Haut und Gliedern, wie er noch nichts gesehen hatte, und dabei jede wieder verlockend andersartig: die Einundzwanzigjährige kräftig, rund, untersetzt, mit dem hellsten schelmischsten Lächeln auf den derben, süssen, hellen Grübchenwangen – die Neunzehnjährige schmaler, nervöser und fein, mit einem zarten Flackern in Blick, Mund und Haaren, einem Flackern: bald als verberge sie eine rasche Trauer, bald Ungeduld, bald Leidenschaft – die Fünfzehnjährige eine Knospe, herb, duftlos, immer gekränkt und sich von den zwei andern

Schwestern zurückgesetzt fühlend, dabei aber mit fast knabenhafter Bedenkenlosigkeit bereit, sich ihr Recht den andern gegenüber zu verschaffen, wo immer es sei.

Der junge Seelenhirte, die Witwe und alle drei Töchter nahmen gehobenen Herzens an der Abendandacht teil, die alle Festbesucher zum erstenmal innig vereinte. Sodann genossen sie alle fünf hoch auf der blühenden Altane des Hauses noch den Abend. Die Töchter hatten Kaffee gebraut. Während der zarte junge Mond wie eine Liebesleuchte am reinen halbdunklen Nachthimmel emporstieg, sassen die drei Töchter zwischen den Oleanderbäumchen auf hohen, farbigen Polsterkissen zu Füssen ihrer Mama; diese genoss, auf leicht erhöhtem Podium in einen Polsterstuhl gelehnt, mit fürstlicher Gelassenheit aus einer schönen, goldverschnörkelten Schale den dunklen Kaffee und griff von Zeit zu Zeit mit sicherer Hand nach einem Feldstecher, um rund umher in den erhellten Fenstern der niedrigeren Häuser kleinere Familienbegebenheiten abzulesen und sie ihrem lauschenden Kreise zu berichten. Der junge feurige struppige Missionar sass auf einem Stuhl zu ihrer Rechten, unterm selben Oleanderbäumchen wie sie, dessen spitzes Laub ihn von Zeit zu Zeit in den Nacken stach, während die weichen, grossen Blüten ihm sanft die Wangen streichelten. Lieblich schallte das Klingeln der kleinen Kaffeetassen, lustvoll das Gelächter und Geplauder der entzückenden Mädchen unter dem Laub empor – es war nur natürlich, dass auch die Familienverhältnisse und Aussichten des jungen Heidenfängers mit allem Eifer angehört wurden, wobei der Hoffnungsfreudige seine zukünftigen Wirkungsfelder in schönen satten reichen Farben schilderte. Alle gingen sie glücklich zu Bett – auch die Witwe und ihre drei Töchter von einer unerklärlichen Hoffnungsfreudigkeit bewegt. Der junge aufgeregte Missionar aber träumte noch lange von seinem Lager in den jungen Mond im sanften, dunkel gewordenen Nachthimmel, das Herz von der rasendsten Freude auf morgen früh erfüllt; immer wieder bat er Gott, ihm die Richtige unter den Vieren als erste vor Augen zu führen. Aber welche war die Eine? Er fasste in seinem Sinnen von den vier schönen weiblichen Wesen eines nach dem andern um die Schultern, zog sie ein wenig an sich und sah ihnen tief in die Augen. Auf einmal aber war er entschlafen (ihm blieb später ganz dunkel in Erinnerung, er habe sich eben noch einmal mit der wilden Jüngsten beschäftigt gehabt) – schlief, schlief, schlief selig in einem freudigen Hui die Nacht durch, wachte schon am ersten Strahl einer goldenen Sonne auf, die unhörbar mit tausendfältigen Lichtern in den Morgenhimmel hinauf jubilierte – und horchte, auf den Ellbogen gestützt und mit seinem Herzen einen rasenden Trommelwirbel gegen sein Rippengitter schlagend, mit der unsäglichsten Gier in die Stille der schlafenden Wohnung hinein.

«Lieber Gott», rief er innerlich, «welche ist's?» und sprang bebend vor Lust und Kampfgier wie weiland Achilleus von seinem Lager. Er begab sich, absichtlich mit seiner Tür mehrmals knarrend, in eine entlegene Zelle, rauschte mit den Wassergüssen wie ein Flussgott – lauschte – horch! ein Tritt seufzte leise über den Fussboden her – ihn aber durchschüttelte in diesem Augenblick auch schon der garstigste Schreck: Wie, wenn der liebe Gott jetzt eben ganz nur mit der Eröffnung des Missionsfestes beschäftigt war und sein Verkünder die Falsche erwischte – die Witwe, die träge, mit ihrem Feldstecher in der Hand – oder die zu breite Älteste, die so merkwürdig wissend lächelte – oder die Zweite mit ihrer nervösen heftigen Flackrigkeit – oder gar das freche unfertige Küken von einer Jüngsten – witsch! mit geschlossenen Augen schoss er aus dem Räumlein, jagte auf den Zehenspitzen über den Flur, fuhr wie ein geölter Blitz in sein Zimmer zurück, drückte die Tür hinter sich ins Schloss, sank aufs Lager und verfluchte, so kurz nach seiner höchsten Lust schon, sich und sein Schicksal.

Denn jetzt galt es ernst. Aus vier unverbindlich Vorgeführten wurde die Eine und Einzige für Zeit und Ewigkeit – hei, und schon schlug sein Rebellenhüflein, das gestern so heftig gegen Gott gezwackt, mit aller Verzweiflung gegen das Joch, das mit klirrenden Ringen gegen ihn sich senkte. Zwar hiesse es seine Mannhaftigkeit verkleinern, wollte ich behaupten, der kommende Bräutigam habe in den paar folgenden Stunden hinter der sichern Tür seines Schlafgemachs nicht auch Augenblicke des Muts, ja einer (allerdings stark herabgebrannten) Lüsternheit gehabt, wo er drauf und dran war, aufzuspringen, hinauszustürzen und sein Schicksal auf sich zu nehmen und zu umarmen.

Aber je länger und ausführlicher die Glocken in den Morgen schlugen, je wärmer und schwüler der Missionssonntag durch die

Jalousien hereinkroch, desto katzenjämmerlicher und elender ward dem Armen; er durfte schon gar nicht mehr an die gestrige Abendstunde auf der Dachzinne denken mit dem Halbmond, dem aufdringlich duftenden Mokka und den Mädchen auf ihren farbigen Polsterpuffern unter den Blüten um seine Füsse; wie eine wüste türkische Haremsszene erschien ihm alles; er wollte sich erbrechen darüber; mit allen zehn Fingernägeln hätte er jedes Fetzchen Zeit festhalten mögen bis zu seiner Predigtpflicht am Fest. Und doch, da die Wohnung längst von Geschäftigkeit, Flüstern und Trippeln der vier Frauen wimmelte, schlug endlich sein letztes Minütlein, und er trat aus der Tür unter die Schar seiner Weiber.

Er trug aber ein nasses Handtuch um seine Stirn und Augen geschlungen und behauptete zähneklappernd, vor unerklärlichen Schmerzen die Augen nicht auftun zu können. Und mit geschlossenen Lidern, eine von der Witwe geliehene Brille auf der Nase, liess sich der Hasenfuss von der erschreckten Frauenschar gleich einem Blinden zum Missionshaus und ins Sekretariat führen.

«Was?» rief die Sekretärin, «noch einer, wo schon der Vertreter von Mozambique abgesagt hat?» sprang auf und hatte dem verblüfften Klosterschüler auch schon die Brille von der Nase gerissen, um sein Übel zu untersuchen. Und ach! da starrte sein entsetzter Augenstern in ihren scharfen Augenstern, und erbleichend und stammelnd erkannte er Gottes Hand und gestand, wieder zu sehen.

Er musste eine halbe Stunde später vor der unzählbaren Festgemeinde die Grüsse seiner Anstalt vorbringen und ein paar Worte daran flechten. Aber was aus den paar von ihm verlangten Worten im Sturm seiner Erregung wurde – dies zu schildern übersteigt Menschenkunst. Selbst die Sekretärin, die, die Hände voller Papiere, von hinten in den Saal geschlichen war, um schnell heimlich eins der Vorstandsmitglieder um eine Auskunft anzugehen: selbst sie blieb unter der heissen Glut dieses eine schwere Schuld Andeutenden und eine unverdiente Erlösung flehentlich von Gott Erhoffenden bewegt stehen und schüttelte mehrmals nachsinnend den Kopf.

Er kam im Hinauswallen bei ihr vorbei. Und sie konnte sich nicht enthalten, ihn in ihrer trockenen bestimmten Art schnell zu fragen: was es mit der schwarzen Brille auf sich gehabt? und ob ihn die heisse Witwe mit ihrer Töchterschar in eine unziemliche Verwirrung gestossen? Die Witwe sei nämlich noch nicht lang bekehrt, und dem Vernehmen nach hätten grosse Verluste, die sie aus Lässigkeit und Eingebildetheit beim Weiterführen von ihres Gatten Vergoldergeschäft erlitten, sie zum Anschluss an die mildtätige Gemeinde der Gläubigen veranlasst.

Sie beendete dies Gespräch bereits aus ihrem Glasverschlag heraus, in den sie wieder eintrat, und halb über ihre schmale und schon ein wenig altjüngferliche Schulter hinweg. Er aber trat nun ebenfalls ein, fasste ihre feine, energische (fast hätte ich gesagt: geistvolle) Hand und berichtete ihr in stossweisen Worten seine Geschichte.

«Ja, und wen haben Sie nun heute zuerst erblickt?» schrie die Sekretärin voller Schreck auf und sah ihn gänzlich entgeistert an. «Mich? Aber das kann Gott der Herr nicht wollen! Um des Himmels willen: ich – und Sie. Lieber Vater: nein, dieser Kelch...!»

Und sie schlug die schlanken gescheiten Hände zusammen und hob sie zitternd zum Himmel empor.

Zusammen pilgerten er und sie am Nachmittag (nachdem der Abschied von der Witwe und ihren Töchtern in einiger Verdrossenheit erfolgt war) durch Feld und Wald zu dem stillen Waldklösterlein empor. Hier wollten sie ihren Fall dem Herrn Vorsteher als höchster irdischer Instanz vortragen. Dieser lag zwar an einem Knöchelbruch zu Bett, empfing sie aber dessen ungeachtet sogleich und vernahm mit Erstaunen die Frage, ob das Paar nun tatsächlich wider Willen von Gott zusammengeführt worden sei? Nein! wie konnten sie so etwas denken: Gott liess sich nichts abzwängen – vielmehr gehörte dem ungeduldigen Herrn Schüler ein ernstlicher Tadel für derartige Scherze mit der Vorsehung.

Die gescheite Sekretärin mit ihren schönen dunklen Augen atmete bei diesem Freispruch bewegt auf und dankte dem Abt und im selben Atemzug dem lieben Gott von Herzen.

Aber wie nun auch der Klosterschüler mit fast haargenau dem gleichen Atemzug seiner Erleichterung Ausdruck gab und mit demselben Dankesstammeln zu Gott – da mass sie ihn plötzlich scharf und mit einer deutlichen Zornesröte unter ihrem klaren Haaransatz tief in der Stirn. Denn bisher war sie, die aus feiner

Basler Familie stammte und über ein sehr beträchtliches Vermögen verfügte (was er allerdings nicht ahnen konnte) – sie war sich als die einzige Leidtragende vorgekommen und hatte gefunden, ihre Erkürung durch das Schaffhauser Predigerlein sei eine Dreistigkeit, und er hätte wesentlich geringere Hoffnungen zu hegen.

Mit schlecht verhehlter Gekränktheit forderte sie ihn nach dem Abschied vom Vorsteher auf, ihr noch etwas vom Kloster zu zeigen; denn von ihm wegzugehen, ohne ihn für die erwiesene Beleidigung doch noch irgendwo ein klein wenig gedemütigt zu haben, dies liess ihr verletzter Stolz nicht zu.

Sie traten ins Kirchlein. Er erläuterte ihr ahnungslos ein paar Grabsteine und führte sie dann die enge Stiege hinauf in die Orgel. Diese trat er oft zu den Gottesdiensten, wie er überhaupt ein Donnerskerl in allen möglichen Künsten war; er wollte ihr zum Abschied noch ein Präludium spielen.

Aber wie sie nun die letzten Stufen des Orgeltreppleins erklommen, siehe, da leuchtete ihnen von der Wand hernieder in funkelnden Goldbuchstaben, von der Abendsonne durch das helle Kirchenfenster waagrecht angestrahlt, der Spruch entgegen: Herr, Dein Wille geschehe! Und erst fuhr sie deutlich, dann aber auch er bei dem Mahnen dieser Feuerlettern zusammen, und unwillkürlich streiften sie zutiefst erschrocken jedes das andere mit einem forschenden Blick.

Mit zitternder Hand öffnete er Orgel und Notenbuch, mit zitternder Hand und bewegter zarter Brust blätterte auch sie ein daliegendes Kirchengesangbuch auf, blätterte und beugte sich auf einmal mit neuem Schrecken über die abgegriffenen Blätter, denn nichts anderes unter den unzähligen Versen des Psalters hatte sie entdecken müssen als just die längst vergessene Strophe:

Kein Haar von meinem Haupt,
Kein Sperling fällt vom Dach,
Gott hätt es denn gewollt.
Herr, führ Du meine Sach!

Sie bat, er möge sie zu diesem Liede begleiten. Sie sang es in dem leeren hallenden sonnenschimmernden Kirchlein mit einer wunderschönen Stimme. Während sie sang, glitt ihr Blick durch ein südliches Kirchenfenster über die Kronen der dunklen Kastanienbäume. Da lag unten das warme Rheintal. Über die blauen Berge des Jura herüber aber schimmerten mit der Helle eines weissen Brautkleides die Alpen. Sie schimmerten durch die alten, wässrig rötlichen und bläulichen Gläser der Scheiben so merkwürdig sehnsuchterweckend, dass das sonst so selbstsichere und unnahbare Mädchen mitten im Gesang das Buch zuwarf, zu ihm herumfuhr, mit ihren Händen seine Hände auf den Tasten anhielt und ihn mit Tränen in den Augen fragte, warum er Gott gedankt habe, da er sie los geworden sei.

Er antwortete sogleich: weil ihn bei ihren Gesprächen im Heraufsteigen durch Tal und Berge gedünkt habe, dass an ihrer Seite kein leichtes Leben zu führen sein müsste bei ihrem harten bestimmten Köpflein.

«So?» sagte sie und sah ihn durch noch mehr Tränen an – aber ob er nicht meine, dass gerade einem so unchristlichen Gluschti, wie er einer sei, eine klare und bestimmte Frau nottue?

Indem er antworten wollte, drehte er geschwind noch einmal das Gesicht gegen den Bibelspruch an der Wand – aber der war mittlerweile nicht etwa erloschen, sondern strahlte nur in immer blendenderer Flammenschrift: Herr, Dein Wille...

Da duckte er unwillkürlich sein Schaffhauser Rebellenköpflein ein wenig, sah sie durch sein schräges Brillengestell hindurch kleinlaut an und zuckte demütig die Achsel.

«Doch», sagte er.

Und dies Wort der Demut war die erste Stufe zu seiner nachmaligen Erhöhung.

Denn nachdem sich die zwei noch mehrmals in Versammlungen, Bibelkränzlein und Betstunden gesehen hatten und sich jedesmal eingehender miteinander befasst, erkannten sie endgültig Gottes Hand und Willen in der Art, wie er sie einander zu erkennen gegeben; und als sie Mann und Frau geworden, trug sie auf den starken Schwingen ihres Geistes den aufmerksamen Pfiffikus schnell von Stufe zu Stufe aufwärts zu nicht geringer geistlicher und weltlicher Ehre.

ZWEITE ÜBERFAHRT

So hatte sich doch noch alles zum Guten gewandt, die Rheinfahrer und Rheinfahrerinnen waren ordentlich zufrieden mit den Berichtlein, sie nickten den Erzählern und einander freundlich zu beim Aussteigen – schnell füllte sich die Fähre wieder und rauschte eilig aus dem Schatten des steilen Grossbasler Ufers in den warmen Sonnenschein des niederen Kleinbasels; und wie das Schifflein nun schon bald da drüben am schwimmenden Fähresteg anstupfen wollte, da zählte ein langer schwärzlicher Mann besorgt mit dem Zeigfinger noch einmal alle Fahrgäste nach. Darauf blickte er in ein Taschenkalenderlein aus weichem Leder mit funkelndem Goldschnitt, wurde bitter-ernst im Gesicht, zählte schnell noch einmal all die Leutlein, schüttelte den Kopf und sagte düster:

«Es fehlt eins. Es ist eins von uns beim Herüberfahren verloren gegangen. Ich hab es aber auch deutlich dreimal unter der Fähre seufzen hören.»

Jetzt schrien alle Frauen auf:

«Jesus! Gott und Vater! Wer ist es? Wer ist untergegangen?»

Und zählten ihre Kinder, drehten sie hin und her, schüttelten die unvorsichtigen, die sich über das Eisengeländerlein auf dem Vorderschiff gebückt und mit Rütlein ins Wasser geschlagen hatten; und die Männer sprangen auf und starrten in die Tiefe.

Aber der Fährmann, an seinem Steuerbalken ganz im Düstern des Schiffhäusleins, rief:

«Dummes Zeug! Ist schon jemals ein Mensch versoffen, der mit mir herüberfuhr? Ein Verstand wird versoffen sein und hat dreimal geseufzt unter der Fähri, hähähä!»

Jetzt fuhr sich jener schwärzliche Mann mit gestrecktem Zeige- und Mittelfinger verzweifelt in seinen hohen Stehkragen, einen gewaltigen altertümlichen Vatermörder, und sprach kleinlaut:

«Kein Wunder, dass man sich verzählt, wenn einen die Leute geflissentlich zum Narren halten wie heute nachmittag und alle die gleichen Gesichter anlegen», – und sah sie wunderlich der Reihe nach an.

Nun seufzten die Frauen:

«Aha!» und nickten einander schwermütig zu, und eine merkwürdige Stille breitete sich über das Schifflein, und niemand schaute mehr in den Strom nach dem Entschwundenen ausser einem schwerhörigen alten Männlein, das wollte plötzlich mit Teufelsgewalt einen Schiffsstachel unter einer Bank hervorreissen und damit in den Rhein stochern, denn es hatte deutlich etwas im Wasser gesehen – es musste mit aller Macht zurückgedrängt werden und gab sich erst zufrieden, als ihm ein junger Bursche ins Ohr schrie: es sei ja alles gesponnen.

«Soso, gesponnen», sagte ernst der Mann mit dem Stehkragen und dem Notizbüchlein. «Es wird noch auskommen, was gesponnen ist –» sprang blitzschnell auf den Fähresteg, denn die Fähre bumste eben an, zählte von dort aus rasch zweimal die Schwalben, die auf dem Fähreseil sassen, zwitscherten und die sonnengoldenen Flügelchen putzten, schrieb ihre Zahl in sein Büchlein, schüttelte drohend die Faust gegen die Fähre und eilte mit langen Beinen davon.

Männiglich aber setzte sich nach diesem Schreck nun schnell noch einmal hin in dem Schifflein, um dies wunderliche Geschehnis erst zu Boden zu reden, ehe man auseinanderginge – nicht, dass es einem in der Nacht noch vorkäme, sagte eine dicke Frau, und bei ihr unter der Bettstatt plötzlich dreimal seufze.

«Dass man dergleichen Spinnbrüder frei umher laufen lässt», schimpfte ein kräftiger untersetzter Herr wütend und schüttelte seinen kurzgeschorenen, graustacheligen Kopf. «Wofür besitzen wir denn unsere gut eingerichteten –?»

«Dummes Zeug», rief der Fährmann zum zweitenmal, «dass eine Hälfte der Basler die andere verköstigen müsste, was?»

Die meisten lachten; der graustachelige Eisenfresser aber sprach:

«Sparen Sie Ihr: dumm! Jedenfalls müssten nicht Sie mich verköstigen.»

Der Fährmann riss schon den Mund auf zu einer gesalzenen

Erwiderung etwa des Inhalts: es fehlten ihm nur die Mittel, sonst würde er es sich überlegen – alle lasen ihm Wort für Wort bereits an der Nase ab –.

Da neigte sich, um jedem Streit vorzubeugen, ein schönes reifes Mädchen ein wenig vorwärts – oder war es eine junge Frau? – Nein, keinen Ring trug ihre volle gepflegte weisse Hand, die sie lässig und schützend um den Hals eines Cellos gelegt hielt; sie sagte mit einer ruhigen klangvollen Stimme: Sie habe sich schon gefragt, ob nicht mancher Irre überhaupt viel glücklicher sei als wir überhebliche Gesunde. Ja, sie wäre bereit, eine merkwürdige Geschichte hievon zu erzählen, wenn ihr jemand zuhören möge.

Oh ja, das mochten alle ohne Ausnahme, und sogar sehr gern, wo jeder ihr derweilen ungescholten in ihr schönes, volles, ein wenig trauriges Gesicht schauen konnte, und so trug das Mädchen denn die Geschichte von dem unbelehrbar Glücklichen vor.

Die Geschichte von dem unbelehrbar Glücklichen

«Vor ein paar Wochen», hob sie an, «im Frühsommer, starb da unten am Rhein einer der begabtesten Bläser unserer Stadt, manche nannten ihn den besten Flötisten, den sie je gehört. Er starb aus der Blüte seiner Kraft hinweg, jung, kaum dreiunddreissigjährig, mitten aus einer Schar von Freunden heraus, Musikern, Malern und Bildhauern, die ihn verehrten und liebten, und von der Seite einer jungen kinderlosen Gattin.

Sogleich am Tag nach seinem Tod erschien bei der jungen, untröstlichen Frau der Vater des Verstorbenen, ein stämmiges Appenzeller Mannli, trat merkwürdig frisch, aufgeräumt, ja fröhlich ein; er war grau gekleidet, nicht einmal schwarz, trug seinen grünen Filzhut geradewegs munter zurückgeschoben, er hatte sogar ein Zweiglein Heidekraut frühmorgens auf dem Weg zum Appenzeller Bahnhof gebrochen und ins Hutband gesteckt.

Der Tote war nicht mehr in der Wohnung, und das Mannli half sogleich die Blumen und Kränze abnehmen, die in grosser Zahl immerzu gebracht wurden, und den Besuchern Rede und Antwort stehen, und war so der jungen Frau sehr nützlich. Er war keineswegs betrunken, wie sie im ersten Schreck gefürchtet hatte; seine Heiterkeit kam vielmehr aus seinem tiefsten Herzen, und wenn eben niemand vorsprach, so fasste er ihre beiden bebenden Hände in seine und tadelte die Frau leise und väterlich ihres nicht zu besiegenden Schmerzes wegen, der mit jedem neuen Blumenbund, das dem Toten gebracht wurde, frisch hervorbrach.

«Du wirst doch an dem Einen nicht zweifeln», sagte er, «dass du deinen Hansli wiedersiehst, schöner und reiner in einem grossen grossen Licht, und in einem Goldglanz, der dich zuerst derart blenden wird, dass du seine hingestreckten Hände fast verfehlst –».

Und als die junge Frau heftiger weinte und zögerte, seinem Glauben beizupflichten, so glücklich er sie gemacht hätte, vertraute er der erschreckt Horchenden an, dass die Zeit des Wiedersehens ihrer aller im ewigen Licht näher bevorstünde, als sie vielleicht meinte, und fing an ihr Bibelsprüche zu nennen, wonach möglicherweise in den nächsten Stunden schon, sicherlich aber binnen weniger Tage oder Wochen der Einbruch der himmlischen Seligkeit in unsere arme Welt erfolgen müsse.

«Oh Vater», seufzte die junge Frau und wehrte seine Worte ab; da wurde er fast ungehalten und nannte ihr ein paar Vorzeichen der jüngsten Zeit – darunter sogar seines Sohnes Tod – dass ihr ein Schauer um den andern über die Schulterblätter lief und sie einen Augenblick in ihrer Herzensnot versucht war, alle Besinnung von sich zu werfen und nur mitzuglauben und in seine grosse Seligkeit einzutauchen.

Sie konnte es nicht. Aber sie lauschte doch während ihrer Mittagsruhe, die sie in ihrem Zimmer verbrachte, mit Rührung auf die Terrasse hinaus, wo der Alte Begonien und Kakteen begoss und leise von der holden Ewigkeit mit sich selbst brummelte. Unter der Terrasse aber, im Hof, begannen zwei Frauen aus dem Haus über die üble Weltlage zu sprechen und fluchten beide einem hochgeschnellten und hochgestellten Mann, dem sie die Schuld an Unruhe und Elend der Welt beimassen, und der auch sein redlich Teil daran hatte.

Da aber beugte sich der Schwiegervater über das Blumengeräms hinunter und bat die Frauen mit gedämpfter Stimme – denn er wollte die Schlafende nicht stören – doch einmal für jenen Staatslenker zu beten, statt ihn zu verfluchen. Dieser sei nämlich ein armer Mensch, von Gott und seiner Anmut und Helle verlassen, und was einzig seinen Sinn noch zum Bessern lenken könnte, das sei nicht Ingrimm und Verwünschung, sondern herzhaftes Gebet. Der Alte berichtete den Frauen, er habe nun schon viele Menschen um sich gesammelt, und alle beteten sie täglich für jenen ins Dunkel Steuernden, und sobald sie ihrer genug wären, so könne es nicht anders sein, so müsse das Böse aus jener armen und gepeinigten Seele weichen, und vieles müsse noch gut werden, viel mehr als sie dächten. Erst heute morgen, im Zug, habe er zwei junge Mädchen, die er beim selben Schimpfen belauscht, fünfzig Franken gegeben, damit sie mitretteten, statt mitverdammten, und sie hätten zwar das Geld zuerst gar nicht nehmen wollen, aber von Anfang an ihr Mitgebet versprochen. Und wenn die Frauen im Hof jetzt auch noch mithölfen und vielleicht nur noch ein paar Dutzend Menschen mehr, die er bald einmal zusammen haben wollte, dann, spürte er, zöge die goldene Waagschale mit dem

Guten auch in jener Seele hernieder und flöge die schwarze, stählerne gewichtlos auf.

Die junge Frau zog den ganz Begeisterten von der Terrasse herein, und sie entschuldigte ihn später bei den Frauen.

Nachts bettete sie ihn im Musikzimmer, einem weiten Raum gegen die Strasse hinaus, auf einer Couch. Als er schon schlief, erinnerte sich die junge Frau mit Schrecken der vielen Blumen, die sie in dem Raum gelassen hatte, und fürchtete, ihr Duft könnte ihn quälen; so holte sie diese leise noch heraus und stellte auch die Jalousien quer, damit die frische Nachtluft hereinkühle.

Während der Nacht hörte sie den Alten jedesmal, wenn sie schlaflos lag, laut, aufgeweckt und herzlich reden; er schien die ganze Nacht kein Auge zuzutun. In aller Dämmerfrühe aber kam er, ausser Rand und Band vor Glück, zu ihr, fasste ihre Hand und sprach:

«Komm mit, komm mit – Hansli ist im Zimmer drüben und will mit dir sprechen – er war die ganze Nacht bei mir und hat mir so viel Liebes und Schönes berichtet – er ist gar nicht tot, es ist alles eine Täuschung – komm, er wartet auf dich, komm schnell, er muss mit dem ersten Sonnenstrahl wieder fort.»

Die junge Frau weinte und nannte ihn einen Armen.

– Nein, er sei kein Armer, sagte er, er sei ein Reicher, er habe seinen Hansli die ganze Nacht um den Hals gehalten, und jetzt blange jener so sehr nach ihr, und sie komme nicht.

Schliesslich erhob sie sich ganz unsinnig vor Sehnsucht und Schmerz, um doch mit ihm zu gehen.

Da lag auf seinem Kopfkissen eine kleine rötliche Steinbüste, die ein Bildhauer einst von dem geliebten Flötenbläser gemacht. Die junge Frau hatte sie auf den Flügel gestellt, um die schönen Züge wenigstens im schimmernden Stein widergespiegelt zu sehen; aber Blumen waren davor gehäuft worden; erst in der stillen Nacht hatte sie die Blumen weggebracht; und als der Alte aus seinem ersten Schlummer erwacht war, hatte er im Licht der Strassenlaterne durch die geöffneten Jalousien herein oder vielleicht der Sterne auf einmal die Augen seines Sohnes gegen sich schimmern sehn, seinen Kopf umfasst und herumgetragen und seine nächtliche Zwiesprache mit ihm begonnen.

Aber die junge Frau konnte dem Vater das lange darlegen – bei ihm war der lebendige Hansli gewesen und hatte mit ihm Worte so tiefer Liebe gewechselt, wie sie nie ein harter Steinbrocken hätte ertönen lassen können – oh nein, wenn sie den Hansli morgen beerdigten, so vergrüben sie einen Lebendigen. Und er bat die junge Frau inständig – und doch seltsamerweise nie mit der letzten Heftigkeit eines Besessenen – die Beerdigung zu hintertreiben und zu harren, bis ihr Hansli froh und gesund von seinen seltsamen Gängen und Aufträgen heimkehrte.

Die junge Frau zerfloss in Tränen, denn sie spürte wohl in dem Alten dieselbe Liebe zum Toten, wie sie sie hatte. Trotz all ihrer Zuneigung aber wollte der Schwiegervater nun nicht länger mehr hier bleiben. Wenn sie den Hansli zur Erde bestatteten, begingen sie die grösste Übeltat – jedenfalls wollte er nicht dabeisein – und zudem – fiel ihm ein – hatte er heute noch eine wichtige Besprechung mit einem Bundesrat. Er hatte diesen um eine Audienz gebeten, er hatte sie auf den späten Nachmittag zugesagt erhalten, er wollte dem hohen Herrn etwas mitteilen, woraus dem Schweizerland ein unermesslicher Nutzen erwachsen werde.

Sie umfing ihn und wollte ihn halten, denn trotz aller Narretei vermochte ihr rätselhafterweise kein Mensch den Trost einzuflössen wie er. Aber er ging.

Und doch – sieh! anderntags in aller Herrgottsfrühe stand er wieder da. Der Bundesrat hatte sich des Versprechens der Audienz nicht mehr erinnern können – oder wollen, sagte der Alte zornig – zu dessen eigenem Schaden übrigens, sogar sehr zu dessen eigenem Schaden, wie sich über kurzem erweisen werde.

Er hielt die junge Frau nicht auf in ihren Vorbereitungen für das Begräbnis. Aber er selber mitkommen? – Nein: an dem Unrecht, einen Lebendigen in die Erde zu versenken, wollte er nicht teilhaben. Er fuhr zwar im Auto bis weit vor die Stadt hinaus mit. Doch bei der Auffahrt gegen den Friedhof liess er anhalten und trollte sich durch die sommerlichen, morgenstillen Felder bergan über den Gottesacker hinauf. Dort oben über dem weitgestuften Friedhof steigen einsame Matten hinan, der krause Wald schlingt sich darob gegen den schroffen Hörnlifelsen hinüber; wer dort oben sitzt, hat das weite Land zu Füssen, die ferne Stadt in ihrem grau-bläulichen Dunst, den gross hingeschwungenen Rheinstrom mit seinen silbernen Untiefen an den Rändern und seinen blitzenden Sonnenwiderscheinen mitten auf der grünen Flut; und jenseits der Stadt, in endloser Weite, wie ein Meer tief hinten licht vernebelnd, sinkt die sonnige Rheinebene in die Ferne; und wenn nur wenig Duft und schimmernde Feuchtigkeit die Luft trüben, vermag der Hinausschauende die sanft geschwungenen, blauen Berge der Vogesen mit seinen Blicken bis in halb unbekannte Lande hinab zu verfolgen.

Dort oben, an jenem strahlend hellen, frühen Sommermorgen, sass Hanslis Väterli. Er starrte zuerst mit gerunzelter Stirn in den weit geöffneten Friedhof unter ihm, wo fern und klein, aber deutlich vor den hellen Sandwegen sich abzeichnend, die Beerdigung seines Sohnes langsam vor sich ging. Er sass zwischen entfernten Bäumen mitten in einer Wiese, und auf einmal sah er – wie er nachher mehrmals erzählte – seinen Hansli in gewöhnlicher und ungezwungener Strassenkleidung durch das blühende, duftende Gras mit den vielen bunten, glänzenden Blumeninseln zu ihm heraufsteigen. Aus der Tasche guckte ihm ein Stümpchen seiner Flöte. Er schien heiss zu haben, obgleich er nur langsam stieg. Er wischte sich die Stirn, er zog gar seinen Rock aus, und auf den Rock setzte er sich nun neben den Vater hin ins Gras. Er sagte kein Wort zum Vater, er sah ihn nur unter seinem dichten Brauengestrüpp hervor mit seinen guten, braunen, immer ein wenig in Lust schwimmenden Augen unsagbar freundlich und ein wenig forschend an. Einmal nahm er Vaters Hand am Gelenk, wies ihn mit dem schönen kraushaarigen Gesicht auf den dunklen Zug der Leutlein unten im Friedhof, die nun an einem offenen Grab angekommen waren und sich darum herum anstauten – er lachte leise, er schüttelte lachend den Kopf, er zog seine Flöte in mehreren Teilen aus der Rocktasche, setzte sie spöttisch zusammen, hob sie an den Mund, wandte sein schönes, freundliches Gesicht dem Vater zu und legte die Lippen auf das Elfenbein der Flöte mit jenem zarten Suchen, das ihm so eigentümlich gewesen war und das jedesmal etwas so Frohes, Zuversichtliches und verschleckt Erwartungsvolles gehabt – und fing dann auf einmal, eben da fern dort unten zwischen den winzigen, grünen Buschhecken und Steinreihen der Sarg in die Gruft gesenkt wurde, ein helles, übermütiges Lied zu spielen an, ein Lied, so schön, wie er es überhaupt noch nie gespielt hatte, so heiter und lustig, alle Töne zuckten und glänzten sogar einen Augenblick als goldene Funken fröhlich tanzend in der blauen, lichten Luft umher. Die Apfelbäume, die eben rötlich-weiss blühten, taten ihren runden Blust weit auf und atmeten und rauschten zart mit dem Blust, die vielen, vielen buntfarbigen, frohen Blumenkelche und -köpfe wogten atmend in der himmlischen Musik, das Gras wellte leise wie in einem ganz zarten, heitern Wind und glänzte und glänzte wie nie mit seinen schlanken, biegsamen Seiten. Und jetzt – oh, Wunder – sieh: jetzt hob sich Hansli leise vom Boden ab; auf seinem Rock sitzend schwebte er erst ein wenig in die Luft auf, blieb dort still hangen, lachte, immerzu munter spielend, zu seinem Vater hernieder, blickte einmal auf und weg in die sommerliche Morgenweite von fernem Fluss und stiller Ebene, setzte die Flöte ab und sah lange hinaus, spielte darauf weiter, nun unverrückt und ernster, ja endlich ganz ernst, fest und traurig seinen Vater ansehend, der ihm immerzu die Hände nachstreckte und mit ihm redete, und hob sich schliesslich, mit seinen Rockschössen leise flatternd, zart und zarter vergehend, in die silberblaue, leichte Luft hinauf und weg...

Und da soll jemand sagen, der närrische Alte sei nicht glücklicher gewesen als unsereins.»

So endete die schöne, junge Cellospielerin, und ganz unten auf ihren blühenden Wangen hingen zwei kleine, kristallene Tränentröpflein.

Alle schwiegen. Ein Gewerbeschüler aber, ein junger frischer Kerl mit einem wilden schwarzen Haarschopf und einem immerzu halb geöffneten, lachenden und staunenden Mund, sprach:

«Und sie sind nicht nur glücklicher, manche Verwirrte, sie haben oft gar ein täppisches Glück noch dazu. Wenn ihr wollt, erzähle ich euch darüber die Geschichte von der Verfolgten, die ich von meinem Bruder her vollkommen genau kenne. Wollt ihr?»

– Ja, alle wollten, – was wäre das auch für ein Leben, wenn man nicht noch irgendwo zwei drei Minütlein für eine Geschichte übrig behielte – und besonders für die Geschichte von einer Verfolgten.

Die Geschichte von der Verfolgten

«Gut», sagte der Gewerbeschüler, «die Geschichte spielt da unten im kleinen Basel, in einem hohen, altertümlichen dunkeln Mietshaus, und zwar im Dachstock, im Stock darunter und im Fussboden dazwischen. Im Stock darunter wohnte mein Bruder mit seiner Frau, einem scharfstimmigen Putznest; und in den Mansardenstock darüber, in eine Küche und ein abgeschrägtes, elendes Zimmer, zog ein verhürschtes verschnupftes armes Ding, eine achtzehn-, neunzehnjährige Näherin, von ihrer Schwägerin, einem dikken, rohen Kuckucksweib, aus der gemeinsamen Haushaltung mit ihrem Bruder hinausgedrängt, -gestossen und -gewürgt, ein überflüssiges, verwahrlostes, halb verhungertes Mensch, denn wo sollte sie mit ihren achtzehn, neunzehn Jahren schon genug Kundinnen her haben für ihre Störgänge, ein vergälstertes, bleiches Gesicht unter einem Schübel wirrer, fahler, halbheller Haare, armselig gekleidet und ohne alle Sorgfalt dazu. Sie schlich leise wie eine wilde Katze über die Stiegen hinauf in ihren Schlag, um ja niemandem zu begegnen, sie drückte sich mit der Schulter an die Wand, wenn sie dennoch an jemandem vorbei musste, und schlug die Augen zu Boden wie eine Ertappte, eine Einbrecherin oder Hausiererin. Zum Bruder heim durfte sie bald einmal überhaupt nicht mehr. Da sass sie in den Winternächten in ihrer einsamen Wohnung; Holz und Kohle hatte sie im Keller nur ein winziges Häufelchen, das sahen alle Hausbewohner deutlich zwischen den Latten ihrer Kellertüre hindurch, und sogar dies Häufelchen nahm kaum je ab. Und doch lag sie nicht zu Bett, sondern ab und zu gingen ihre Schritte leise über den Bretterboden, ab und zu rasselte die Nähmaschine und hielt sofort wieder inne, als lauschte die Arbeitende erschreckt auf etwas hin – dabei war die Wohnung ein Eiskeller, und der Schwamm in allen Wänden, da sie jahrelang leer gestanden hatte. Mit der Zeit hörten mein Bruder und dessen Frau die Einsame dann und wann mit dem Stuhl immer heftiger zurückschiessen, als träte unvermittelt jemand auf sie zu; dazu stiess sie einen Schrei aus, erst ganz leise und hell, dann ein paarmal immer grässlicher, als werde sie erwürgt; jeden Augenblick rannte sie auf wetzenden Zehen an die Küchentür, die auf die dunkle Stiege hinausführte, und tastete an den klingelnden Schlüsseln nach, ob

auch alles dicht abgeschlossen sei; dann lauschte sie lange lautlos hinter der Tür – mein Bruder hörte ein paarmal ihren unterdrückten Atem hinter dem Holz der Füllung, wenn er auf den Estrich ging und Scheiter holte. Mit dem Immer-dunkler-Werden des Winters wurde sie so scheu, dass sie auf ihrer Stiege oben wieder umkehrte, wenn sie jemanden im Haus auch bloss witterte, sie schlüpfte in ihre Tür zurück, riegelte und schlüsselte blitzschnell ab, ja stemmte sich mit der Schulter oder dem ganzen Leib gegen die Füllung.

Einmal stiess mein Bruder im Dunkel auf sie, da sie nachts heimschlich. Sie zündete im Stiegenhaus nie Licht an, mein Bruder sürmelte mit einem Brief in der Hand, den er noch schnell forttragen wollte, irgend einem Kostenvoranschlag, gedankenvoll aus seiner Gangtür, zündete das Licht gleichfalls nicht an und stolperte ein paar Tritte hinab – da fuhr er auch schon auf sie und quetschte sie einen Augenblick noch dichter an die Wand, als sie sich schon selber angeschmiegt hatte. Mein Bruder erschrak mindestens so sehr wie sie, vielleicht ärger, da er auf nichts Schlimmes gefasst gewesen war. Er ist ein gewaltig grosser, fester und dicker Brokken, und jetzt in seinem Schreck griff er derb vor sich hin ins Dunkel und packte die Maid weiss Gott wo, dicht unter der Brust und auf dem Rücken und klemmte sie einen Augenblick zusammen, dass sie sich blitzschnell krümmte und wand wie ein strammes und pelziges Tier, ein Hase oder ein Otter. Aber auch sie hatte ihn in ihrem grässlichen Schreck gefasst und zwar mit einer feinen, heftigen, stählernen Hand um sein mächtiges behaartes Handgelenk, und ihr Griff war wie verkrampft, wie unlösbar verkrallt, wie der Biss Sterbender in ein Leintuch oder eine Hostie, er war nicht aufzuklemmen; ihr junger, geschmeidiger und kräftiger Leib bebte zwischen seinen Pratzen wie eine Glocke nach einem Schlag; sie hatte sich sogar mit dem Mund auf das Handgelenk meines Bruders geworfen und ihn beissen wollen; aber als er schon ihre Zähne spürte, hatte sie sich doch noch besonnen, jetzt fühlte er nur mehr ihre heissen Lippen in einem merkwürdigen Wetzen an seinem Gelenk und ihr tschuppiges Haar, das immer dichter darüberfiel.

Aber auch mein Bruder konnte das Geschöpf zunächst nicht freigeben. Er konnte nicht. Auch er war wie verklemmt in sie, und dann war da ein Duft ihres jungen Leibs, ihres Haars, ihres röchelnden Atems, etwas so Wildes, Unberührtes – und zugleich so hilflos Entsetztes, ein Anklammern wie einer Ertrinkenden – ein Widersträuben ihres Leibs und ihrer Glieder und gleichzeitig soviel erschreckt tastende Glut – dass er sie hupp die paar Stufen bis vor seine Gangtüre hinauftrug, immer zwischen seinen Vorschlaghämmern von Fäusten, und sie näher besehen musste, ob er wollte oder nicht. Die Gangtür hatte ein gerippeltes Fenster. In diesem Licht hob er ihren Kopf an den Haaren hoch und blickte zunächst auf eine feine, gewölbte, ein wenig blutleere Stirn von zartester, schöner und ängstlicher Bildung, woraus sich ihr Haar jetzt goldschimmernd sträubte. Sie wollte lange ihre Augen nicht aufheben. Als sie es endlich tat, waren es graublaue Augen voll Angst und einsamer Schärfe, in rundlichen Dunkelheiten liegend vom selben bläulichen, milden Grau, mit Lichtfunken in den Pupillen, die bis tief ins innerste Auge spiegelten.

Mein Bruder sagte zu ihr:

«Das ist doch keine Existenz, Fräulein, wie Sie es treiben da oben. Ich hör Sie doch immer über meinem Schlafzimmer, wie Sie sich zu Tod ängstigen. Das hat doch keine Zukunft, so etwas. Gehen Sie doch einmal zu einem Doktor, oder nehmen Sie sich einen Schatz, verklemm mich, so hört Ihr Schmerz auf.»

Bei dem Wort «Schatz» fuhr sie zwischen seinen Händen noch einmal zusammen, riss sich los, sprang ein paar Stufen die Stiege zu ihrem Dachstock hinan, hielt sich am Stiegengeländer, wandte sich um, wollte aus einem blassen kindlichen entsetzten Mund etwas sagen, sie öffnete die blutleeren Lippen ein wenig, sie brachte aber trotz einem zwiefachen Anlauf nichts heraus, sie schüttelte den wilden Haarschopf und eilte die Treppe empor. Doch schloss sie sich diesmal nicht mit der gejagten Hast ein. Schloss sie sich überhaupt ein?

Item – mein Bruder sah die Angsthexe erst ein paar Tage später wieder, und zwar auf der Strasse, als beide heimzu strebten. Es war ein nebliger Januarabend, die Strassenlaternen leuchteten in dem weissen Dunst wie riesige Silberblumen, wie gewaltige abgeblühte schimmernde Löwenzahnköpfe, fein und matt und ohne recht hell zu geben. Und dennoch entdeckte mein Bruder über die Strasse hin des Mädchens Schatten, wie sie eilig, mit raschen leichten Schritten, der Mauer entlang gegen das Haus schlüpfte; wieder streifte ihre Achsel beinahe die Wand. Mein Bruder steuerte schräg gegen sie hin. Als sie im Nebel jemanden in einem spitzen Winkel auf sich zuhalten sah, blieb sie stehen; sie legte eine Hand auf den Mauerstein, als tastete sie nach Einlass und möchte in der Wand versinken; dann schoss sie blitzschnell los und begann gar zu laufen. Aber mein Bruder hatte sie schon eingeholt und drängte sie in die Enge, ohne sie zu berühren; und sie bückte sich unter seinem Riesenschatten zusammen und hielt wie zum Schutz eine Hand über ihr Haupt.

«Fräulein», sagte er, «haben Sie denn immer noch Angst vor mir?»

Sie zuckte mit dem Kopf herum; sie streckte sich langsam wieder, sie liess zögernd ihre Hand sinken, sie begann neben ihm her zum Haus zu gehen.

«Sind Sie jetzt beim Doktor gewesen, wie ich Ihnen riet?» fragte mein Bruder.

Und sieh da: sie nickte.

«Sie sind gewesen?» fragte mein Bruder ganz überrascht noch einmal.

Sie nickte wieder und sah ihn einen Blick lang an; und da sie eben unter der ungeheuren Silberkugel einer Laterne vorbeigingen, sah er, wie ihre Augen voll Tränen standen; aber ihr Wasser glänzte heller als Tränenwasser sonst wohl, schien ihm, irgend etwas glänzte hindurch, Tapferkeit oder Vertrauen oder was weiss ich.

«Und was hat der Doktor gesagt?»

Sie räusperte sich (und jetzt vernahm er ihre Stimme zum erstenmal: und es war eine helle, hohe, tapfere, kleine Stimme, ihm erschien sie sehr angenehm) – sie erwiderte:

«Der Doktor sprach: er könne nicht viel für mich tun; für eine Anstalt reiche das bisschen Angst noch lange nicht; ich solle singen, wenn mich der Schreck fasse. – Und hat mir ein Gesangbuch gegeben.»

Mein Bruder fand das gar nicht übel und sagte es ihr auch, als sie zusammen das Haus hinaufstiegen. Aber indem er sie noch fragte, was für ein Gesangbuch es wäre, hoffentlich ein recht vergnügliches, klirrte irgendwo ein Schlüssel in einer Gangtür hell auf; sie fuhr zusammen, dass es sie schüttelte; sie schoss ans Geländer, lauschte und hielt sich mit beiden Händen; und auf einmal war sie in lautlosen, grossen Sätzen weg und hinaufgehuscht in ihr Dunkel.

Ihr Liederbuch aber war ein altes Kirchengesangbuch. Das hatte mein Bruder bald einmal draussen. Denn je abgründiger, gottverlassener, eisiger und lichtloser die Nächte des grimmigen Januar nun wurden, um so häufiger fing die Arme oben an ihm ihre kleine, helle, erschreckte Kehle zu stimmen an; und zwitscherte erst, summte und suchte dann und sang endlich mit immer lauterer, entsetzterer, hilfesuchender, ja halb irrer Stimme Gesänge wie: Lobet den Herren, den mächtigen König / Wie soll ich dich empfangen? / – O dass ich tausend Zungen hätte.

Mein Bruder ist ein junger Bauunternehmer, noch klappte es damals mit seinem Geschäft hinten und vorn nicht, er hatte den Kopf voll Sorgen, und wenn er sich nachts spät niederlegte und im ersten tiefen Schlaf eben seine verfluchten Berechnungen einen seligen Augenblick lang hatte vergessen können, so geschah es oft, dass die Verfolgte über ihm mit einem Schrei durchs Zimmer rannte, sich in einer Ecke auf die Knie warf und immer verzweifelter ihr Kirchenlied anstimmte; denn sie schien nicht zu ahnen, wie leichthörig das Haus mit seinen hohlen Böden war. Dann erwachte mein Bruder jedesmal und fand den Schlaf nicht gleich wieder, und auch die Kirchenlieder waren nicht eben seine Lust. Aber er war so anständig, dass er sich nie darüber beschwerte und dem armen Geschöpf die verzweifelte Zuflucht gönnte, ja ihm gerne irgendwie praktischer und tätiger geholfen hätte, wenn er nicht seine Frau so gut gekannt. Denn das Mädchen in solchen Nächten einmal in ihre Wohnung herunter zu bitten, ein wenig mit ihr zu plaudern, während sie am warmen Ofen sass, ihr das Jassen zu dritt beizubringen – dies seiner Frau vorzuschlagen wagte mein Bruder nach mehrmaligem Nachdenken nicht mehr.

Seine Frau war über die seltsamen frommen Gesänge zu ihren Häupten noch viel ungehaltener als er. Einst fasste sie gar einen Besenstiel, um damit an die Zimmerdecke zu klopfen und Ruhe zu heischen. Aber er entwand ihr die Waffe und erläuterte ihr, warum das verlassene Mädchen singe.

«So, mit dir redet sie», herrschte ihn seine Frau scharf an, «und sonst mit keinem Menschen im Haus. Das ist aber sehr merkwürdig, du. Bestimmt sehr merkwürdig!»

Und wollte ihm den Besenstiel wieder entreissen und erst recht damit gegen die Zimmerdecke schnellen.

Aber er gab ihn nicht her und sagte:

«Wenn du es tust und dem armen Geschöpf die letzte Zuflucht nimmst, dann –»

«Was dann?»

«Dann ist es aus mit meinem letzten Funken Liebe zu dir.»

«So, ich meinte schon: dann kriegte ich gar noch selber mit dem Besenstiel – so wie du Augen hermachtest.»

«Dafür hat der Besenstiel zuviel gekostet.»

«Wart», sagte sie nur, nickte mit dem Kopf und schwieg.

Und vom nächsten Abend an schwieg auch die Nachtigall über ihnen. Sie konnte zwar unmöglich ihr Gespräch vernommen haben; der Ehestreit war nach Basler Art leise und beherrscht geführt worden; und ausserdem hatte das Mädchen derweilen unablässig an ihrem Lied weitergesungen: Befiehl du deine Wege und was dein Herze kränkt.

Mein Bruder atmete also fröhlich auf und sagte eines Abends, indem er seine mächtige Brust blähte und die Hose am Gurt ein wenig höher riss:

«Sie hat irgendwie nun doch ihren Seelenfrieden gefunden, die gestörte Amsel da oben. Gott sei Dank.»

Aber in der Nacht darauf war ihm, sie schreie aus Leibeskräften unter ihrem Bettlinnen, oder sie hätte sich ein Tuch in den Mund gesteckt und schreie, schreie wie wahnsinnig vor Angst, aber fast unhörbar; und gegen Morgen wieder glaubte er, sie unter der Bettdecke verzweifelt singen zu hören, und durch ihre vier Bettpfosten, die wie summende Stimmgabeln auf ihrer hohlen Zimmerdecke standen, spürte er fast mehr ihren Gesang am Zittern der Luft, als dass er ihn hörte; und jetzt bewegte ihn dieser zum erstenmal; er spürte nun sogar den Herzschlag des Mädchens im Vibrieren der leisen Klänge mit.

Er stellte seine Frau am nächsten Morgen zur Rede: ob sie dem Mädchen das Singen verboten habe?

«Und wenn!» schrie diese. «Soll ich wegen der Verrückten keine

Nacht mehr ruhig schlafen können? Dass du's weisst: und beim Hausbesitzer bin ich auch gleich gewesen –: in vierzehn Tagen macht sie das Haus nicht mehr unsicher, das Metzlein, und jagt nach verheirateten Männern das Stiegenhaus hinauf und hinunter. Begriffen?»

«Du bist, was ich zu spät gemerkt habe», sagte mein Bruder.

«Was?» rief die Frau. –

Ach, es war ein scheusslicher Tag, den mein Bruder damals verbrachte. Er fror ohne Unterlass bis in seine Knochen hinein, so viel er um seine Baugruben und Zeichenbretter herumhüpfte. Am Abend beim Heimgehen nebelte es so giftig kalt daher, dass er über und über schlotterte, und so dicht, dass ihm das arme Schreihexlein entschlüpfte, dem er gern ein Wort des Trostes wenigstens gespendet hätte, wenn er sonst schon nichts hatte. Als er die Läden seines Schlafzimmers zutat, sass auf dem Riegel dahinter ein dunkles Klümplein: ein Vogel. Er fiel dem Bruder geradewegs in die Hand hinein. Mein Bruder behauchte das starre Tierchen, einen jungen Sperling, und eine Weile sah es ihn noch mit aufmerksamen dunkeln Äugelchen scharf an. Dann rief mein Bruder der Frau, wo in der Wohnung er den Vogel unterbringen könnte während der Nacht, und sie schrie:

«Unterbringen? In der Wohnung? Einen Vogel? Dass er mir alles verschmeisst? Du bist ja –»

Schrie es, und der Vogel zitterte ein bisschen und war tot.

Als er ihn in den Garten hinabwarf, hörte er den alten Quittenbaum hinterm Haus ein paarmal krachen im grimmigen Frost bis in die Wurzeln hinein – so krachte es vor Frost immerzu durch ihn hindurch.

Das arme Maitli über ihm bestieg im gleichen Augenblick wie er das Bett; er hatte schon ein so scharfes Ohr durch all die Vorfälle, dass er sie vom leisesten Knirschen her in all ihren Bewegungen leibhaftig vor sich sah. Sie schien zu schlafen bis ein Uhr, wenigstens weckte sie ihn nicht bis zu dieser Stunde – dann aber erstand der grässlichste Spuk da oben, den mein Bruder je vernommen.

Mit dem Stundenschlag eins nämlich fuhr sie im Bett auf, dass es krachte, und mein Bruder fuhr auch auf und lauschte angespannt, ob er wollte oder nicht. Und horch: oben ging ächzend und langsam die Tür aus der Küche her auf, und während das Mädchen auf ihrem Bett in Todesangst wimmerte, glitt jemand über den Fussboden her auf sie zu, deutlich vernehmbar auch für meinen Bruder, der sofort bolzgrad emporschoss: ein Schleichen von Tierklauen – oder ein Tappen nackter Menschenfüsse. Meinem Bruder stand das Herz still. Jetzt schwieg der Spuk, und das Mädchen horchte atemlos. Jetzt – verflucht nochmal – tastete es unaufhaltsam hin gegen ihr Bett: sie schrie erstickt und warf sich gegen die Wand – mein Bruder fuhr mit beiden Beinen aus seinen Federn – jetzt auf einmal umtanzte es oben ihr Bett wie mit blossen Kinderfüssen – war mein Bruder selber verrückt geworden? Welche Geister waren denn losgekettet in dieser schauerlichen Winternacht? Das Mädchen röchelte – ein schwerer Fuss schleifte gegen ihre Bettlade, rutschte immer näher, fing an wie mit teuflischen Kratzfüssen auf der Diele zu scharren – mein Bruder kletterte längst im Dunkel mit seinen blossen Beinen an seinen Hosenbeinen herum und fand keinen Eingang, so peitschte sein Herzzipfel gegen die Rippen – jetzt war auch seine Frau erwacht, hörte ihn sich ankleiden, warf sich gegen ihn und fauchte:

«Untersteh dich und tu einen Schritt zu der hinauf!»

Da machte es pitsch! auf ihrer Nase – wuh! schrie sie aus Leibeskräften und sank auf ihr Bett zurück, jetzt fasste es sie mit eiskalten Krallen um den Hals und schoss ihr wie eine Eisenstange über die Brust bis auf den Magen hinunter –

«Ein Geist!» schrie sie. «Ein Toter! Mach Licht!»

Aber mein Bruder entgegnete:

«Hol gescheiter Kübel und Putzlumpen und trockne auf – bei dem Kind da oben ist nämlich eine Wasserleitung geplatzt.»

Wirklich! an des Bruders Küchendecke hingen die glitzernden Eiszapfen einer neben dem andern und tröpfelten wie eine Tropfsteinhöhle. Wo die Tropfen hinfielen, zerplatzten sie und glänzten im nächsten Augenblick wie Reif und Diamanten; mein Bruder hatte die Küche noch nie so schön gesehen.

Er stieg das Treppenhaus hinauf und läutete und pochte kräftig an des Mädchens Tür.

«Aufmachen!» rief er. «Leitungsbruch. Wir ersaufen sonst unten. Allons, Kupfer-Damenvelo!»

Irgendwie musste seine Stimme aber doch vertrauenswert durch die zwei Türen geklungen haben, denn das Wimmern und

Todesröcheln verstummte jäh – auf einmal hörte er des Mädchens Stimme hell aufkreischen:

«Jesus im Himmel!» und in ein derart befreites, jubelndes, seliges Gelächter aufklingen:

«Es ist ja nur Wasser!» dass auch sein Herz den fröhlichsten Ruck und Juck nahm! Und jetzt hörte er sie mit blossen Füssen plitsch-platsch durch Wasser und Eis hergümperlen. Sie riegelte die Tür auf, sie schoss auf ihn zu, sie packte mit beiden Händen seine Hand und sagte:

«Gott sei Dank im Himmel! Ich meinte, mit mir sei es aus und zu Ende im Oberstübchen – jetzt ist es nur Wasser!» und lachte wirklich wie eine Geschossene.

«Nur Wasser!» sagte mein Bruder. «Merci! verklemm mich! Ich haue jetzt in den Keller und stelle die Leitung ab – bis dann sind Sie etwas wärmer angezogen – dann schauen wir mal Ihrer Wasserröhre in den Hals.»

«In den Hals, ja!» rief sie und lachte ungebärdig; und als er wiederkam aus der Tiefe, liess sie ihn wahrhaftig in ihre Küche eintreten, da war das Leitungsrohr geplatzt, die Küche schwamm in Wasser und Eisplättchen, das aufgestaute Wasser hatte schliesslich des Mädchens Kammertür ächzend und girrend aufgestossen und war mit den klirrenden Eisstücken und einem ihrer armseligen Halbschuhe bis an ihr Bett geglückst und geschlurft, und als das Wasser zwischen den lockern Brettern in den Fussboden hinabgetropft war, hatte es geklungen wie das Tappen unzähliger nackter Füsschen. Mein Bruder sagte:

«Einen Augenblick ging's mir eiskalt über den Rücken, ob es nicht doch am Ende – sonst glaub ich aber Chrut verdaschi! nicht an Geister –»

Und sie sagte dasselbe – und nun lachten sie beide, dass es sie bog, mitten in Wasser und Eis in der Küche stehend. Aber da ging die Küchentür auf, und meines Bruders Alte sah äusserst giftig herein und sagte:

«Augenblick! Sonst hast du mein Geld in deiner Bruchbude gesehen!»

Und mein Bruder erschrak vom Kopf bis zu den Füssen, denn wahrhaftig: ohne ihr Geld in seinem Geschäft war er ein verlorener Mann. Trotzdem sagte er nach einer Weile, als er wieder zu Atem kam:

«Sei vernünftig, Ida, und hol unsern Putzkübel und die Lappen und hilf hier mit auftrocknen. Denn was wir hier erwischen, tropft nicht zu uns hinunter.»

«Was, der Mohre da auch noch den Mist aufnehmen!» rief die Frau, und das arme Mädchen, das in Pantoffeln und blossen Waden in einem alten Hausrock im Wasser stand, zuckte wie eine Kranke zusammen, sie schlug beide Hände vors Gesicht, sie drehte sich um, sie bebte, mein Bruder sah: sie war drauf und dran, wegzurennen und für immer eine verrückte Gehetzte zu werden: er nahm sie am Handgelenk, einem so jungen, schönen, zitternden, armen Handgelenk; er sagte:

«Meine Frau meint es nämlich gar nicht so bös.»

«Noch viel böser, als ich es sagte», fauchte die Frau.

«So nimm einen Kübel und gump du unten nach den Regentröpflein», sprach mein Bruder, «ich komme dann mit der Zeit auch, wenn hier die ärgste Sündflut aufgetrocknet ist – aber bestimmt nicht vorher.»

«So verfluchst du bestimmt vor dem Abend noch dich und diese Morchel», sagte die Frau scharf und entschlossen und ging.

Das Mädchen wollte nun auch mit Aufbietung aller Gewalt meinen Bruder aus ihrer Küche drängen und zu seiner Frau hinab. Aber er ging erst, als aufgeputzt war und ein furchtbarer Feuerschwall im Ofen die Wohnung wieder auszudörren begann. Nach vierzehn Tagen aber, als sie vom Hausmeister hinausgestellt wurde, zog das Mädchen zu unserer Mutter heim, das hatte mein Bruder von der Mutter erbettelt. Und jedesmal, wenn er zu uns kam, schoss sie auf ihn zu wie nicht gescheit und hielt erst eine Minute lang mit ihren beiden blonden Händen seine finstere Pratze und zitterte und lachte, denn irgendwie war sie halt doch übergeschnappt. Und als des Bruders Alte ihr Geld zurückzog aus des Bruders wackliger Unternehmung, und sich scheiden liess, und schwupp dich! in die Konkurrenz hinein heiratete – da bot das Mädchen dem Bruder ihr Weniges, was sie hatte, alles bis auf den letzten Rappen, und verlor es in des Bruders Konkurs mit dessen letztem Santim zusammen. Drauf heirateten sie frisch und fröhlich und fingen ganz klein einen Gemüsehandel an. Und daraus zahlte mein Bruder binnen kurzem alle seine Gläubiger. Denn seine Frau war eine entzückende Verkäuferin, aber so recht sicher und strahlend nur, so lange er in ihrer dichtesten Nähe war – sonst verblasste sie sofort ganz leise und unmerklich wie ein Möndlein ohne Sönnelein, und fing an zu zittern um ihn und ganz verkehrt zu rechnen, und immer zu ihrem Nachteil. Und als mein Bruder seine Schulden abgezahlt hatte, und es ihm somit wieder gestattet war, ging er in Ehren ins Baufach zurück, aber er studierte diesmal Architektur, und er baut jetzt die edelsten Häuser der Stadt, das darf ich ohne Gschwellerei sagen, von schönstem Menschenmass, vornehm und gut. Seine Frau aber – wer die sieht, dies feingeputzte, rassige Weibsbild, mit ihrem Goldhaar, worein ein wenig Staub oder Asche gestreut scheint, so zart schimmert dies Gold wie durch ein Nebelchen hindurch – wer sie sieht, diesen schönen jungen Leib, und dies helle sichere Auge, der ahnt nicht, dass diese junge Frau immer noch sehr krank ist, und dass es ihr auf die Dauer bei keinem Menschen recht behagt ausser bei einem, in dessen Zauberkreis sie sich aber auch gleich ganz sicher und über alle Massen selig fühlt. Nur bei einem. Nun, mein Bruder sagt, ihm sei es recht so. Sie solle nur immer so verrückt bleiben.»

So erzählte der Gewerbeschüler auf der Fähre, und die Zuhörer alle lächelten ein wenig.

Der Fährmann aber sagte, diese Verrücktheit hätte er seiner Alten auch schon oft angewunschen, aber da gäbe es nichts, die bleibe gesund und sachlich. Nun, in Gottes Namen!

Und alle lächelten noch einmal und stiegen fröhlich aus.

DRITTE ÜBERFAHRT

Nicht lang – und die Fähre war mit Leuten schon wieder schier gar gefüllt, der Fährmann wollte eben den Seilhebel umlegen und abfahren – da kam über den Fährsteg noch ein Mann geschritten, nicht gross, aber so ungeheuerlich an Umfang, dass die Bretter des Brückleins hell aufquietschten. Er trat ins Schifflein – es gygampfte. Er liess sich am äussersten Bankende nieder – das Fährseil schnellte aus dem Wasser wie ein Fisch und straffte sich. Tief sank das Schifflein zur Seite – mehrere Frauen klammerten sich voll Schreck heimlich am Geländerchen fest.

Der dicke Herr wischte sich das Haupt mit dem Taschentuch und guckte dabei ein wenig ins Halbdunkel des Fährehäuschens, ob er jemanden kenne. Richtig – da erhob sich im hintersten Winkel eine schmale Gestalt ehrerbietig halb vom Sitz und sagte:

«Guten Abend, Herr Berger.»

Der dicke Mann liess seine Hand mit dem Taschentuch vom Haupte sinken, als wäre sie ihm abgeschossen; er starrte den demütigen Sprecher böse funkelnd an; sein mächtiges, rundes Haupt schwoll im Zorn auf, bis es glatt war wie ein Kinderballon und fast so rot; und er knirschte zwischen den Zähnen (aber es war in der ganzen Fähre deutlich vernehmbar):

«Jetzt Himmel-Sternen-Bernen, schon wieder einer.»

«Was für einer?» fragte der Fährmann nicht einmal sehr freundlich von seinem Steuerbalken her.

«Einer, der mir Berger sagt», rief der Dicke ausser sich.

«Und wie muss man Ihnen sagen, dass man keinen Fehler macht?» erkundigte sich der Fährmann.

Der dicke Mann wusste einen Augenblick nicht, ob er überhaupt Antwort geben solle, so glühte er noch immer. Schliesslich entgegnete er:

«Ich heisse Ranzenberger, und also verlange ich auch, dass man mich Ranzenberger nennt!»

Der Fährmann schwieg eine Weile vor Staunen, dann sprach er:

«Jetzt will ich Ihnen aber doch etwas sagen. Wenn ich mit einem derartigen Ranzen herumliefe wie Sie (Ranzen nämlich heisst in Basel ein dicker Bauch), dann wäre ich aber von Herzen einem jeden dankbar, der mir bloss Herr Berger sagte und nicht auch noch Herr Ranzenberger. Denn das wäre Zartgefühl.»

«Zartgefühl?» rief Herr Ranzenberger. «Wissen Sie, was Zartgefühl ist? Zartgefühl ist, wenn mir jemand hell heraus Ranzenberger ins Gesicht schmettert und mir dabei arglos und dreckgleichgültig in die Augen schaut. Das ist Zartgefühl! Wenn mir aber jemand Berger sagt, so denkt das Vieh doch an nichts als an meinen Ranzen und erinnert mich einmal mehr unnötig dran – verstanden?»

Der schmale Mann im Fährendunkel sagte bloss schnell:
«Ich meinte, es wäre ein Übername.»

Und der Fährmann sprach:
«Das hat er doch meinen können, oder nicht?»

«Das hat er – also denn!» brummte der Dicke, und jetzt erst atmeten alle ein wenig auf, lachten ein bisschen und begannen von den Zwickmühlen zu reden, in die das Leben uns manchmal hineinwirft und aus denen kein Entweichen ist.

Eine ältere, lebhafte Frau aber rief (mit einiger Anstrengung, denn sie hatte ein Kröpfchen, das zappelte nicht schlecht an ihrem Hals in dem Netzlein aus weissem Tüll und Fischbeinstäbchen) – mit ein wenig quäkender, aber lauter Stimme:

«Wenn es Sie trösten kann, Herr... äh..., so erzähle ich Ihnen von einem Mädchen, das auch wenig Freude an seinem Namen hatte, und dem es einstmals mindestens so schlecht erging wie Ihnen –»

«Trösten?» sprach Herr Ranzenberger. «Mich kann nichts mehr trösten. Nur noch ablenken.»

Aber immerhin lehnte er sich zum Zuhören ans Geländerchen zurück und seufzte erwartungsvoll.

Also begann die Frau mit dem Kröpflein sogleich die Geschichte von Anneli Busenhart.

Die Geschichte von Anneli Busenhart

«Anneli Busenhart», sagte sie, «war sechzehn Jahre alt, als sie die wohlumhütete Mädchenklasse ihrer Handelsschule verliess und ins rauhe Erwerbsleben hinaustrat, ins Büro nämlich einer der Basler Schifffahrtsgesellschaften im Rheinhafen unten.

Sie brach am ersten Morgen frühzeitig auf, keck und voll Erwartung, denn sie war ein reizendes Ding mit ihrem hübschen, breiten Stupsnäslein (und sie wusste es auch), blond, weich, herzig, ein Käfer, ein Herzkäfer, und immerzu käferig angriffig gegen jedes interessante Mannsbild.

Fröhlich und aufs netteste zurechtgemacht kam sie durch den Morgen ins Büro gelaufen, und kühn und heiter stellte sie sich dem Stift vor, der zur Stunde als einziges Lebewesen in dem Raum zu erblicken war und klappernd die Deckel von den Schreibmaschinen hob.

«Anny Busenhart», sagte sie und reichte ihm die Hand.
«Wieso?» sprach der Stift.
«Was wieso?» fragte sie.
«Das glaubt Ihnen doch kein Mensch», sagte er.
«Was glaubt er nicht?»
Der Stift: «Ich meine ein Mensch mit Lebenserfahrung.»
«Ja. Und was –?»
Aber wupp, da kam der zweite Lehrling hereingeplatzt, gleich jung und gleich frech wie der erste, eine lang aufgeschossene Stange, eine ganze Wolke von Kälte und frischer Luft um sich vom Velofahren.

«Wie bitte?» fragte er, als sich ihm Anneli vorstellte. «Mit h?»
«Allerdings», antwortete sie. «Mit was sonst?»
«Mit z.»
Anneli stand, sie starrte ihn an, sie buchstabierte in Gedanken vor sich hin.

Auf einmal drehte sie sich auf dem Absatz um, dass ihr hübscher Faltenrock flog (ein schottischer, dunkelrot und dunkelgrün kariert, mit einem goldenen Streifchen); sie kratzte sich an der Schläfe unter den blonden Locken, so sehr biss sie das einschiessende Blut, und halblaut, aber scharf sagte sie:

«Idiot!»

Der Prokurist erschien um acht; er wiederholte Annelis Namen sehr merkwürdig – eigentlich hörbar blieb immer nur der erste Teil; den zersog er auf der Zunge wie ein Rahmtäfeli; er war ein alter, hässlicher, uninteressanter Krauter.

Schliesslich, als im Hafen eben das Schiff Mürtschenstock zur Abfahrt tutete (es war durchs Fenster herrlich zu sehen), um halb neun, kam noch ein Angestellter vom Deck des Kahns hereingesaust, ein Welscher, ein Mensch von zwei- dreiundzwanzig, dunkel von Haut und Haaren und dunkel vor Zorn: die beiden Lehrlinge, die Schwengel, hatten die Frachtbriefe schon wieder nur zur Hälfte ausgefüllt – sie waren überhaupt zu nichts zu brauchen. (Dies brachte er in sehr gebrochenem Schweizerdeutsch vor.)

«Aber, Monsieur Georges», riefen die Getadelten ungeknickt, «wo bleibt Ihre Erziehung?»

Und wiesen auf Anneli Busenhart.

Diese ging zu seinem Pult und sprach:

«Anneli Busenhart.» (Anneli sagte sie – bei den andern hatte sie immer bloss Anny gesagt.)

«Freut mich, Frollein Busenhart!» rief Monsieur Georges freundlich und streckte ihr die Rechte hin, während er mit der Linken schnell schnell die Frachtbriefe hinfächerte; denn eben tutete der Mürtschenstock zum zweitenmal und ungeduldiger.

Doch die hartnäckigen Lehrschwengel sprachen:

«Aber, Monsieur Georges, vous blessez Mademoiselle, si vous l'appelez Busen-Art. Prononcez mieux, s'il vous plaît.»

«Verzeihen Sie mir», sprach Monsieur Georges ins Stempeln und Schreiben hinein, «nachher lehr ich Ihren Namen besser, Frollein Busenar», und sah sie einen Augenblick schärfer, aber nicht minder freundlich an.

Aber die bösen Buben schrien:

«Busen-Narr! Auch dies noch! Ei, ei und noch ein Ei! Mer göhn uff d'Diräktion und gänn Sie a. Mer wärde verdorbe!»

Und der Prokurist, der alte, verknitterte, uninteressante Chnüsi, biss das Gebiss schief und schüttelte sich inwendig vor Lachen.

Georges fuhr voll Zorn wieder aus dem Büro; mit einem Donnerschlag der Türe entfuhr er. Er sah übrigens mordshübsch aus dabei und rassig; er trug auch zu seinem gutgeschnittenen, englischen Anzug eine lustig getüpfelte Schmetterlingskrawatte.

Als das Motorschiff glücklich weg war und er einen Augenblick verschnaufen konnte, musste er Annelis Namen besser aussprechen lernen, die Lehrlinge erwarteten es von seiner Gesittung. Er hatte natürlich unsägliche Mühe mit dem h; er verlor soviel Luft damit, dass sie ihm gar nicht mehr zum t reichte. Anneli seufzte und sprach:

«Wenn ich gewusst hätte, dass der Handel so schwer ist, wäre ich doch lieber etwas anderes geworden.»

«Was denn?» fragten die zwei überflüssigen Lehrjungen aus einem Mund.

Sie blitzte sie stahlblau an, beide, von den Scheiteln bis zu den Zehen; dann sagte sie:

«Säuglingsschwester!»

«Habt ihr das gehört?» riefen die beiden, «so jung und schon so ungezogen!»

Und als der Prokurist einen Augenblick draussen war, schlichen sich die zwei Erzspitzbuben hinter sein Pult und änderten blitzschnell und ehe Herr Georges etwas merkte, auf Annelis Personalkarte eine verflixte Kleinigkeit: mit einem winzigen Federstrichlein verwandelten sie das h in ein b, und der Prokurist, der ohnehin die ganze Zeit die Karte in den Händen herumzog, sah es auf den ersten Blick und verwickelte Anneli sofort in die unangenehmste Untersuchung.

Ach, es war schrecklich.

Anneli sagte schliesslich:

«Jetzt noch ein Wort über meinen Namen, und ich gehe ins WC und hänge mich auf.»

Aber der Prokurist flötete den Namen trotzdem, so häufig es möglich war, ja noch häufiger, und immer süsser, der hölzerne, uninteressante Birnenstiel der...

Um halb zwölf musste Monsieur Georges weg auf ein ankommendes Schiff. Punkt zwölf entwichen die Lehrlinge mit dem Prokuristen um die Wette. Viertel nach zwölf lag Anneli mit der hübschen jungen Stirn noch immer auf dem grünen Fliessblatt ihres Pultes und weinte, weinte, dass ihr fast das Herze brach.

Da ging noch einmal irgendwo eine Tür – jemand legte ihr eine harte, schmale Hand auf die Schulter; sie blickte durch eine Flut von Tränen auf – es war Monsieur Georges: er hatte bis eben jetzt noch auf den Schleppkähnen Scherereien gehabt mit den Zollbeamten. Sie sah ihn an; ihr keckes, breites, reizendes Stupsnäschen hing voller Tränen. Er trocknete es ihr mit seinem seidenen Poschettlein. Er musste ihr dabei mit der andern Hand ihren armen hübschen Kinderkopf ein wenig im Nacken stützen; der Nacken war so fein und warm wie nichts mehr auf der Welt. Er sah sie auch sehr aufmerksam an und trocknete ihr gleich noch die Seelein unter ihren blauen Kornblumenaugen. Sie half mit ihrem Taschentüchlein mit. Die Seen füllten sich immer neu. Ihre Schultern juckten noch vor Weinen.

«Was haben Sie denn, Frollein Busenart?» fragte er. «Wegen denen Schlingel?»

«Wäge mym Namme», sagte sie und drängte jetzt seine Hand von ihren Augen weg.

«Wieso? Was bedütet Ihren Namen?»

Sie konnte es ihm nicht sagen. Sie hatte den Namen zwar mit ihren Schulfreundinnen zusammen x-mal ins Französische übersetzt; aber Monsieur Georges konnte sie es nicht sagen.

«Wüssen Sie es nit?»

– Nein, sie wusste es nicht.

Monsieur Georges schlug auf seinem Pult ein Wörterbuch nach.

«Jäso», sagte er. «Jä, das isch ungeschickt. Kommen Sie jetzt mit mir, Frollein. Isch muss das Büro no abschliessen; isch sage Ihnen dann auf dem Weg zu das Tram das einzige, wo Sie könn machen.»

Sie gingen neben einander über die geteerten Höfe. Der Frühlingssonnenschein malte den schwarzen Asphalt golden an. Er schloss eine Drahtgittertüre auf und schlug sie schmetternd hinter ihnen wieder zu. Am Wiesenflüsslein waren die Ulmen noch nicht grün, aber sie hatten schon rot abgeblüht und streuten halbreife Früchtchen mit grünen Flughäuten in alle Welt. Die Schwellen des Flüssleins unten in der Tiefe glitzerten in der Sonne. Er sagte:

«Es gitt nur eins für Sie, Frollein Busenart – Sie müend Ihren Namen wechseln, anderscht goht's gar nit bi üs im Büro. Sie müend einen andern Namen annehmen. Zum Byschpil könnten Sie wählen...»

«Ja kann man denn das... einfach so seinen Namen ändern?»
Und sie sperrte ihre beiden blauen Guckaugen auf. Die Tränen waren ihnen schon fast nicht mehr anzusehen.

«Ja, Sie können das, wenn Sie wollen», behauptete er. «Sie könnten zum Byschpil wählen: isch sag Ihnen jetzt einen Namen, wo mir grad bsunders gfallt für Sie: zum Byschpil DuPasquier»

«Der ist viel zu schön für mich», sagte sie. «Z'gschwulle!» (Das verstand er nicht.) «Viel zu... trop noble!»

«Oh», entgegnete er, «öpper so Schöns wie Sie muess auch ein schöner Namen haben – oder nit?»

«Oh, jerum jerum», rief sie. (Das verstand er wieder nicht.) «Mir wär schon das hundseinfältigste Nämeli recht, wenn es nur nicht heisst –»

Und schwang sich vor ihm ins Tram. Er setzte sich neben sie. Es war noch ein einziger Herr im Tram, ein älterer vornehmer Herr. Der grüsste aufs netteste; er lupfte seinen hellen grauen Hut und sagte:

«Bonjour, Monsieur DuPasquier.» –

«Wieso Monsieur DuPasquier?» fragte der Fährimann. «Hatte er ihr denn nicht gerade diesen Namen speziell für sie...?»

«Doch», antwortete die Frau mit dem Kröpflein. «Sie hat den Namen dann sogar angenommen, etwa zwei Jahre später.»

«Merkwürdig», sprach der Fährimann, «also mit meinem Namen würde ich zuletzt hausieren... das hab ich nur einmal getan – auf dem Standesamt nämlich – und das hat mich noch oft genug... Oder hat sie ihn am Ende gar auch dort angenommen, die Anneli Busenhart?»

«Eben dort», sagte die Frau. Und anerkennend sprach sie zu den andern:

«Es geht doch nichts über den Scharfsinn der Männer.»

Und auf der Stelle anerbot sich eine zweite Frau, Herrn Ranzenberger von einer noch viel schrecklicheren Zwickmühle zu berichten, und doch waren einst zwei Menschen hindurchgeschlüpft. Sie erzählte die Geschichte von dem zweigeteilten Mädchen.

Die Geschichte von dem zweigeteilten Mädchen

«Bis vor wenigen Wochen», sagte sie und blinzelte hinter ihrer Brille ernst und bedächtig wie eine Waldkäuzin – sie war eine grosse, schwarzgekleidete, ein wenig steife Frau – «bis vor wenigen Wochen lebte hier in Basel ein Mädchen, das war über alle Massen schön bis hinab zum Gürtel – aber unterhalb des Gürtels, ach, hatte sie krumme Beine. Sie war siebzehn, sie arbeitete auf einem Büro, abends nahm sie noch allerlei Kurse – an einem solchen Kurs, in der Stenographiestunde, verliebte sich ein junger Mensch in ihren klargeschnittenen, dunklen Kopf mit den eigenartig wehen dunkeln Schatten um die dunkel strahlenden Augen; verliebte sich in ihren Oberkörper mit den schlanken rassigen Achseln und... und so weiter... ich sagte es ja schon... sie war in ihrer weissen, ein wenig losen Seidenbluse mit all dem Schönen an ihr für junge Männer hinreissend, solange diese die Arme nicht schreiten sahen.

Der junge Mann, im Gedränge des Ankleidens nach der Stunde, fragte sie, ob er sie noch ein paar Schritte begleiten dürfe. Sie schüttelte rasch entschlossen den Kopf; ihre Brauen zogen sich einen Augenblick dunkel und schmerzvoll zusammen; ihr Mund, so erdbeerrot, so feuchtfrisch, so lockend hingeschwungen, wollte sich bitter zusammenziehn; ihr Gesicht senkte sich auch eine Weile, als sähe sie auf ihre Füsse – aber schliesslich willigte sie dennoch ein.

Sie gingen durch das nächtliche Dunkel einer Anlage; sie hatten sogleich beide das Gefühl, noch nie im Leben so glücklich dahingegangen zu sein; jeder Schritt war eine Lust; jedes Wort klang erregend und merkwürdig; sie horchten verwirrt darein; aus jedem tönte warm und tief soviel Lebenszuversicht – so für alle beide Glücksversprechen über Glücksversprechen aus jedem hingehauchten Klang; sie streiften auch mit ihren Schultern ganz leise, wie unabsichtlich aneinander; und schon war jedem, es erhielte das grösste Geschenk, das ein Mensch erhalten kann: ein fremdes Leben geschenkt.

Sie kamen ans Ende des Baumtunnels. Draussen lag die beleuchtete Strasse. Der letzte Schatten der Anlage hielt sie zurück. Es war Ende April. Alles blühte, auch jetzt noch in der Nacht. Der

Busch, dessen Schatten sie deckte, war ein wilder Schneeballstrauch. Er blühte in breiten Dolden. Im Schatten der Nacht schimmerten diese seltsam dunkel und weiss zugleich; sie dufteten auch, nicht etwa süss oder zimten, sie dufteten eher schweissig und scharf; den zweien aber rochen sie unbeschreiblich lustvoll. Insbesondere jedoch bewegte sie immerzu das Glimmen der Blüten, das dunkel war und dennoch weiss; anders das Schimmern weisser Blumen durch angelaufene Treibhausfenster; es war dunkel in dem Busch drin, es war nur weiss in ihrem Sinnen; ihr Geist machte sie weiss und schimmernd, der Schatten verhüllte sie zart und dämmrig.

Unter diesen Blüten küssten sie sich.

Aber ein paar Tage später, da sie sich wieder trafen, an einem der Flüsslein Basels, unter den Alleebäumen am Trottoirrand, sie auf ihrem Velo, ein dunkelgrünes Jäckchen über der weissen Seidenbluse – sie sah übrigens aus wie eine Zigeunerin, aber wie eine tollschöne, so dunkel mit ihrem bräunlichen Gesicht, ihren dunkeln Schatten hingeweht um die Augen, halb Schmerz und halb grosse Lust – da fasste er ihre Lenkstange, trat ganz dicht an sie und sagte, sein Gesicht ein wenig senkend:

«Meine Kollegen da haben mich gehänselt... deine Beine... du hättest... hast du denn wirklich...?»

Aber weiter kam er nicht.

Denn sie hatte kaum das Wort: Beine gehört... deine Beine... so brach aus ihrem stürmischen und liebenden Herzen aller Zorn, alle Verzweiflung, alles Herzensweh, alle verzweifeltste Liebe so schreckhaft über ihn herein und so schön, so wie ein Gewitter: blitzend, stürmend, ihn schüttelnd: wild, heiss, liebesheiss, dass er minutenlang in dem Blitzschein nichts mehr sah als ihr Antlitz, ihr bebendes, liebendes Gesicht: – minutenlang? stundenlang, wochenlang, sein Leben lang.

«Ja ja ja», rief sie, «du hast recht... mit meinen Beinen... ja oh weh, oh weh... aber ich sage dir das eine: wenn du sie noch einmal ansiehst... wenn du nicht mich ansiehst, mich, sondern meine Beine... noch einmal... mit einem Blick... und auch nur ein Wort darüber verlierst... ja dir einen einzigen Gedanken darüber machst – und ich spüre den Gedanken: dann, Karl, ist es aus zwischen uns, für immer – alles: kein Atemzug von mir (wie jetzt ein jeder), kein

Herzschlag von mir, kein Wort von mir, kein Gedanke – nichts mehr ist für dich, Karl – denke es. Noch bin ich dein – aber ein Verdacht von mir... und all dies, alles alles...»

Und sie sah ihn an, und er starrte sie an, und aus ihren Augen, ihren sonst so warmen, heitern Augen, lohte durch alle Tränen hindurch ihre Entschlossenheit: zum erstenmal spürte er, was das war: Liebe; was das war: ein Mensch gehörte einem; was das wäre: ein Mensch versuchte sich aus einem loszureissen, und hatte doch, wie ein junger Baum, schnell wachsend, mit seinen Wurzeln schon die eigenen Wurzeln durchschossen und durchstrickt und durchklammert... und versuchte sich loszureissen...

Er stand auf dem Randstein; sie sass halb unter ihm auf ihrem Rad; bald hob sie ihr Gesicht gegen ihn, bald senkte sie es weg von ihm. Er hatte nie etwas Schöneres gesehen als sie: dies Beben und Suchen ihres Mundes und ihrer schmerzgefüllten Brust... diese Liebessüsse ihres überschwemmten Gesichts; ja jetzt, in dieser Notminute, durch ihre Tränenflut hindurch erst noch entdeckte er um das bläulich spiegelnde Email ihrer Augen rund herum ein Wimpersäumchen, ganz dicht und so tief dunkelbraun wie ihr Augenstern – es gab nichts Liebreizenderes.

Er schlug ihr mit der Rechten, womit er bisher immerzu am Deckel ihrer Veloglocke herumgedreht hatte, fest auf ihren Oberschenkel überm Knie, trotzdem es auf einer heiterhellen Abendstrasse war; er sah daran nieder; er sprach:

«Einmal in meinem Leben muss ich die Sache besehen haben, Schatz – zum einzigenmal: von jetzt an hast du für mich die geradesten Beine der Welt, und wenn mir jemand ins Gesicht hinein das Gegenteil behaupten will –»

Und legte ihr am hellichten Strassenrand beide Arme um die Schultern, und sie sank fast vom Velo an seine Brust, und es gab nie zwei glücklichere Menschen als sie auf der Welt.» –

«Und jetzt ist sie tot?» fragte Herr Ranzenberger düster.

«Wieso tot?»

Die Erzählerin in Schwarz erschrak ganz.

«Sie sagten doch am Anfang: bis vor wenigen Wochen bloss hätte das junge Mädchen gelebt.»

«Ja», sprach die Erzählerin, «zwar lebt sie noch, aber ist kein Mädchen mehr.»

«Was ich mir gleich gedacht habe», rief der Fährimann. «Und ihre Beine haben auf dem Gang zum Traualtar niemandem Kummer gemacht?»

«Sie trug ein langes weisses Seidenkleid.»

«Und seither auch nicht mehr?»

«Wie sollten sie?» sprach die ein wenig grosse steife Frau in Schwarz und blitzte geschwind hinter ihrer Waldkäuzchenbrille hervor.

Herr Ranzenberger aber sagte dennoch düster:

«So ist das Leben!» Und seufzte dazu. «Einer heisst Ranzenberger, eins Busenhart, das dritte hat krumme Beine – ist da eine Gerechtigkeit?»

Aber halt da! Waren denn nicht alle beiden Geschichten gut ausgelaufen?

Das ganze Schifflein rief es; Herr Ranzenberger aber wusste es besser, er zuckte schwermütig die Achsel, er sprach:

«Wie man's nimmt!» erhob sich, sagte:

«Also adie denn mitenand» – und zu der schmalen Gestalt, die ihn Herr Berger genannt hatte und die er so grimmig angefahren, fügte er noch extra hinzu:

«Und nyt fir unguet.»

Die Gestalt schüttelte den Kopf und antwortete vernehmlich:

«Gar nit. Und adie, Herr Ranzebärger.»

Und alle Rheinfahrer schmetterten ihm aus einem Munde nach:

«Adie, Herr Ranzebärger.»

Wehe! Herr Ranzenberger kehrte sich noch einmal um und musterte misstrauisch die Gesellschaft.

Aber alle sahen ihm arglos und dreckgleichgültig ins Gesicht – sieh! da ging Herr Ranzenberger leicht wie ein Engel davon über die Bretter des Fährebrückleins – es gygampfte nicht, kein Brett knirschte, nur das Schifflein hob sich lautlos einen halben Schuh höher aus dem Wasser.

VIERTE ÜBERFAHRT

Kaum aber war die Fähre voll neuen Volks abgestossen und in den ersten Wellen draussen, so erlebte der Fährimann an dem hellgoldenen Abend einen rabenschwarzen Ärger. Denn hinter ihm am Ufer tauchte ein Rudel Kinder auf und zog aus Leibeskräften an der Glocke, womit Fahrtlustige im Nebel den Fährmann herüberrufen – zog und läutete, dass die Rheinufer widerhallten. Und alsbald lockte das Geschell auf der andern Stromseite einen zweiten Kinderschwarm an, der begann gleichfalls zu läuten, solang der Fährmann noch ausser Reichweite war; das gellte hinüber und herüber; der Fähremann fuhr vor Wut aus der Haut; und schliesslich schrie er den Kindern mit erhobener Hand zu:

«Sie werden abgeschafft, die Fähriglocken – und abgeschafft gehört ihr alle zusammen mit!» Und wandte sich in sein Häuslein zurück und rief ausser sich:

«Es sollte keine Kinder geben auf der Welt – und alles wäre besser.»

Dieser heiss herausgeschleuderte Wunsch fand unter den Hinüberfahrenden Anhänger und Gegner – besonders Gegnerinnen. Und eine hübsche Frau mit dunklen klaren wunderschönen Augen sagte, sie wolle dem wilden Wassermann die Geschichte von den Wasserläufen zu bedenken geben, vielleicht ändere sich daran sein Sinn.

Die Geschichte von den Wasserläufen

«An einem Winterabend gegen sieben», berichtete sie, «ging in der Stadt ein Mann durch die Dunkelheit heim. Er hatte über Feierabend hinaus in der Bibliothek arbeiten müssen. Er war verstimmt und fiebrig. Das Fieber hatten ihm wohl seine Kinder angehängt, von denen eins nach dem andern mit Husten, Grippe und Halsentzündung heimgekommen war. Ihn erwartete zu Hause ein Lazarett. Er hatte drei Kinder, eins immer unerwachsener als das andere; das Nesthäkchen war ein dreijähriger Bub, der zehn Jahre zu spät angerückt war. Der Mann ging gegen die Fünfzig; er litt seit Jahren an einer Leberkrankheit; das aufgelesene Fieber verstärkte seine trübe Stimmung. Als er aus den dunklen Bäumen einer Anlage auf eine Strasse hinaustrat, wehte ihn der nassschwarze Strassenatem doppelt kalt an; die finstern Asphaltbahnen glitten in die Winterdunkelheiten hinein wie unterirdische Pechströme; ihn wunderte, dass die gelben Widerscheine der Strassenlaternen auf dem Asphalt nicht vor Kälte zitterten; wie zersauste goldene Schmetterlinge lagen die armen Lichtflecke bäuchlings auf dem kalten, feuchten Teer; sie waren zart und durchsichtig und mussten die ganze Nacht in dieser Kälte liegen. Ihn fröstelte. Er schritt eben zwischen Frauenspital und Bürgerspital abwärts. Die grossen Scheiben in den Gebärsälen des Frauenspitals waren erleuchtet. Dort hatte er zwei seiner Kinder sich in die Welt wühlen sehn... unter Qualen in eine Welt der Qual. Wozu? Aus dem Absonderungshaus des Bürgerspitals traf ihn ein Geruch nach Laboratorium, Küche und Desinfektionsmitteln. Er ging schneller. Aber der Geruch wich nicht von ihm.

Als der kranke Mann nachts spät im Bett lag, seinen Arm unter dem Nacken seiner Frau durchgeschlungen, denn sie beide beredeten zusammen vor dem Einschlafen stets noch Freud und Leid des Tags, und als die Frau ihm all ihre Sorg und Mühe um die drei erkrankten Kinder geschildert hatte, da sagte der müde Mann:

«Ach, wenn wir doch keine Kinder hätten, ach, wie anders, wie leichter wäre alles, du... Ich müsste nicht bis an mein Lebensende mich hinmühen für sie.»

«Schlaf dich aus», antwortete die Frau und legte ihm die Hand auf die Stirn, «bald glaub ich, du hast selber Fieber erwischt von ihnen... Morgen siehst du alles heller.»

Aber im Sommer, als die Sonne heiss durch die grünen Wipfelkugeln der Bäume brannte, liess der Mann sein jüngstes Büblein, sein dreijähriges, im Wald draussen, in den Langen Erlen, in einem Bächlein baden und sich ergötzen. Das Wasser reichte dem Kind da, wo es nackt hineinstieg, nicht einmal bis ans Knie. Das Büblein warf sich in dem Wasserlauf auf den Bauch und zappelte mit allen Vieren nach Herzenslust. Doch damit trübte es das Wasser rings. Da rutschte es weiter, geriet ins Tiefe und verschwand plötzlich in dem bräunlich aufgewühlten Gewirbel.

Der Vater lag hemdärmlig am Ufer. Jetzt warf er sich erschreckt ins Wasser, wühlte aus der dahinströmenden Tiefe den geliebten Leib empor – aber da glitt der Mann aus, stürzte – zwischen Armen und Leib witschte ihm das Kind durch: blitzschnell spürte er die pralle feine glitschige Kinderhaut an ihm durchrutschen, feste Achselchen, zart gemuldeten Rücken, die derben runden Fudibäcklein und stotzigen Oberschenkelchen – und schon war das Kind in der Tiefe verschlüpft.

Der Mann sprang hin, wo er es wähnte, er fuhr mit Armen und Gesicht ins Wasser, er schrie im Wasser, er schrie nach dem Kind: allein er fasste nur mehr Wasser, kein Händchen, keinen Haarschopf, kein Kind; das Wasser war leer, das Kind fortgerissen, weggespült: sein Knäblein, wie es so keins auf Erden gab und nie mehr, nie und unwiederbringlich nie mehr eins geben würde: hatte er es verloren?... den süssen Leib seines Kinds?... und mehr: sein Seelchen verloren, seine kleine Seele, die ihn liebte, die er liebte, ein unverwechselbares kleines einzigartiges einmaliges Wesen... die Seele seines Kinds?... Es zerriss ihn in Sehnsucht.

Er raste im Bach hinab auf allen Vieren, wie ein Tier, schreiend, verzweifelnd, suchend. Immer schneller glitt das Wasser hin. Und jetzt – o Unbarmherzigkeit, o Grauen – teilte sich auch noch der Bach in zwei Wasserläufe: in zwei auseinanderstrebende, in zwei von Menschenhand betonierte, tiefgefüllte Wasserrinnen: beide schossen sie in ihrer runden Betonmulde viel geschwinder hin als der Bach; Entwässerungskanäle waren es; rechtwinklig fuhren sie auseinander, dieser dahin – jener dorthin. Einer der Kanäle schwemmte sein Kind fort. Welcher? Welcher von beiden? Sein Auge meinte, es müsste die zwei gleissenden, rennenden Wasserrücken durchdringen. Aber entsetzlich undurchsichtig spiegelten sie, schlugen sie seinen Blick zurück. Und mit jedem rasenden Herzzucken wurde sein Kind weiter fortgerissen.

Er musste einen der zwei Läufe laufen lassen, auf die Gefahr hin, dem falschen zu folgen. Er raste dem linken entlang, auf dem Land; denn durch die Luft kam er schneller voran als in dem entsetzlich schweren, pappigen Wasser. Er sprang weiter unten wieder hinein, griff mit beiden Armen unters Wasser; allein nichts fasste er, nichts, immer nichts – und derweil wurde das Kind vielleicht im andern Kanal gurgelnd ertränkt.

Oder gar...

Er drehte sich um. Dicht vor seinen Füssen stürzte das Wasser in einem niedern glatten Fall in eine Betongrube und vergurgelte in eine Betonröhre unter die Erde.

Das Kind war schon darin, wenn es sich auf seiner Todesfahrt diesen linken Kanal ausgesucht hatte.

Die Röhre führte unter der Stadt durch in den Rhein. Der Mann konnte nicht hineinkriechen, seine Schultern waren zu breit. Auch der andere Wasserlauf glitt unter die Erde, schlüpfte weg, mündete irgendwo in den Strom. Es gab für den Mann nur eins: rennen, rennen, rennen und das Kind beim Wiederauftauchen am Rhein mit dem Sauerstoffgerät der Polizei erwarten.

Er lief in unbemessenen Sprüngen der Stadt zu, an grünen Eisenbahndämmen entlang, die mit ihrem Echo seine nassen Schritte nachklatschten. Sein Herz hämmerte. In seinen Ohren hämmerte es. Immerzu hämmerten die Worte drin:

«Nun bist du dein Kind los – warum rennst du bloss so?»

Und damit stürzte er schon in einen Polizeiposten. Dort sass hinter einer Schranke, einer Art Gerichtsschranke, ein bleicher Inspektor in Zivil. Er hielt einen Telefonhörer am Ohr, aber er redete zugleich mit einem vor ihm Stehenden, offenbar einem Bekannten. Was er aus dem Hörer erlauschte, teilte er unbewegt dem Bekannten mit. Als der Mann seine herzzerbrechende Kunde dazwischenschrie, winkte der Inspektor ihm ab, denn er verstand ihn nicht vor angestrengtem Horchen im Hörrohr. Der arme Vater verwand seine Hände, Tränen stürzten ihm aus den Augen, er

schrie dem Telefonierenden zu, dass sein Kind durch ihn sterbe.
Jetzt erst nahm der Inspektor den Hörer vom Ohr, legte ihn ruhig in die Gabel und liess sich belehren. Dabei schwamm der merkwürdige weisse Schein vor seinem Gesicht einmal ein wenig links, einmal ein wenig rechts über ihn hinaus; seine Augen aber brannten durch die brennende Weisse. Jetzt stellte der Inspektor sehr langsam, den Mann immerzu musternd und mehreres und anscheinend völlig Überflüssiges fragend, eine Nummer ein. Schliesslich sprach er, noch in den Hörer horchend, das Kind liege ja geländet am Rheinbord, das Feuerwehrauto sei schon dort, auch seine Frau sei hingerufen worden.
– Und lebte das Kind?
Der Inspektor sah ihn an und fragte, wie er das wissen solle.
«Ach!» schrie der Mann und war schon unterwegs. Diesmal rannte er nicht – er flog geradezu: er hörte vor Hinrasen nichts mehr, er war wie taub; lautlos schwebte er; wie ein Mühlrad peitschten seine Füsse die Erde; keinen Laut hörte er vom Fussschlag; lautlos wichen Bäume, Häuserzeilen, Himmelsstücke hinter ihn –
Da stürzte er ins weite Freie, gegen den Rhein, ans Rheinbord. Leute standen – glitten auseinander vor ihm – mitten zwischen ihnen, auf den behauenen Uferplatten, am Boden, sass seine Frau, hielt sein Kind auf dem Schoss – das Kind lag hintenüber – aber es hatte rosige, pralle, nass-gewaschene Gliederchen – seine Frau blickte auf, lächelte, lächelte ihn mit ihren dunklen Augen an – das Kind, wie im Schlaf, hob ein wenig das Händchen: ein Wirbel fasste den Mann, rosenfarben wirbelte die Welt um ihn – Luft, Himmel, rote Backsteinhäuser, rote Ziegeldächer – alles schimmerte wie durch rosenfarbenes Himmelsglas, glühend selig überirdisch:
Sein Kind lebte! Sein Kind hob sein Händchen! Sein Kind bewegte bebend sein Händchen!
Er sank zu ihm.
Das Kinderhälschen würgte. Das Köpfchen zitterte. Seine Lokkenhaare zitterten. Sein Stirnchen hob sich. Sein Mündchen öffnete sich. Seine Augenlider, seine geliebten Augendeckelchen, seine reinen hellen Blütenblättchen von Lidern zitterten und hoben sich;

seine Augen... helle Quellen... sprudelten schon ihr erstes Lichtschimmerchen und Erkennungsschimmerchen gegen ihn –

Oh, der Mann fasste sein Kind in seine Hände, er riss es an seine Brust, er drückte es an seinen Hals. Und schon zappelte es, schon wehrte es sich, schon schrie es an seinem Ohr:

«Loss mi los! Ha Durscht! Gimmer Zitronewasser!»

– Da erwachte der Mann – erwachte aus seinem Fiebertraum – stand glühend vor Fieber am Bettchen seines Kindes, hatte es herausgerissen, hielt es an seinem Herzen, das Kind schrie aufgeschreckt und fieberdurstig.

Die Frau machte Licht. Der Mann setzte sich atemlos mit dem Knäblein auf den Bettrand zu ihr und sagte:

«Nie mehr, nie mehr ein Wort, ein Kind sei mir zur Last –»

Und küsste das Kind, so ungebärdig es gegen ihn strampelte, und lachte fiebrig und wie ein Betrunkener und küsste und küsste es.»

So erzählte die Frau und lächelte ein wenig.

Ihr gegenüber aber sass ein Mann mit einem braunen Spitzbart um ein schmales, blasses Gesicht – der wischte sich jetzt die Stirn mit einem Taschentuch – dann versuchte er auch zu lächeln – dann lächelte er ein wenig – dann sagte er zögernd: Nun sei ihm von seiner Nachfolgerschaft auch eine Geschichte über den Unsegen und Segen der Kinder eingefallen.

Die Geschichte vom Waldspaziergänglein

«Zufällig», sagte er, «habe auch ich zwei grosse und ein winziges Kind», und er lächelte ein wenig und sah die schönäugige Frau eine Weile an, «und vor einiger Zeit waren sie: vierzehn Jahre das Mädchen, zwölf der Junge, und zwei das Binggislein. Und an einem Sonntagnachmittag im Spätherbst machten wir uns alle zu unserm Waldspaziergänglein in die lieben Langen Erlen bereit. Da läutete es, und vor der Gangtür standen zwei Maiteli von zehn und acht, aufs schönste gekämmt mit steifen Zöpflein, und beide mit karierten Röcklein bekleidet und weissen Kniesocken, Hand in Hand, und richteten einen schönen Gruss aus von ihren Eltern, die wohnten im Nachbarhaus und waren Grenzwächtersleute; und die liessen freundlich anfragen, ob Dorli und Helenli heut nachmittag mit uns spazieren kommen dürften; Vater und Mutter wollten ins Kino.

Gut, sie wurden mit Freude angenommen; das Sportwägeli des Kleinen wurde auf die Strasse getragen; jedes der Kinder wollte stossen; in einem Hui waren sie mit dem jauchzenden, hopsenden, um sich schlagenden Wägelireiter auf und davon.

Unter den gewaltigen Schwarzpappeln am Beginn der Langen Erlen warteten sie.

Wir drangen in das sanfte Gehölz ein, dies Paradieslein stiller

Leute und Seelen. Und sieh! unter einem Eichenbaum entdeckten unsere Kinder ein lustiges befreundetes Bruderpärchen, Andres und Peterli, fünfjährig und dreijährig, herzige, braungesichtige und braunäugige Kerlchen, beide sonntäglich angetan mit quergestreiften hellblauen und braunen Pullovern und braunen Schildmützen. Wer ihr Vater war, wusste niemand so recht. Ihre Mutter arbeitete als Maniküre in der Stadt in einem Schönheitssalon und suchte immerzu heftig nach dem Vater der zwei Büblein. Auch heute nachmittag suchte sie; und weil die Bürschlein ihr beim Suchen nur hinderlich waren, hatte sie sie in den Wald geschickt. Und da hatten die Brüderchen auf einem Baum ein Eichhorn entdeckt und zeigten es uns. Wir alle riefen ihm flehentlich zu:

«Hanseli, kumm!» und streckten die Fingerspitzen empor, als hätten wir Nüsslein darin. Aber Hanseli, kopfüber, starrte nur mit seinen glänzigen schwarzen Augen herab, schüttelte die Büschel auf seinen spitzen Öhrlein und kam nicht.

Also schlossen sich Andres und Peterli uns an, und alle zusammen wollten die Kinder den Kleinsten im Wagen stossen oder doch ihn hüten.

Und so kamen wir zu den Tiergehegen. Die Kastanienbäume verloren im frischen Herbstwind ihr klappriges braunes Laub. Die braunen Hirsche streckten ihre schönen Köpfe über die Häge und malmten an den Kastanien und Brotkrusten, die ihnen die Leute in die nassen Mäuler steckten. Auf weissen Tafeln stand in grünen Buchstaben: Sonntags ist das Füttern der Tiere verboten! – Sonne und Wolkenschatten gingen über die Gehege, und die Wärter gingen mit Körben zwischen den Leuten durch in die Tierhütten.

Wir wanderten langsam an den Gehegen hin. Der weisse Pfau flog aus dem Geflügelhof mit langhin wippendem Schwanz auf ein Hüttendach und krähte. Sein Schwanz war die allerherrlichste Spitzenschleppe, mit einem Saum feinfarbiger Pfauenaugen in dem Schneegefrans. Unsere Kinder alle streckten die Nasen zwischen den Gehegelatten durch.

Als ich einmal zurückblickte, fiel mir auf, dass uns die vorbeiwandernden Leute so merkwürdig anschauten, mehr als gedankenvoll, fast fand ich: erschreckt, oder doch jedenfalls voll tiefen Mitgefühls. Eine kleine dicke resolute Frau stiess sogar ihren Mann leicht in die Seite und wies mit dem Kinn unauffällig auf uns. Mir fiel es eher auf. Ich blickte im Weiterschreiten vorsichtig an mir herunter, blickte an meiner Frau herunter; wir wanderten eben in einem Wolkenschatten, unter finstern Bäumen, gegen den Wind. Der Wind drückte unsere leichten Mäntel zwischen unsern Beinen durch; meine schmale, zartgliedrige Frau schudderte im Wind und bot keinen gewaltigen Anblick; ich auch nicht. Ich fragte meine Frau:

«Was zum Kuckuck ist denn los mit uns, dass alle Leute so dumm-dreist herschauen?»

«Du bist nicht von Merkligen», antwortete sie. «Die meinen doch, alle sieben Kinder seien unser.»

«Himmel!» sagte ich.

Und wirklich, eben gingen sie wie Orgelpfeifen alle Hand in Hand neben uns und nahmen die halbe Strasse an den Gehegen entlang ein. Hinter uns blieben die Leute stehen, und die Frauen zählten uns mit dem Finger.

Eine Schar Witwen und alter Jungfern blieb auch stehen, und alle zählten auch. Ich machte kehrt und sah sie herausfordernd an.

«Sieben!» sagten mehrere von ihnen, und alle schüttelten die Köpfe, prüften sachkundig bis geringschätzig mein Hämpfelein Frau und blickten mich jetzt samt und sonders finster und von unten her wie einen Mörder an. Ich drehte mich wieder zurück und schlug leise und bedrückt meiner Frau vor:

«Schick die Kinder doch in den Wald spielen!»

«Wart, ich lass den Kleinen los, dann laufen sie ihm alle von selber nach.»

Sie schnallte den Ledergurt auf, und der Kleine holperte über die Strasse und in den Wald. Die übrigen sechs flatterten wie die wilde Jagd um ihn.

Beim ersten Schritt in den grundlosen Waldboden fiel er, und wir alle hingen in einer traurigen Traube über ihm, stellten ihn wieder auf die Beinchen und putzten ihn um die Wette.

Eine wohlwollende Dame blieb mit Mann und Hund bei uns stehen und sagte:

«Die Frau hat auch etwas... (ergänzte: auf dem Hals!) Und dabei alle so proper angezogen.»

Meine Frau sah auf und sprach:

«Ein wenig kunterbunt!»

«Nun ja», antwortete die Dame nachsichtig, «man nimmt's, wo man's herbekommt, gelt?»

Als sie weg war, rief meine Frau:

«Jetzt aber heim!» und verpackte den Kleinen wieder ins Wägeli.

«Rennt doch ein wenig im Wald umher und macht Räuberlis!» ermunterte ich die übrigen sechs mit freudiger Stimme. Drauf schlossen sie sich alle dicht und eng um uns, und keins wich noch wankte.

Und wir wanderten weiter. Der Wald wurde immer dunkler unter dem stürmischen Gewölk; der Wind pfiff in den leeren

Ästen und flüsterte und kicherte aus den hopsenden und übereinander purzelnden Blättern. Und er trug mir in dem Geflüster und Gekicher ganz deutlich die Stimmen der Leute ins Ohr, die uns entgegen wanderten.

Ein Mann sagte:

«Sibe! Hebb di!»

Eine quellende üppige schöne junge Frau, sich ein wenig zurückbiegend, sprach verächtlich zu ihrem ältlichen Gemahl:

«So weit bringst du's nie. – Und man sieht ihm's nicht einmal an.» Und mass mich.

Und der ältliche Gemahl, der Mühe hatte, seiner elastisch schreitenden Frau zu folgen, erwiderte ärgerlich und ein wenig atemlos:

«Die magern Böcke sind die besten», und streifte mich tückisch aus dem Augenwinkel.

Vor den Langen Erlen drehte sich die Resslirytti flatternd und glitzernd mit Fähnlein und Edelsteinvorhängen in Wind und Sonnenblitzen. Unsere sechs Kinder schossen mit dem siebten im Wägeli drauf zu.

Da standen sie, ein lebendiges Säulenbündel, und starrten selig auf die weissen galoppierenden Pferdlein mit dem diamantenen Zaumzeug und auf die majestätisch herumrudernden Schwäne.

Ein gütiges, trauriges, älteres Wesen, eine verlassene Braut oder eine stille verkannte Wohltäterin, trat leise zu meiner Frau, schob ihr ein Frankenstück und zwei Zwanzgerli in die Hand und sprach, ihr munter zunickend:

«Für die Kinderlein, zum Fahren! Sie müssen doch auch von Zeit zu Zeit ein Vergnügen haben.»

«Ja», antwortete meine Frau, «danke. Allzu oft reicht es für so viele bei uns natürlich nicht.»

Die Kinder gaben alle dem lieben alten Mädchen die Hand, auch der Kleinste. Sie hielt ihn eine Weile auf dem Arm. Dann stoppte das Karussell, und unsere sieben erstürmten eine Trülli und die Pferde ringsum; der Kleine kam in den Schwan. Die Resslirytti-Besitzerin band die meisten von ihnen auf den Pferdlein fest und sagte:

«Nicht, dass Ihnen eins verloren geht!» Und lachte auf meine Frau herab.

«Es wär um jedes schad», erwiderte meine Frau.
Der Besitzer hielt sogar die Orgel an und sagte zwischen den Messingstangen hervor:
«Familien wie Sie lieben wir. Machen Sie so weiter. Wollen Sie mitfahren? Einmal gratis – die Eltern?»
Wir winkten ab.
Die Fahrt war eine Seligkeit und ein einziges Hallo. Wenn die Kinder jeweils an uns vorbeifuhren, schrien sie und winkten mit sämtlichen Armen. Nur der Kleinste im Schwan guckte immer zu spät und vermochte uns nie zu entdecken.
Als wir sie wieder losbinden wollten, kam eine runde erstrahlende Frau und zahlte noch einmal für all unsere Kinderlein. Sie klopfte den nächsten auf die Waden, hatte eine Riesenfreude an ihnen, sagte:
«Ach Gott, sie sind zum Fressen», wischte eine Träne aus dem Auge, «solang sie so jung sind», sah mit Augen voller Tränen zu, derweil sie fuhren, und ging mit ihrem Mann eilig weg, als die Resslirytti anhielt.
Wir rissen uns von dem herrlichen Taumelturm los. Da trat noch unauffällig ein bescheidener Arbeiter zu mir, streckte mir verstohlen ein aufgerissenes Päckli Stumpen entgegen und sagte:
«Do nimm eine! Hesch verdeggel au gnueg mit dyne sibe Chnöpf.»
Ich nahm einen Stumpen, dankte und nickte.
«Nimm no eine!» sagte er entschlossen. «Bisch en arme Siech.»
Den zweiten Stumpen lehnte ich doch ab. Als wir aber an die Fahrstrasse kamen, sammelte ich alle Kinder um mich und fragte sie:
«Wollen wir hier am Strassenrand eine Gruppe bilden? Ich halte den Hut hin, und bis zum Abend sind wir gemachte Leute.»
Aber sie weigerten sich, und so gehöre ich leider immer noch zum untern Mittelstand.»
Alle Fähregäste lachten, der Sieg war für die Kinder entschieden, der schmale Mann mit dem Spitzbart stand auf – sieh! die feingliedrige Frau mit den schönen dunklen Augen hängte ihm ein: So waren sie am Ende gar ein Paar? Glücklich verliessen sie das lustige Schiff, und die Wasserfahrer mit ihnen.

FÜNFTE ÜBERFAHRT

Und schon drängten neue Wasserlustige in das Schiffchen, der Fährmann wollte eben das Steuer fassen – da winkte noch von zu oberst am Steinbord ein Jüngferlein, das klipperte und klapperte auf Stöckelschuhen wie geschwind die Stiege herunter und drohte jeden Augenblick zu fallen, denn sie konnte die Stufen gar nicht sehen, ein so grosses Paket trug sie unterm Arm in grobem, braunem Papier. Die Leute in der Fähre rückten zusammen, dass sie auch noch Platz hatte mit ihrer Last. Kaum aber sass sie, so griff sie immerzu an dem Paket herum, bald da, bald dort, als fehle am Ende etwas drin, und schliesslich, in ihrer Unruhe, knüsperlete sie das Papier an einer Ecke auseinander und schaute hinein – da sprang das pralle Paket am andern Ende von selber auf, und heraus fiel ein Paar Tanzschuhe und kollerte so hin, und aus jedem der grünsilbernen Schühlein goss ein Gütschlein Confetti buntfarbig auf den hölzernen Fähreboden; und ein grünseidener Ärmel mit einem silbernen Umschlag und einem grossen rosa Knopf drauf baumelte auch heraus, und da sie ihn schnell wieder in das Paket stopfte, stäubte nochmal eine Wolke Confetti in allen Farben flirrend aus dem Ärmelumschlag.

Der Fährmann schaute auf die Bescherung hin wie auf etwas Böses und sagte dementsprechend:

«So. Vier Monate haben Sie gespart, um mir diese Freude zu machen. Sie hätten Ihre Confettischühlein ruhig bis wieder an Fasnacht auf der Pfandleihe lassen können, und Ihr Confettidomino dazu. Mich hätte es nicht betrübt.»

Das Jüngferlein aber entgegnete ganz frech:

«Jedenfalls habe ich mir in diesen Schühlein einen Mann angetanzt auf der Fasnacht, und dass ich ein paar Tage vor meiner Hochzeit auch noch die halbe Pfandleihe auszuhöhlen – äh, auszulösen vermag, das soll mir einmal ein Fährimann aus dem Kleinbasel nachmachen.»

«Viel Glück», sagte der Fährimann, «zu Ihrem Fasnachtsmännlein – und behalten Sie es nächste Fasnacht hübsch daheim an der Leine, wenn Sie vor Wiegeli-wageln und Schöppeli-kochen etwa nicht abtanzen können.»

«Bis dert wird's hoffentlich wieder soweit sein», entgegnete schnippisch das Dinglein, und somit waren alle Dämme gebrochen, die Fähre schwirrte von Fasnachtserinnerungen, jedes wollte etwas davon berichten, und zwei der Geschichtlein habe ich mir ihrer Erstaunlichkeit wegen aufgeschrieben. Das eine erzählte eine junge, nette Frau; die sagte, sie wolle denn schon etwas Sehnsüchtigeres und Geheimnisvolleres berichten, als was das Bräutlein mit dem Papiersack andeute, etwas Aparteres: die Geschichte von der goldenen Nase nämlich; die sei der Tochter ihrer Freundin passiert, einem lieben merkwürdigen Mädchen – und noch jemandem, am Fasnachtsmittwoch, mitten auf der Brücke.

Die Geschichte von der goldenen Nase

«Das Mädchen Meieli oder Maierysli, wie wir ihr manchmal sagen», berichtete die Frau, «ist zwar eins der feinsten, entzükkendsten und liebenswertesten Wesen, die ich kenne, aber gegen Männer von der seltsamsten Wetterwendigkeit. Sie ist achtzehn; sie kann sich im Hui in einen jungen Mann verlieben, ganz und gar, durch und durch, bis in ihren Herzensgrund. Allein, zeigt er ihr nun gleichfalls Liebe, so hat das Sehnsuchtsspiel schon seinen Reiz verloren, und schmachtet er, so ist er ein Blödian, und wird er gar zu täppisch und angriffig: ei, da sticht sie ihn sofort in ihrem Herzen drin tot, lacht erbost über den Kerl und weint über sich – nein, die junge Welt hat es nicht leicht mit ihrer Eroberung.

Aus einem solchen Grund strich Meieli an Fasnacht wieder einmal ganz allein durch die Menge auf der Brücke oben. Sie war verkleidet in eine Zigeunerin, sie trug eine schwarze Halblarve, ihr rotgeschminkter Mund lachte ein bisschen sehnsüchtig in der Sonne; sie trug auf ihre weiche frische Wange geklebt ein winziges Schönheitspflästerchen; ihr Kraushaar quoll unter rotem Kopf-

tuch und Goldreif hervor, der um ihr braunes Haupt lag und mit vielen tanzenden Goldmünzchen flimmerte – da sah sie zum zweitenmal diesen Nachmittag in einer offenen Kutsche langsam einen Pierrot vorbeifahren, der sie unverwandt ansah, sich nach ihr drehte, da sein maskierter Kutscher ihn entführte, ja ihr mit der behandschuhten Rechten im letzten Augenblick auf eine so verhaltene, vornehme und dabei doch sehnsüchtige Art zuwinkte, dass ihr Herz sofort von der merkwürdigsten Zuneigung erfüllt war.

Als das Gefährt ein drittesmal vorbeikam, reichte ihr der Pierrot einen Veilchenstrauss. Sie nahm ihn, er beugte sich tiefer vor, er war sehr gross, fast eher hager als schlank, mit riesigen Schultern, ganz in weite weisse Seide gekleidet; grosse weisse Seidenknöpfe schlossen den lockern Rock; seine Halskrause, sein spitzer hoher Hut, seine Handschuhe – alles war von derselben seidenen, schneeigen, makellosen Weisse – auch seine Maske, die traurig-schöne Züge zeigte: nur die Nase an der Maske war golden, zart gearbeitet – eine vornehme Hakennase, gross, schmal, ritterlich.

Er hatte im Vorbeigehen die Hand auf den Wagenschlag gelegt
– einen spiegelnden vornehmen Wagenschlag – und vornehm war
auch die straffe, unbeteiligte Haltung des Kutschers – und teuer
und auserlesen die Pferde – er fragte:

«Kunnsch e bitzeli zue mer?» und wagte noch nicht, den Schlag
zu öffnen, und sah sie an – und Meieli meinte, nie im Leben
schönere Augen gesehen zu haben, dunkel, strahlend und traurig –
sie nickte, er öffnete, sie schwang sich auf den Tritt, sie wusste
nicht, wie ihr geschah, sie sass neben ihm und fuhr langsam an
seiner Seite durch die Menge.

Es standen zwei Körbe auf dem Polster der vordern Bank, einer
voll Veilchensträusse, der andere voll Mandarinen. Sie teilten im
Hinfahren davon aus, er wie sie auf die gleich nette Art, sie redeten
zuerst gar nicht miteinander, ihr tat diese zurückhaltende scheue
Art sehr wohl; das Herzensbäumlein ihrer Liebe wuchs – wie ich
schon sagte – anfangs ja immer nur in sehr kühler Luft. Endlich
sagte er leise:

«Teil lieber nur die Sträusschen aus, du schöner Schatz – du
trägst keine Handschuhe – lass mir die Mandarinen – oft haften
Krankheiten an diesen fremdländischen Früchten – die Veilchen
aber sind sehr sauber.»

Sie nahm den Korb mit den Veilchen auf ihren Schoss und teilte
fröhlich wie eine Königin davon aus, auf eine seltsame Art immer
glücklicher, ja ganz unsagbar glücklich werdend.

«Bei uns in Afrika», sagte der Pierrot in reinstem Baseldeutsch,
«auf den Plantagen im Süden, haben wir Früchte gezüchtet...»

Und er erzählte ihr von ganz herrlichen Früchten, Zwitterfrüch-
ten und Mischlingen, die alle Köstlichkeiten des Paradieses in sich
vereinten – sie verdarben nur so rasch, dass sie selbst in Kühl-
schiffen nicht bis zu uns gebracht werden konnten. Er erzählte auch
von ihren Blüten, den Farben und dem Duft blühender Spalier-
wälder.

«Gehst du wieder dorthin?» fragte ihn Meieli.

Er sah sie einen Augenblick an, sie wusste nicht, tat er es
erschreckt oder misstrauisch.

«Ich glaube kaum», sagte er, und ihr war, als ob er in seinen
Riesenschultern schaudere; die weisse Seide daran flackerte mit
ihren Lichtern hin und her; sie fasste ihn um eine Schulter.

«Du hast kalt in deiner kühlen Seide», sagte sie, «du darfst dich schon an mir wärmen – die Sonne ist ja bereits so tief unten.»

Meieli hatte den reizendsten Mädchenleib, den einer sich ausdenken konnte; voll und warm und doch eben nur so voll, dass er noch als vornehm gelten konnte; sie schmiegte sich in Herzenswärme an ihn.

Er zögerte zuerst, er überlegte oder kämpfte. Dann legte er einen Arm um sie, und sie spürte, was sie schon von Anfang gewusst, dass er noch sehr jung war, wohl ein wenig über siebenundzwanzig, und von einer seltsamen gewaltigen Kraft, und so lustvoll neben sich zu spüren, wie sie es noch bei keinem Menschen empfunden – sie ahnte zitternd zum erstenmal, was Liebesglück alles sein konnte.

«Warum bist du denn so allein?» fragte er einmal.

«Wenn alle so scheu wären wie du», sagte sie, «wäre ich es nicht mehr.»

Die Sonne ging unter, in den Strassen wurde es rasch dunkel, die Fasnachtslaternen wurden vor den Wirtschaften abgestellt und angezündet; der grosse weisse Pierrot, auf eine sehr ruhige sichere Weise, holte vier farbige Lampione unter der Sitzbank hervor, er hängte sie unter das befranste Seidendach der offenen Kutsche und steckte ihre Kerzen an; drauf holte er unter derselben Bank einen grünen Seidenumwurf hervor und legte ihn um sie beide.

Zwischenhinein rieb er Mandarinen sorgfältig an einem Tüchlein ab und teilte sie an die Buben aus, die bettelnd auf ihr Trittbrett sprangen, oder warf von den goldenen Früchten auf Balkone zu jungen Frauen hinauf, die danach winkten.

«Ich möchte einmal dein Gesicht sehen», sagte Meieli, «ehe wir auseinandergehen. Du musst sehr schön sein, und ich kann auch nicht verstehen, wie ein Mensch wie du an Fasnacht allein daherfährt. Mein Gesicht kannst du jederzeit sehen, wenn du willst. Aber deins möchte ich küssen.»

«Ja, zeig mir deins», sprach er.

Sie zog sofort ihre schwarze Halbmaske ab und sah ihn genau so prüfend an wie er sie. Es war in einer engen dunklen Gasse, durch die der Kutscher fuhr, um wieder in den grossen Strom einzubiegen. Wenig Menschen waren darin. Er sah sie lange an; er beugte sich vor; er atmete; er fasste ihre beiden Hände; er beugte sich noch näher zu ihr; seine schöne, goldene Nase berührte beinahe ihre Stirn; es war, als wollte er sie küssen; aber als er an ihren beiden Händen spürte, dass sie sich freimachen wollte, um auch seine Larve abzunehmen, hielt er sie fest, richtete sich auf, er liess ihre Hände erst los, als er ihr ganz fern war. Er sprach zu ihr:

«Ich sehe, dein Körblein mit Veilchen ist bald leer – geh, kauf dort im Blumenladen noch einmal ein volles – nimm hier das Geld –»

Und er langte in die Hosentasche und fischte daraus nach Art von Überseern oder grossen vornehmen Unbekümmerten zwischen zwei Fingerspitzen einen teuren Geldschein.

«Ich hole derweil im Laden nebenan ein Kistchen Mandarinen.»

Er stieg vor ihr aus, er half ihr aus dem Wagen. Auf dem Trittbrett sagte sie:

«Viele nennen mich nicht Meieli, sondern Maierysli. Soll ich dir zu den Veilchen ein Sträusslein Maierysli bringen? In ein Knopfloch auf die Brust? Damit du lange an mich denkst?»

«Bring den ganzen Korb voll Maierysli», antwortete er, «von jetzt an hab ich sie ja doch am liebsten.»

Und er fasste sie mit beiden Händen um die Hüften und hob sie in einem hohen Schwung zu Boden.

Darauf sprang er jung und in grossen Sätzen zum Früchteladen, und sie eilte in das Blumengeschäft.

Als sie mit dem Korb voll schöner frischer Maiglöcklein wieder in die Gasse trat, waren Wagen, Pferde, Kutscher und ihr weisser, seidener Pierrot alle verschwunden. Sie eilte in den Früchteladen – niemand hatte dort einen Pierrot gesehen – sie streifte verzweifelt durch alle anstossenden Strassen – sie entdeckte nichts mehr von ihm. Ihr Herz war getroffen wie noch nie in ihrem Leben... sie war die Wochen nachher wie ein Bäumchen, über das ein Frost gegangen ist und es weiss nicht, soll es noch weiterleben oder lieber nicht mehr.

Etwas heilte sie wieder einigermassen, das arme Meieli.

Es gibt in den grossen Städten arme Kranke, Entstellte, Verstümmelte, die die entsetzten Blicke der Menschen auf ihren Gesichtern oder Gliedern scheuen... diese wählen häufig die ersten Stunden der Nacht, um sich scheu in versteckten und dunklen

Gassen zu ergehen und wenigstens noch den letzten Nachhall des heitern Tags zu vernehmen – denn unbeschreiblich ist ihre Sehnsucht nach dem hellen lauten starken herrlichen Leben.

In einer Aprilnacht, zweimal vier Wochen nach Fasnacht, meinte Meieli, sie müsste zuhause sterben. Sie eilte weg – die Uhren schlugen schon elf, als sie wie an ihren Haaren gezogen eine alte vornehme Vorstadt durcheilte. In den Nischen weisser, in italienischem Stil gebauter Häuser plätscherten die Brunnen, der halbhelle schmale Frühlingsmond warf sein zartes junges Licht über die alten, edeln Fassaden und brachte sie zum Glimmen und Schimmern – in den dunklen Gärten erlosch sein Glanz völlig im Dunkel der italienischen fremden südländischen Bäume und Büsche.

Jemand strich einer Hausmauer entlang, ein hoher breitschultriger rascher Schatten, so als hätte er Meieli mit einem Blick gestreift und fliehe vor ihr. Sie wusste mit einem Schlag durch ihr Herz hindurch: er war es. Sie vergass alle Scham und Sitte, sie eilte ihm nach, sie rannte ihm nach, der Schatten drückte sein Gesicht zwischen Mantelkragen und Mauer und nestelte gleichzeitig etwas aus der Tasche.

Vor einem hohen Haus, vor einer hohen Tür, unter einem hoch an der Mauer schwebenden italienischen Balkon, hielt er an, stiess blitzschnell den Schlüssel in das messingene Schloss und war fast schon weg im Dunkel eines Flurs, da fasste sie ihn am Arm. Er verbarg sein Gesicht mit der Linken. Dennoch wandte er sich um. Sie sah noch einmal die Zauberkraft seiner merkwürdigen, dunklen Augen – sie sah gleichzeitig zwischen den Fingern seiner Hand, dass seine schöne Nase entstellt war von irgendeiner schrecklichen, fremden Krankheit, einer afrikanischen Krankheit vielleicht, sehr entstellt – Meieli fuhr zurück, ein wenig taumelte sie sogar, ihr Mund stammelte etwas – der grosse Mensch starrte, stockte – auf einmal war er weg in der Tür – Meieli stand allein in der Gasse... die Tür war zu... Sie will so bald als möglich den ersten schlichten guten Menschen heiraten, der um sie anhält, mag er schliesslich noch so zudringlich und täppisch werden als er will und gleich von Anfang an liebestrottelig und liebeslächerlich – wenn sie über ihm nur die schöne weisse Maske vergessen kann mit der feingeformten, goldenen Nase.»

Diese Geschichte erschien manchen reichlich trüb für auf eine

Fähre, und eine breite aufgeweckte Frau versprach frisch eine heitrere; und alsbald legte sie los mit der Geschichte von dem erkaltenden Mädchen.

Die Geschichte von dem erkaltenden Mädchen

«Mein Herr», sagte sie, «bei dem ich Haushälterin bin, ein Herr Doktor juris, zwar ein alter Junggeselle, aber im übrigen gar nicht auf den Kopf gefallen, sondern der gescheiteste Mensch, den ich kenne, der sagt von der feinen Basler Mundart, von der echten, exquisiten, alten, dass sie sich durch etwas schlechterdings vor allen Sprachen der Welt auszeichne – nicht durch ihren Wohlklang, sagt er, das nicht – wohl aber durch ihre einzigartige tiefe Temperatur; und je vornehmer sie gesprochen werde, desto durchdringender sei ihre Kälte, und er wundere sich gar nicht, dass so vielen jungen Baslerinnen von ihrem vornehmen Sprechen der Mund schmal und hart gefriere wie zwei Eisplättchen und die sonst so süssen, weichen Gefilde um den Mund dünn und straff würden wie Pergament. Übrigens täten ihm um dieser Entstellung willen nur ganz wenige junge Frauen leid... die meisten kennten nichts Höheres, als vornehm und kalt zu sein... leid tue ihm nur von Zeit zu Zeit ein junges heranblühendes Ding, warm und feurig, das in diese klirrende Kälte eindressiert und einexerziert werde, und dessen schöner warmer Mund schon mit achtzehn Jahren eisig zu werden beginne und manchmal gar die lieben dunklen Augen mit.

Er hat eine Nichte: Margot, und an sie dachte er bei solchen Reden hauptsächlich. Sie war vor der Fasnacht just siebzehn geworden, ein gelassenes, schön-dunkles Ding mit einem halb traurigen Schmollmund, schwarzen Brauen, Wimpern und Locken zu einer sehr weissen Haut – Onkel Mathis nannte ihr Gesicht, ihr breites, süsses, oft ein wenig schwermütiges oder trotziges Gesicht nach dem Himmelsgestirn ein mondenes; und er fand es einen Jammer, wie Margot jetzt schon eiskalt anlaufe; beispielsweise bei den hundert wohlerlernten Redewendungen, die sie so blitzschnell hinauszuschleudern wisse wie jede andere und genau so unbeteiligten Herzens... härter und kälter, sagte Onkel Mathis, als ein erfrierender Silber-Kakadu.

Merkwürdig: trotz dieser Kälte und Schnippischkeit, die sich wie ein eisiger Mantel um ihre Wärme, Fülle und Gelassenheit legte, liess sie sich doch von zwei Freundinnen überreden, zum erstenmal in ihrem Leben maskiert an den Morgenstreich mitzuschlüpfen, heimlich, ohne den Eltern etwas zu sagen.

Die verwegenen Aristokratinnen wollten im Dunkel, als alte Tanten verkleidet, wen sie kannten, mit ihrem geschliffenen Mundwerk heimsuchen, dass es eine Art hätte. Aber auch den wilden «Peebel» einmal dicht an sich zu spüren, im Gedränge einer stockdunklen Vorfrühlingsnacht unerkannt unter all den Gestal-

ten herumzusegeln, von deren wirren, tolpatschigen und erschrekkenden Schicksalen sie hin und wieder in ihren beschirmten Kreisen Verwunderlichstes angedeutet erhielten – dies lockte sie gleichfalls.

Und schon war die Nacht zum Morgenstreich da. Früh um drei glitt Margot aus ihrem Sandsteinschloss und Park in die Kastanienallee ihrer Strasse hinaus. Sie hatte den Eltern angegeben, wie jedes Jahr zu Onkel Mathis zu laufen und vom sichern Fenster hoch über der Gerbergasse aus, wenn auch nur mit den Augen, das lustige Getümmel mitzumachen.

In Wirklichkeit kleideten sich die drei jungen Mädchen in der Garage einer der Familien um und tanzten ausser sich vor Lust und angriffiger Fröhlichkeit wie die wildgewordenen Zicklein die Stadt hinunter, schlugen den Leuten mit ihren Alten-Tanten-Fächern unters Kinn und auf die Nasenspitze, zerrten einem alten Einzelgänger die lange rote Wachsnase aus dem Gesicht und liessen sie an ihrem Gummischnürlein wieder auf seine richtige Nase zurückschnellen – Himmel! es war Onkel Mathis, der sich an den Morgenstreich weggeschlängelt hatte, statt die drei Mädchen an seinen Fenstern zu erwarten – hei, wie schalten sie ihn einen alten Sünder und Schmusgetty – und er erkannte sie einfach nicht. Und flüchteten sich und boxten sich alle drei mit Ellbogen, Schultern und Hüften in das Gedränge des Marktplatzes hinein – da schlug es vier, in einem Hui erloschen alle Lichter in Strassen und Häusern... die Mädchen waren wie geblendet; einen Augenblick sahen sie alle schwarzen Umrisse golden und alle erloschenen Lichter schwarz.

Drauf brach schon aus den Seitengassen das Gedonner der Trommeln, Riesenlaternen kamen geschwankt in Wunderfarben, ein Schauer überlief die unzähligen Menschen, ein Schauer flog unsern kecken Abenteurerinnen über ihre drei jungen hübschen Rücken – da hob bereits auch das gewaltige dichte dunkle Meer von Menschen zu fluten an, die Laternenzüge drängten es zusammen, es wogte den schönsten entgegen, es liefen schwarze Wirbel über den Markt hin, die Menschen waren nichts mehr darin... Die drei Mädchen wurden erst gegeneinander gedrückt mit Brust und Gesichtern und alle drei hochgehoben, dass sie den Boden unter ihren Alten-Tanten-Stiefelchen verloren – dann drehte es jede um sich und presste sie wie in einem Schraubenstock mit den Seiten widereinander; jetzt riss es sie auseinander, trug durch die Nacht eine dahin, eine dort wie Schiffbrüchige in Wirbelstürmen; sie riefen einander, sie streckten ihre schönen Arme flehentlich nacheinander aus – umsonst... keine sah mehr die Entrissenen. Margot wurde beinahe in eine glühende Laterne gestossen, ein Platzmacher schwenkte an einem langen Stab seine brennende Steckenlaterne gegen ihr Gesicht, um sie zurückzuschrecken; sie sah einen Augenblick dicht vor sich durch die dünnen Stoffe und Zauberfarben in der kleinen und grossen Laterne die wehenden Wachslichter glühen – etwas platzte in ihr wie ein Seifenbläschen, etwas tat einen Hauch lang weh über der Stirn, etwas betäubte sie, dann war ihr wie einst, da Mutter ihr als Kind eine Weihnachtsschachtel aufgetan, sie mochte sich nicht mehr rühren vor Glück, sie liess sich rückwärts fallen, sie wurde davongetragen und getrieben... einmal spürte sie, dass ihr die Larve nur noch am Hals hing an ihrem Seidenband – was tat es? es war alles so unsagbar schön – sie war glücklich wie noch nie.

Ein Lachen, ein Schreien kam durch den ungeheuren Lärm hergeschossen. Zwei Burschen hatten sich in eine Kuh verkleidet, ein dritter führte sie; die weissgestrichene Kuh senkte ihren Riesenkopf und drang in schrecklichem Galopp mit ihren Leinwandhörnern in die kreischende Menge ein. Margot war schon alles gleich. Sie wurde von dem Sturm der Flüchtenden aufgehoben – sie prallte wie in einem tiefen Wasser gegen die Schulter eines kräftigen grossen kühnen Burschen, der eine Guggenmusik anführte – er trug einen breitrandigen Wildwest-Sombrero, eine schwarze Halbmaske, ein rotes Halstuch über einem weissen Hemd; eine rote Schärpe hielt seine Reiterhosen; er war ein Cowboy: er fasste die alte Tante, die es an ihn gewirbelt, um die Achsel, er sah ihr beim Zauberschein einer vorbeigleitenden Laterne schnell und kritisch in das glühende Gesicht, er steckte ihr, ohne sie zu fragen, ein Zelluloidflötchen in den Mund und schrie ihr ins Ohr:

«Machsch mit, hö? My Chatz het mi versegglet, verdaschi – jetz bisch du mi Schatz. Wie heissisch?»

«Bisch nit by Troscht?» rief Margot, dann zog sie schon mit dem Burschen voran, die ganze Guggemusik, Burschen und Mädchen, hintendrein; sie verführten mit Pfannendeckeln, Handharfen, Geigen aus Zigarrenschachteln, mit alten Posaunen einen Höllenlärm, aber sie hupsten im rassigsten Marschrhythmus hin – alles wich ihnen zuvorkommend aus: der Bursche hielt Margot mit der Rechten um die Schulter, er schwang mit der Linken den Taktstock, Margot blies mit vollen Backen allen Chabis-Chäs aus ihrem Flötlein: einmal, als sie vor einem Laternenzug warten mussten, band ihr der Bursche die Larve wieder vors Gesicht, bohrte ihr mit dem Finger den Larvenmund auf, bis er ihr das Zelluloidflötchen hindurch und in ihren schönen Mädchenmund stecken konnte... dann schwangen sie in hellem Jubel weiter.

Gegen halb sechs tagte es. Margot kam nicht heim.

Man sah am Vormittag den Ausläufer eines Spielwarengeschäftes, einen kühnen grossen Kerl, im Cowboy-Kostüm auf seinem Rad Masken und Spielzeug in der Stadt vertragen, und im Korb seines Anhängers kauerte eine reizende alte Tante, hielt all die bestellten Pakete in den Armen, stieg mit in die Häuser hinauf und sprach zu den beschenkten Kindern in einem merkwürdig reinen, aber gold-warmen Baseldytsch die reizendsten Dinge.

Dann wurden Rad und Anhänger in den Waldinseln der Langen Erlen von mehreren Leuten gesichtet. Sie standen lange leer neben dem Fahrweg, und wer sich im Vorbeigehen in dem lockern Gehölz umschaute, konnte auf der Bretterbank hinter einer gewaltigen Eiche ein altes Tantchen sehen auf den Knien eines wilden, ranken und schlanken Cowboys mit breiten Achseln; und sie sass sehr zart an ihn geschmiegt.

Am Mittag kaufte wohl derselbe Cowboy im Dorf Riehen draussen in einem Konsumladen Brot, Sardinen, Wurst, Käse und eine Tube Senf; und er bezahlte aus einem Geldbeutelchen, das bestimmt nicht seins war, sondern mit weissen Glasperlchen bestickt.

Dasselbe Paar wurde schon vom frühen Nachmittag an im Dancing zum Goldenen Hirschen beobachtet. Es tanzte dicht aneinander geklebt, es liess keinen Tanz aus, nur zweimal ging der Bursche auf den Abort und rang daselbst sein verschwitztes, patschnasses Hemd aus. Das hübsche junge Tanteli zog sein Umhänglein ab und sagte, es könnte seine Bluse auch auswinden. Dies stimmte: die Bluse war weiss, und ihre Brust sah in der nassen Bluse wie ein frischer und sehr schöner Gipsabguss aus.

Spät nach Mitternacht, wohl gegen zwei des Morgens, wurde sodann dasselbe Paar in einer vornehmen alten Vorstadt beobachtet. Es rüttelte an der Tür einer Garage. Allein die Garage war verschlossen, und der wackere Bursche versuchte vergebens, in halsbrecherischer Kletterei durch einen schmalen Luftschlitz in der Seitenwand hineinzugelangen. Die zwei mussten unverrichteter Dinge abziehen.

Um vier Uhr früh, vierundzwanzig Stunden nach dem ersten Trommelrasseln des Morgenstreichs, hing vor dem Parkgitter eines der vornehmsten Sandsteinschlösser Basels ein altes Tanteli mit dem süssesten wärmsten jüngsten Gesicht am Mund eines derben, gutmütigen Cowboys und küsste ihn zum letztenmal. Dann schlüpfte die reizende Gestalt durchs Portal, und der Bursche machte sich vor dem plötzlich lautwerdenden Hundegekläff, den jäh aufblitzenden Lichtern und mehreren leisen, aber unglaublich scharfen Stimmen davon.

Margot aber, seit ihrem Ausflug an den Morgenstreich, ist verloren für den Lebensstil des Vornehmseins durch Kühle. Sie ist nicht mehr kalt zu bringen. Ihr Mund ist immerzu der reizendste Tummelplatz entzückender Lächeln und Lachen und wird zeitlebens nie hart und fühllos werden können; ihre Augen, je unbewachter und verträumter sie ist, werden immerzu umso feuchter und glänzender; und ihre Wangen wollen gleichfalls die ein wenig müde Weisse nicht mehr ganz erlangen; immer wallt beim kleinsten Lachen ein Hauch Rot darüber, von sehr verschiedener Tiefe und Dunkelheit, je nach dem Gespräch oder ihren Gedanken.

Und erst ihre Sprache...

Letzthin im Garten sah sie vom Lesen auf; sie hatte irgendeinen Nachmittags-Uhrenschlag im Ohr; sie fragte ihren Papa ganz traumverloren, statt: «Was fir Zyt isch, Bappe?» – auf die abgehackte Weise wildester Basler Stämme: «Was Zyt isch, hö?» – und ihr Vater sagte leise zu ihr, auch vom Lesen aufblickend:

«Dies noch einmal, liebe Margot, und ich schlage dich mit unserem Regulator tot.»

Aber schon am Tag drauf, beim Mittagessen, warf sie ihre Familie beinahe von den Stühlen, als sie von einem Film behauptete, er sei zweesch:

«Das isch doch e zweesche Film!» lobte sie – ein Wort, das bestenfalls zu erklären ist aus z'weg oder fein zu Wege.

Und endlich war da unlängst eine Teegesellschaft bei ihr zu Hause, eine Damengesellschaft, und geredet wurde von einer jungen Tänzerin, und voll Begeisterung jauchzte Margot über deren Gestalt:

«Und was isch sie fir e fyne schmale Wurf!»; und alles sass versteinert.»

DIE LETZTEN BASLER FÄHRENGESCHICHTEN

ERSTE ÜBERFAHRT

An einem wolkenlosen Sommerabend hob auf dem Vorderteil einer Basler Rheinfähre der Fährmann die Hand gegen die sinkende Sonne, dass sie ihn nicht blendete, und starrte kopfschüttelnd in eine Gasse hinauf. Er winkte alsbald ein paar Fahrgästen aus dem Schiffsinnern, und nun hielten die alle auch die Hände gegen das blendende Gold und schüttelten alle miteinander die Köpfe.

Es war Ende Juni, die Zeit der Zügleten. Vor einem Kleinbasler Haus war ein vierrädriger Handwagen vorgefahren; unter dem Kommando einer aufgebrachten Frau schafften ein Mann und zwei unerwachsene Burschen Möbel aus dem Haus und biegen sie auf das Wägelchen; die Frau holte auch einiges Zeug; hauptsächlich aber fuchtelte sie; nichts war ihr recht getan; ihr scharfes Geschrei zerriss ab und zu deutlich die Luft. Aber während das Wägelchen mit den drei Mannsbildern nun abfuhr und sie erst recht hinter ihm drein schimpfte, schob sich über ihr aus einem Fenster des ersten Stockes eine Basler Fahne heraus, entrollte sich lautlos und schwebte sanft frohlockend über ihr, lange Zeit, ohne dass sie es merkte. Darauf merkte sie es, hob die Faust und schimpfte an dem Haus hinauf. Da gingen auch die Sonnenläden im zweiten Stock ein wenig auseinander, und eine andere Fahnenspitze tauchte auf, und eine Schweizer Fahne entfaltete sich farbenfroh. Nun kannte der Zorn der ausziehenden Frau keine Grenzen; er gellte, dass das Echo schallte. Siehe – jetzt rollte sich auch noch aus dem Mansardenfenster des Nebenhauses eine endlose zweizipflige Fahne stillschweigend über die Hauswand hinunter, rot und weiss, eine Baselbieter Flagge; und binnen fünf Minuten prangten Haus und Nebenhäuser in besonntem Flaggenschmuck wie an grossen Festtagen; und unter ihrem Farbenglanz musste die Frau ihr Gerümpel heraustragen.

Der Fährmann und die Schiffsgäste vergassen ganz die Überfahrt. Ein Sankt-Galler verlangte schliesslich aber doch, übergeführt zu werden, setzte sich auf die Bank, schüttelte trocken missbilligend den Kopf und sagte:

«Die Basler mögen Vorzüge haben – Gemüt haben sie keins.»

Nun wurde natürlich abgestossen; und auf der ganzen Überfahrt, ja noch auf der Rückfahrt wurde die Frage erörtert, ob die Basler Gemüt hätten.

Zuerst liess sich ein grossmächtiger junger Mensch vernehmen in aufgeknöpftem Hemdkragen und schief gegen die Sonne sitzendem Franzosenkäpplein. Er gab sich alsbald als Künstler zu erkennen und steuerte zu der Frage die Geschichte von der nächtlichen Heimsuchung bei.

Die Geschichte von der nächtlichen Heimsuchung

«In tiefer Winternacht», so begann er, «strielten wir – eine Schar ausgelassener Maler und Bildhauer – einst durch die tiefen Schneestrassen unserer Stadt; und immer hatten wir dabei in einiger Entfernung ein fremdes Männlein auf unsern Fersen, einen Homunkulus, ein zu kurz geratenes Nichts, ein schmächtiges, geringfügiges Kerlchen, das offenbar seine Lust darein setzte, hinter uns tollen Burschen herzuziehen und sich an unsern Taten zu ergötzen, als wären es seine eigenen, nie gewagten. Denn immer, wenn wir meisterlose Bande ein Auto zum Anhalten brachten, indem wir in einer Kette Arm in Arm auf seine Scheinwerfer losmarschierten und dann den Inhaber um Feuer für unsere Zigaretten baten – oder wenn wir uns in eine leere Verkehrskanzel schwangen und daraus nach allen Seiten Ansprachen an das Baslervolk hielten – oder vor erhellten Fenstern Ständchen sangen und den erstaunt Auftauchenden zu diamantenen Hochzeiten, Ernennungen zu Vereinspräsidenten und Geburten von Zwillingen und Drillingen gratulierten – immer kam das Männlein fast aus dem Häuschen vor Lustigkeit, es trat hingerissen von einem Bein aufs andere, oft schnell und immer schneller, es lachte hell meckernd mit zurückgebogener Kehle voll Dankbarkeit über die Gasse her – und schliesslich trat es strahlend und ausser sich vor Glück auf uns zu und sagte, indem es an Händen ergriff, was in der Nähe herumging:

«Ihr Schlangenweissgler, ihr glatten, jetzt kommt ihr aber noch auf ein Käfeli zu mir!»

Er führte uns an wie ein winziger Dresseur eine Elefantenreihe, stolz nahm er Schritte weit über sein Mass hinaus, er hielt sogar eine Hand wichtigtuerisch auf dem Rücken und plauderte freundlich und ausgelassen mit uns. Seine Küche, unterm Dach eines Altstadthauses gelegen, war sauber; wir brauten zusammen einen Kaffee darin – er hätte Tote erweckt. Damit drangen wir ins Wohnzimmer; es war noch warm wie ein Backofen; die Stube war an allen Ecken und Enden buntscheckig gepolstert mit gestrickten, gehäkelten und gestickten Kissen; das Männlein hatte also eine Frau und diese keine Kinder; es war auch alles zu ordentlich aufgeräumt für eine Kinderwelt. Wir liessen uns in all die Sitzpolster auf Kanapee und Boden sinken; unser Wirt verteilte mit freundlicher Aufgeregtheit Waffeln; seine Stirn glänzte vor Eifer und Zugeneigtheit.

Draussen über die tiefverschneiten Dächer schlug es heimelig Mitternacht. Wir tranken den Kaffee aus, er bäumte uns geradewegs auf; einer aus unserer Mitte, ein Bildhauer, sagte zu dem Männlein:

«Der Kaffee war recht. Was hast du noch, Dänni?»

Dänni oder Daniel war der Vorname des Mannes. Er hatte es uns auf der Treppe mitgeteilt.

Eben ruhte er sich, beide Hände auf dem Rücken, freundlich blickend am grünen Kachelofen aus. Er antwortete alsbald munter:

«Ja, ihr Burschen, ich hätte noch ein paar Flaschen Neuenburger im Keller, zwei oder drei — suche aber immerzu umsonst den Schlüssel in der Küche. Weiss der Kuckuck, wo ihn meine Frau vernestet hat.»

«Wein?» riefen wir aus einem Mund. «Und du willst ihn uns vorenthalten? Pfui, Dänni! Das hätten wir nicht von dir gedacht.»

Er lachte von Herzen und sagte:

«Ich wäre für euch sogar über die Kellertüre geklettert, wenn nicht die Latten alles abschlössen.»

«Hol jetzt eine Zange und einen Schraubenzieher», sprachen wir, «und zeig uns deine Kellertür, das Weitere überlass getrost uns.»

«Aufbrechen?» fragte das Männlein und sah uns eine Weile ganz betroffen an; es hatte ein winziges Igelgesichtlein mit bleicher Haut, aufgestülptem Näschen und klaren, dunklen, herztief-gesunden Augen.

«Nein, das geht nun doch nicht», sprach es und schüttelte bedenklich den Kopf.

Aber es musste mit in die Küche marschieren und uns den Werkzeugkasten ausliefern, es musste mit in die Kellertiefe hinab; auf der untersten Stiege lachte es ängstlich und verrückt mit heraufgezogenen Schultern über unsere Tollkühnheit. Die Kellertüre machte nur krixkrax, dann war sie schon aus den Angeln. Der Wein lag in dichtverstaubten Flaschen unter der Weinhürde, es waren drei Flaschen, «Cortaillod» entzifferten wir drauf; das Männlein hatte sie von Verwandten seiner Frau aus jener Gegend. Als es oben in seinem Wohnzimmer die Flaschen öffnete, schüttelte es mehrere Male den Kopf, ungläubig und unsere Bedenkenlosigkeit bewundernd. Es war aber doch über Stirn und Schläfen ganz bleich und sichtlich aufgeregt; ich merkte es an seinem Atemholen; es bekam eine Weile gar nicht mehr genug Luft vor lauter Ungewohntem.

Der Wein schäumte, er perlte und warf Sterne, soviel wir wollten. Es ging eine Weile hoch her. Wir suchten im Zimmer umher nach dem Radio, aber Dänni hatte es zur Ausbesserung weggegeben.

Indes – Musik musste doch sein. Dänni gestand auf inquisitorisches Befragen kleinlaut lächelnd, dass er das Klavier dort in der abgeschrägten Ecke spiele; es war schwarz lackiert, und messingene Streifchen bildeten unerhörte Verzierungen in seinem schimmernden Holz; er hatte es von seiner ehemaligen Herrschaft geerbt; er war früher Gärtner gewesen; jetzt war er in einer chemischen Fabrik Laborant.

Er wurde auf den Klavierstuhl genötigt und spielte erst das «Munotglöcklein», dann den «Letzten Postillon vom St. Gotthard». Zu letzterem Lied musste er singen, wir wollten es nicht anders haben. Sein Spiel klang dünn und sein Gesang dazu zittrig wie fernes Pferdegewieher; wir konnten mit dem Lachen kaum mehr an uns halten. Als er fertig war, drehte er sich mit herzlicher Gespanntheit gegen uns, er hatte ganz grosse Augen vor forschender Lust.

«Man muss zu dir kommen, Dänni», sagte einer von uns, «um zu lernen, was Musik ist.»

«Diese Tastenbehandlung», sprach ein anderer. «Bist du nie öffentlich aufgetreten? Hast du darauf verzichtet? Und wenn ja, warum, Dänni?»

«So habe ich mir immer den jungen Schiller am Klavier vorgestellt», sagte ich Schafskopf.

Dänni sah bestürzt in das schwarze Blinken seines Klavierholzes und sprach:

«Ich sehe, es hat euch nicht gefallen. Ich sagte euch ja: ich spiele nur mittelmässig. Aber trinkt! Trinkt!»

«Trinken?» riefen wir. «Was nur? Es ist ausgetrunken.»
«Ausgetrunken?» Er fragte es wie aus einem Traum.

Einer von uns aber, ein bekannter Maler, lag mit der Achsel am Tischbein, hatte die purpurrote Sammetdecke vom Tisch halb hinter den Rücken gezogen und redete aus seinem Dämmer herauf also:

«Du bist ein edler Mensch, Dänni, auch wenn du jetzt keinen Wein mehr hast. Du hast uns von der Gasse aufgelesen und gespeist und getränkt. Du wirst auch gewusst haben, wen du bei dir aufgenommen hast. Aus der Zeitung oder so.»

«Nein», antwortete Dänni erschreckt.

«Nun», fuhr der Maler fort, «es sind dicke Leute unter uns, ganz dicke. Er zum Beispiel hat das bronzene Standbild da und da gemacht; ich persönlich hange mit drei Bildern im Kunstmuseum; aus seinem Kopf stammen die Fresken dort und dort. Du weisst jetzt, wen du bei dir hast. Und du hast deine Sache auch recht gemacht. Nur: wenn du wieder mal jemanden einlädst, Dänni, dann tu's doch erst, wenn du ein wenig mehr auf der Hand hast. Nicht dass die Gäste noch lange Umstände haben mit der Kellertür. Ich sage es dir aus Freundschaft. Wenn wir uns wieder begegnen, schenke ich dir ein Bild von mir. Du bist unser Freund von nun an, gelt, Dänni. Aber du musst es dir merken.»

Der kleine Chemiearbeiter hatte, immer noch auf seinem emporgedrehten Klavierstuhl sitzend, mit gesenkten Blicken zugehört; bei den Tadelsvoten schuldbewusst und -beladen, bei den Worten der Freundschaft durch all seinen Kummer hindurch leise verklärt und beseligt und mit seinen Fussspitzen baumelnd, die den Boden nicht erreichten.

Er schwieg jetzt, sah vor sich nieder und tat während langer Zeit nichts, als dass er immerzu behutsam die vornübergesunkenen nassen Haare aus der Stirn zu seinem Bürstenschnitt aufstrich.

Auf einmal hob er mit einem tapfern Ruck seine klaren tiefbraunen Augen, sah uns alle an und sprach mit seinem kleinen, vergrämten Gesicht:

«So unzufrieden sollt ihr aber nicht von mir gehn. Verhängt mal das Licht! Das Schönste kommt nämlich erst.»

Uns erfasste ein Schreck, er wolle uns etwa noch ein paar Karten- oder Zauberkunststücke zum besten geben.

Allein er hiess uns, nachdem er in der Kommode eine Taschenlampe gefunden, mit einer Miene froher, leise verlegener Feierlichkeit uns erheben und mäuschenstill sein, legte das Ohr zärtlich an eine verschlossene Tür, öffnete sie und führte uns in die Dunkelheit eines warm verhangenen, kleinen, behaglichen Schlafzimmers. Noch zitterte der matte Goldschein der Taschenlampe einen Augenblick unentschieden auf der Bettvorlage und an den Bettfüssen umher, dann hob er sich und umstrahlte gedämpfter Dännis Frau, die bis an die Ohren zugedeckt im Bett lag und schlief. Sie hatte ein lustiges Schlafgesicht: Sie lauschte mit offenem Mund auf irgend etwas amüsant Spannendes, ihre Nase war heiter, ein wenig aufgeknickt wie die Dännis, ein Schübel blonder Haare hing ihr bis auf die Nasenwurzel und gab ihr etwas Gaminehaftes, obwohl sie die Dreissigerjahre längst begonnen hatte; durch die geschlossenen Lider schimmerte ein helles Blau. Dänni hatte uns sein Höchstes geschenkt – einen Blick auf seine Frau.

Wir standen eine Weile im Halbdunkel in der Haltung staunender Hirten bei einer Weihnachtskrippe. Erst hielt Dänni seine Augen gesenkt. Schliesslich hob er sie scheu fragend zu uns empor, und wir nickten ihm alle leise unsere Bewunderung zu; manche runzelten geradezu die Stirn vor Bewunderung. Darauf dieselten wir zusammen wieder hinaus.

Unter der Haustür legte Dänni dem grössten von uns die Hand auf die Schulter und sagte:

«Und nun offen heraus mit der Sprache: Habt ihr wieder einmal etwas Unvergessliches gesehen, ihr Hungerleider? Ja oder nein?»

«Dänni», antworteten wir, «so etwas erlebt unsereins nicht jeden Tag. Trotz aller Berühmtheit und aller Modelle. Du bist glücklicher als wir.»

Er war es. Er nickte. Er war ausser sich vor Freude. Er blickte uns weithin nach, langgereckt vor Stolz, als wir die Mantelkragen aufschlugen und in die Winternacht davonzottelten.»

Kaum hatte so der mächtige lange und schwere Künstler geendet, so rappelte sich sein kleiner Genosse auf, der ebenso faul wie der grosse auf dem Fährebänklein in der Sonne gehangen hatte, schob sein rundes, abgeschabtes Künstlerhütlein gleichfalls ein bisschen schräger; denn die tiefe Sonne spiegelte ihm immer greller aus dem Wasser unter die Hutkrempe, und er unterstützte seinen Gesellen alsbald durch die Geschichte von der Werkhütte.

Die Geschichte von der Werkhütte

«Zwischen der Stadt Basel und einem wilden Dörflein schiesst ein wildes Flüsslein in den Rhein; das zerfrisst nach jedem Wolkenbruch und Unwetter mit gelben Überschwemmungen Äcker und Heiden und ferggt Baumstämme, Schlittenkufen, tote Hunde und Hühner in rauhen Mengen aus seinen kalkigen Waldbergen herab. An seinen Ufern hin struppt sich dichter Schlehdornwald – schlohweiss im Frühling, dunkelgrün im Sommer und kohlenschwarz im Winter; der ist noch in Rufweite vom Dorf so undurchdringlich und wirr, dass aufrecht kein Mensch hineingelangt, sondern nur tiefgebückt oder auf allen Vieren gesetzloses Volk durch die Schlupfgänge ein- und ausgroppelt, Tagediebe, Verfolgte, Verstossene, Menschenscheue.

Da hinein hatten Arbeiter eine Werkzeughütte gestellt, als sie Schwellen in den ungestümen Fluss setzten; und als die Hütte wieder abgebrochen werden sollte, kaufte sie für ein geringes Geld mein Freund, der Maler und Mosaikensetzer N. Hier draussen warf ihm das Wasser nach jedem Gewitter die verschiedenfarbigsten Steingeschiebe ans Ufer; er spaltete sie, ohne dass sein scharfes Gehämmer jemanden störte; auf einem Brettertisch setzte er aus den schimmernden Würfelchen seine schönen Mosaike zusammen. Im Sandwinkel der Hütte, neben dem Bretterboden, stand der Spaltstock; darein hatte er ein Dengeleisen gesetzt; auf dessen zugespitzter Schärfe zerteilte er die Brocken. – Zum Wohnen allerdings taugte die Hütte nicht; mein Freund hauste mit seiner jungen Frau im Dorf.

Er schloss jedesmal beim Heimgehen die Tür ab. Aber nach einer frostigen Regennacht zu Herbstende bemerkte er trotzdem, dass jemand im Sandwinkel übernachtet hatte. Er roch es; roch er es wirklich? Er witterte es; er schoss herum und entdeckte im Sand Fingerspuren; eine Hand hatte nachts eine Schlafmulde gegraben und hatte sie am Morgen wieder verstrichen; die Fingerspuren waren nicht die feinen einer Frau; es waren die kräftigen eines Mannes. Kein Mann verträgt die Nähe eines unsichtbaren Mannes; er wird rasend; er mag um alles in der Welt keinen allzu nahen Mann erschnüffeln; mein Freund war aus dem Häuschen; seine Hütte, seine Arbeit stank nach dem fremden Kerl; er hätte den Bretterbau auf den ersten Hieb hin schier gar anzünden (oder doch wenigstens ausräuchern) mögen.

Er durchstöberte ihn innen und aussen. Das Türschloss war unbeschädigt. Er stieg auf den Brettertisch und untersuchte das Klappfenster im Dach. Dies hatte er von innen abzuriegeln vergessen: Der fremde Gast war übers Dach hereingelangt.

Es war ein kalter Morgen. Mein Freund verfeuerte in seinem Eisenöfelein Bretterspriesslinge, die ihm die Arbeiter zurückgelassen hatten. Mittags trat er wütend in den Nebel hinaus und schüttelte sich sogleich vor Kälte. Der Nebel setzte sich augenblicks auf Mantelärmel und Mütze und gefror; er sah alsbald aus wie feiner Schneckenschleim. Beim Essen erzählte er zornig seiner Frau alles. Sie wohnten über dem steilen Absturz ins Flüsslein. Seine Frau sah über den warmgedeckten Tisch in die Nebelweisse hinaus und sagte:

«Willst du ihn wirklich hinausschmeissen die nächste Nacht? Lass ihn doch noch einmal.»

Er schoss bolzgrad auf. Vielleicht war der Unverschämte ein Dieb oder gar... erst gestern hatte der Dorfpolizist am Wachthäuslein, unter dem Vordach hinter den fünf Säulen, ein gelbes Plakat angeschlagen mit der Beschreibung eines Bankräubers.

«So ein Bankräuber», hielt ihm seine Frau entgegen, «wird gescheitere Verstecke finden als deine Bude.»

«Und dann die Mordversuche an Juwelieren.»

«Auch für Juwelendiebe bedeutet deine Werkhütte vielleicht nicht ausgerechnet das Ende der Welt. Wie für dich.»

Abends liess mein Freund wahrhaftig das Dachfenster nach ein paar Anläufen hin und her offen. Der Kerl aus der Wildnis schlief abermals bei ihm. Fast noch sorgfältiger hatte er den Spaltstock wieder hingestellt, wo er abends gestanden, und den Sand genauso anzuhäufeln gesucht, wie er ihn getroffen, ehe er sich darein gebuddelt. Mein Freund stand lange vor der Schlafstätte. Halb

193

kochte er vor Wut, halb rührten ihn die gerippelten Sandstellen, die die fremden Hände aufgehäuft.

Am nächsten Mittagstisch zeigte ihm seine Frau zwei alte Wolldecken, die sie in einer Truhe gefunden hatte; sie stammten noch von den Eltern her. Mein Freund rief:

«Was – dem verfluchten Einbrecher auch noch Decken hinaustragen?»

Er nahm sie dann mit und legte sie in den Sand.

Am andern Morgen lag ein silberner Männerring auf den Decken, schwer getrieben, die grosse Scheibe daran fein ziseliert. Er passte meinem Freund just an den Ringfinger. Einer der unlängst bestohlenen Juweliere erklärte noch am gleichen Tag, der Ring stamme aus keinem der Diebsgüter, sei auch nicht viel wert; es sei eine Arbeit, wie sie arabische Silberschmiede fertigten und wie sie nur in Nordafrika und Vorderasien von Eingeborenen getragen würde.

Mein Freund schüttelte den Kopf und liess nach längerer Rücksprache mit seiner Frau zu seinem Hüttenschlüssel ein Doppel machen; der Einstieg durch das Dachfenster, sagte er, gefährde jedesmal das darunterliegende Mosaik.

Er hängte den Nachschlüssel an einem Faden über die Schlafstätte. Am andern Tag war der Schlüssel weg. Mein Freund verschloss jetzt das Dachfenster wieder; der Unbekannte suchte durch die Türe seine Schlafstätte auf.

Als es immer noch kälter wurde, fragten sich mein Freund und seine Frau, ob sie dem Nachtvogel einen ihrer zwei Schlafsäcke hinauslegen sollten. Sie wollten aber doch eigentlich erst wissen, mit wem sie es zu tun hatten, und erwarteten den Gast in einer Winternacht in dem Atelier. Sie hatten aber Licht brennen, und der Fremde kam nicht.

Mein Freund wartete also ein paar Abende später allein auf ihn im Dunkel bis gegen Mitternacht. Allein solang er in der Hütte sass, kam niemand. Trotzdem schleppte mein Freund eines Tages, als es immer noch kälter wurde, seinen Schlafsack hinaus.

Er lag wochenlang unangerührt in seiner Ecke. Mein Freund merkte es daran, dass er sanft verstaubte. Als aber Mitte Dezember Stein und Bein gefror, wurde er eines Nachts doch benutzt. Des andern Morgens schimmerte ein messingnes Zigarrenetui darauf, von eingeritzten Arabesken und Blumenmustern überzogen.

Mein Freund füllte es mit Zigaretten; seine Frau band ein rotes Seidenbändelchen kreuzweise darum wie um ein Geschenklein – so hängten sie es über die Lagerstätte – es blieb so hangen, unangerührt – der Fremde nahm seine Gabe nicht zurück. Schliesslich stellte sie mein Freund offen auf seinen Tisch neben die Mosaike – jetzt rauchte der Schlafgänger jede Nacht ein paar Zigaretten daraus. Mitte Dezember brach sich die Kälte, Weststürme trieben schwärzliche Wolkenmeere über die französischen Ebenen in unsere Waldberge, es regnete tage- und nächtelang, dass es prasselte, das Flüsslein lief tobend über, vom Morgen früh bis abends spät fischten die ärmeren Dorfbewohner mit langen Stangen und mit Widerhaken an Stricken das Treibgut aus den gelben Wellenbergen; auch da oben in der Einöde und Wildnis fischte allerlei Volk – eines Morgens lag in der Hütte, neben das Öfelchen geschichtet, ein Berg Treibholz, das für einen Monat reichte.

Mein Freund strich während des Hochwassers ein paarmal flussauf und -ab, ob er wohl seinen Schlafgänger unterscheide. Allein aus dem wilden, gelb-schwärzlichen Volk zuckte keiner mit der Wimper, wenn er sich vorbeitrieb; jede Nacht aber vergrösserte sich die Beige, sie stieg im hintern Winkel bis unters Dach – und als das Hochwasser zerrann, wurde jede Nacht ein Teil des Holzes gespalten mit dem Beil, womit mein Mosaikensetzer seinen Bauspriesslingen zu Leibe rückte. Mein Freund sah denn auch oft von seiner hochhangenden Wohnung aus des Nachts spät ein dünnes Licht unter seinem gläsernen Hüttendach brennen. Auf Weihnachten wollte des Künstlers Frau aus der Hinterlassenschaft ihres Vaters gleich einen ganzen Packen Wollsocken, Unterkleider, Taschentücher und dazu Gutzi hinaustragen. Ihr Mann wehrte ihrem Ungestüm; sie legten gelegentlich ein Paar Socken, einmal drei Taschentücher, ein andermal ein Leibchen und ein paar geflickte warme Unterhosen in den Schlafsack; immer aber über die ganze Zeit und auch im neuen Jahr boten sie in einem geflochtenen Körbchen dem scheuen Unsichtbaren bald Orangen, bald Zitronen, bald ein paar Feigen oder Datteln an, und er genoss davon immer einiges wenige.

Er schien übrigens die Steinchensetzerei mit Interesse zu verfolgen. Denn eines Morgens lagen auf dem Arbeitstisch des Mosaikmachers ein paar Steinbrocken, deren seltene tiefe schöne Farben meinem Freund vor Vergnügen das Blut in die Schläfe trieben.

Dieser pflegte seine selteneren Steine weit in der Runde in Felsbrüchen zusammenzusuchen. Wo jedoch diese herrlichen Farbsteine gewachsen waren, wusste er nicht. Er zeigte sie einem Lehrer; dieser nannte nach einigem Besinnen entlegene elsässische oder burgundische Steinbrüche.

Mein Freund arbeitete damals an einem Doppelporträt seiner selbst und seiner Frau, und er erreichte mit den fremden Steinen darin so erlesene Wirkungen, dass seine Kollegen sein Werk mit Neid bestaunten.

Schliesslich begann der Nachtgast auch noch seine Geschenksteine auf dem Dengeleisen zu Würfeln zu zerkleinern, was bei Kerzenlicht gewiss nicht einfach war; mein Freund zerschlug sich die Finger dabei am hellichten Tag. Das Porträt wuchs. Die beiden Gesichter, vor bläulichen Hintergründen, sahen, braun, breit und gesund das des Mannes, weisslich, fein, schmal und von überaus seltener, vornehmer Schönheit das der Frau, von dem Brett empor, worauf sie, erst in weichen Ton gebannt, in lockern, ineinanderspielenden Steinchen gefügt und immer neu gefügt wurden – ein Stoss, eine unachtsame Bewegung konnte in einer Sekunde das einzigartige Werk zerstören.

Es war jetzt Ende Januar, die Zeit der wärmeren Regenstürme vorbei, nun wurde es kalt wie noch nie in diesem Winter. Eisige Luft füllte alle Täler und rührte sich nicht. Hochnebel schwebten unzerreissbar in tiefer Gräue über den Gegenden, kein Sonnenstrahl erwärmte die Abgründe, mit jeder der entsetzlich kalten Nächte gefror mehr: Wasser, Feldkrume, Sand, Äste – aus allen Wildnissen rückten die Vagabunden, Kunden, Ausgestossenen näher an die Stadt; um jeden Feldschuppen und jedes Gartenhäuschen setzten die erbittertsten Kämpfe ein unter den Gesellen.

Eines Nachts läutete der Dorfpolizist im Vorbeirennen an meines Freundes Hausglocke Sturm: Draussen um die Hütte, schrie er, tobe ein Kampf – Schüsse seien gefallen – der Polizist habe seine zwei jungen Gehilfen mit ihrer Meute Hunde vorausgehetzt – mein Freund jagte alsbald, für sein Werk an allen Gliedern zitternd, durch die eisige Stockdunkelheit nach. Indem er lief, lohte an der Hüttenecke rot ein Feuerschwall in die Höhe – allein während er an einer Nagelfluhwand hinab über eine Steinstiege mehr flog als tappte, erspähte er auch schon eine dunkle Gestalt vor der Glutwolke, die hin- und herrannte, hörte Geschrei, hörte hintereinander drei Schüsse in die Gebüsche pfeifen, die dunkle Gestalt stand und feuerte sie dicht aufeinander; dann rannte sie wieder, warf sich gegen das Feuer, warf etwas ins Feuer – die Flammenwolke sank zusammen, loderte noch einmal in die Höhe, versank –, mein Freund kam ausser Atem mit dem Polizisten zusammen an seiner Hütte an. Die Tür war abgeschlossen; eben vorher hatte sie im Feuerschein noch offengestanden; der Künstler hatte es genau gesehen – während die Polizeihunde fern drüben im Gestrüpp wütend Feinde verbellten, schloss mein Freund in heisser Herzensangst auf.

Sein Mosaik war unversehrt. Einen Augenblick wusste er sich nicht zu helfen vor Freude. Dann gewahrte er im Sandwinkel eine Blutlache; siebenmal lief eine Blutspur aus dem Sand durch die Tür und ums Haus herum zum Feuer; an der Hüttenecke war es angezündet worden. Der Brand war mit Sand aus der Hütte überdeckt und ausgelöscht; im Sand war Blut; ein Blutender hatte siebenmal Sand über das Feuer geworfen.

Jetzt erst entdeckte mein Freund, dass die Dachfenster samt und sonders zerschlagen waren; ihre Splitter waren aber nicht senkrecht auf sein Mosaik hinuntergeregnet, sie waren als Mordwaffen in den Sandwinkel geschleudert worden. Ein mächtiger Glasfetzen musste den Hüttenverteidiger, musste seinen unbekannten Schlafgänger getroffen haben; die schärfste Glaszacke war einen halben Finger lang in Blut getaucht. Der Mann im Sandwinkel hinwiederum hatte vier Schüsse ins Hüttendach gejagt; damit hatte er die Angreifer offenbar verscheucht. Getroffen hatte er niemanden; es gab keinerlei Blutspur auf dem Dach. Das Feuer war in einem zweiten heimtückischen Angriff aus Rache gelegt worden. Der Verwundete hatte es gelöscht. Drauf hatte er sich davongemacht.

Mit der Taschenlampe liefen mein Freund und der Polizist der Blutspur nach. Sie führte stracks ans Flüsslein und hinein. Der geheimnisvolle Schlafgänger hatte sich übers Wasser in ein Land mit andern Kantonsfarben geflüchtet; dort drüben hatte der Polizist nichts zu suchen.

Noch standen sie am Wasser; noch rief mein Freund seinen Dank hinüber ins lautlose Dunkel, flehte den Fremden um seine Rückkunft an; er wollte ihm ja helfen –

Da nahten Getapp, Gebell, Laternengeblend. Aus dem Weissdornwald brachten Polizisten und Hunde ein Rudel lichtscheuer Gesellen geschleppt, völlig betrunkenes Gesindel – mein Freund warf einen Blick auf sie und erblasste: Ihrer jeder hätte mit dem ersten Hineinplumpsen oder Hineinschwanken in die Hütte seinen Tisch umgestossen, sein geliebtes Werk zerstört – er wandte sich aufs neue zum Fluss und schrie hinüber:

«Komm! Hallo! Du! Komm wieder! Komm doch! Komm bitte!»

Es blieb still drüben.

Vor der Hütte aber wurden alsbald die fuselgefüllten Kundi verhört; sinnlos betrunken gestanden sie ihr bisschen Angriff auf die Hütte.

Ob sie den Verteidiger kennten?

Erst herrschte eine Weile trotzige Stille, dann zorn-dusseliges Schwanken. Dann sagte einer:

«Es war der Fremdenlegionär.» Und die andern nickten mit wutroten Augen drein.

– Was für eine Bewandtnis hatte es mit dem?

– Er war ein Kundi wie sie, nichts Besseres. Ein ehemaliger Fremdenlegionär, ein verbissener Einzelgänger. Er bezog von Frankreich eine winzige Pension. Davon lebte er den Sommer über um das Dorf herum. Erst der Winter trieb ihn in den wärmern Mittag Frankreichs. Mit jedem Frühling kam er zurück; er stammte ja aus der Gegend, aus der Stadt drüben, aus Basel. Er hatte einst ein blutjunges, schönes Ding geliebt im Dorf; die hatte ihn schnöd betrogen – aber nach seinen indochinesischen und nordafrikanischen Legionsjahren kam er dennoch immer wieder hier herauf. Sie lebte noch hier – verheiratet, ein böses, unzufriedenes Weibsbild, aber mit einem Abglanz ihrer einstigen Mädchenschönheit beschenkt. Er traf sie nie. Er lag im Schlehdorn und betrachtete ihr Lotterhäuschen. Jeden Monat einmal holte er in Frankreich seine Pension ab.

Die gefangenen Kerle waren straffällig: wegen Einbruchsversuchs, wegen Tätlichkeit mit Körperverletzung und wegen Brandstiftung. Ob sie das einsähen? – Ja.

Es sollte aber drüber hinweggegangen werden und sie von der Stelle weg entlassen, wenn sie sich verpflichteten, die Hütte mit dem anfälligen Mosaikwerk zu meiden, ein für allemal. Dies versprachen sie und trollten sich.

Es war so kalt in jenen Tagen, dass der Zement gefror, womit mein Freund die hundert und hundert funkelnden Steine zusammenbinden wollte. Das Werk ruhte. Eines Morgens aber, da er sich voll Sehnsucht danach hinausmachte in die Wildnis und aufschloss: da hatte jemand in der Nacht unter ihrer beider Bildnisse, die zart Schulter vor Schulter aus dem Steinteppiche blickten, da hatte jemand – aus Steinwürfelchen auch er – einen kleinen Zweig behutsam unter die zwei schönen Gesichter hingelegt, aus zwei Blättern nur bestehend; die lösten sich sacht aus dem Ästchen, und ganz hell waren ihre Ränder, Kalkkristalle bildeten sie, drauf kam ein Saum dunkelgrüner Serpentine, dunkelgrün war auch die Blattrippe, hellgrüner Stein sodann füllte die Flächen; in einem Oval endlich aus einfachen dunkelgrauen Kalkwürfelchen stand darunter das Wort: Merci, die kleinen Buchstaben aus Kalksteinchen, das grosse M aber mit fünf honiggelben Bernsteinkugeln mehr angelegt als ausgeschrieben, mit Bernsteinkugeln von Traubenbeerengrösse; sie stammten – so wurde festgestellt – aus einem teuren muselmanischen Rosenkranz. Der Schlüssel zur Hütte aber fehlte. Der Fremdling hatte ihn mitgenommen. Er wird also wiederkehren. Und diesmal wird er meinem Freund nicht entgehen. Das schwört er. Und meint, er werde an ihm einen Freund zu seinen Freunden gewinnen, seinen seltsamsten, meint er; er scheint sogar zu meinen: seinen besten.»

So berichtete der zweite Künstler.

Eine junge Arbeiterin aber, die mit aufmerksamen dunkelbraunen Augen gespannt zugehört hatte, bat, einen dritten Fall vorlegen zu dürfen und eine Frage dranzuknüpfen – und bei dieser letztern Wendung errötete sie sehr. Ihre Geschichte hiess die Geschichte von dem Rotschwänzchennest.

Die Geschichte von dem Rotschwänzchennest

«Um halb zwölf des Mittags, bei Fabrikschluss», so berichtete sie, «schritt unter vielen andern Arbeitern ein junger Eisendreher über den Hof einer Fabrik, hinter dem Badischen Bahnhof, auf seinen Veloständer zu. Er drückte sich im Hinschreiten eine Zigarette zurecht, zündete sie an und blickte wieder auf – da sah er mit grau-braun gespreizten Flügeln und rostrotem, gefächertem Schwanz ein Gartenrotschwänzchen mit einem Schnabel voll Heuhalmen unter den Sattel seines Velos flattern und drin verschwinden. Er zog die Augenbrauen verdutzt in die Höhe, bückte sich in einiger Entfernung vom Ständer und sah, dass das Rotschwänzlein in den Federn seines Sattels und auf dem Velogestäng ein Nest halb fertiggebaut hatte den Vormittag über.

Der Arbeiter richtete sich wieder auf, lachte, kratzte sich mit dem Nagel seines Mittelfingers am Hinterkopf und fragte, über und über rot werdend, seine Kollegen, was er jetzt tun solle.

Ein paar wussten auch nicht, was sie anfangen würden; einer anerbot sich – wenn der Besitzer es nicht über sich bringe –, das Nest auf der Stelle mit dem Zeigefinger herauszuhäkeln. Der Arbeiter konnte sich nicht entschliessen, jenen gewähren zu lassen; er stand höchst verlegen, er nahm die glühende Zigarette aus dem Mund, drehte sie und betrachtete sie missmutig – schliesslich machte er verzweifelt mit bitterbösem Gesicht kehrt und trat zu Fuss den Heimweg an.

An der Strassenecke vorn, vor den Unterführungen des Badischen Bahnhofs, wartete ihm auf ihrem Velo eine junge Arbeiterin, sein Schatz. Sie fragte ihn, mit einem Fuss sich auf den Randstein stützend:

«Was ist mit deinem Göppel? Heute morgen hast du ihn doch noch gehabt?»

Er schilderte ihr in einigem Unmut sein Missgeschick, und sie sank von ihrem Sattel auf beide gespreizten Beine und sagte:

«Du willst aber doch dein Velo nicht so lang im Rechen stehenlassen? Bist du nicht bei Trost? Tschumpeln, wenn man einen Stuhl hat, bei der Hitze? Doch!»

Sie ging nun zu Fuss neben ihm her, er stiess ihr das Rad, er stiess es verlegen am Sattel; am Nachmittag, vor Arbeitsbeginn, ziemlich viel vorher, kauerte er hinter seinem Velo und spähte unter den Ledersitz. Männchen wie Weibchen des Rotschwanzpärchens bauten um die Wette; beide schienen toll vor Freude und Aufregung; das Merkwürdigste war, dass sie in ihrer Nistlust den Arbeiter kaum sahen oder denn ihn voll unsinniger Herzensbegeisterung in seiner grauen Mütze und seinem grauen Kleid und mit seinen grau-blauen Augen zum vornherein für einen unbedingten Freund hielten.

Der Arbeiter seufzte. Als seine Kollegen kamen, bat er:

«Macht ein wenig doucement beim Einstellen, hä – nicht dass die Rechen rütteln – wir wollen sie nicht verscheuchen.»

Nach Feierabend sprach sein Mädchen zu ihm:

«Ich kann heut abend nicht zu Fuss mit dir heim. Du weisst, wie ich immer pressiert bin. Ich muss noch eine Bluse fertigmachen. Die schwarze. Solang es hell ist. Du hast es ja gewusst. Nichts für ungut, hä? Tschau. Wenn dir nicht mehr dran liegt, am Heimfahren mit mir.» – Und fuhr ab.

Der Arbeiter stand an der Strassenecke. Ein älterer Kollege fuhr noch vorbei; der hatte seine gebogene Pfeife im Mund, fuhr schön langsam und regelmässig, tripptrapp, paffte auch schön langsam und regelmässig Räuchlein um Räuchlein empor, pfipfpfupf! Es war, als treibe der Pfeifenkopf die ganze Maschine. Der junge Arbeiter wusste, dass der ältere ein Freund der Natur war; er hielt ihn ziemlich verstört an und fragte:

«Wie lang meinst du, dass die Rotschwänzchen brüten – und dann... bis sie flügge sind?»

«Rechne für das Brüten einmal fünfzehn Tage», erklärte der Mann, «und dann nachher nochmals zwölf, bis dir alle ab der Haube gehn.»

«Und wann wird das Weibchen legen?»

«Bald, wenn sie so verrückt bauen. Denen ist ein fixfertiges Nest irgendwo zerstört worden oder gestohlen – von Spatzen –, drum geht's derart überstürzt und kopflos zu.»

«Fünfzehn und zwölf Tage und einen... vier Wochen! Das muss mir passieren. Ist das nicht ein Bruch? Hä?»

«Es geht auch vorbei.»

«Du würdest sie nicht herausangeln?»

«Ich könnte es nicht. Nein.»

«Ja. Ich auch nicht. Es ist ein Bruch, hä? Jetzt bei dem Sonnenbrand tippeln. Und so. Aber sie wieder herausreissen da unter dem Sattel –»

Am nächsten Morgen war das Nest fertig. Der Arbeiter besah es zu Werkbeginn; das Rotschwanz-Männlein umflog ihn dabei zornig piepend; das Weiblein sass auf dem Nest, flickerlete den Rand fröhlich und zuversichtlich hoch und dicht und sah den Arbeiter da draussen in seiner tiefen Kniebeuge nur sehr zerstreut und nebenbei an; der Arbeiter merkte: Es hatte gar keine Zeit und Gedanken für ihn; also war er schier gar nicht vorhanden.

Am Mittag sagte ihm sein Schatz:

«Ich weiss nicht, wo meinen Kopf hinstecken in der Fabrik, so genier' ich mich. Alle wissen es schon wegen deines Velos und lachen sich den Ranzen voll über so einen Spinnbruder.»

Nach der Mittagspause ging der Arbeiter abermals früher zu den Velorechen und dachte: Jetzt reisse ich das Nest doch aus dem Sattel. Ich habe ja keine Ahnung gehabt, dass das Emmy die Sache mit den Vögelein so scharf auffasst. Es ist schliesslich doch das Emmy. Ich hab' es doch gern.

Er kam also ganz laut und patschig gegangen. Da sass aber das Rotschwanz-Weibchen so merkwürdig breit auf dem Velogestäng, rupfte sich am Bauch Federchen um Federchen aus, plüschte oder sammte damit das Nest ganz daunenweich; das Männchen sass neben ihm; es schrie den Arbeiter bereits nicht mehr an; es rutschte nur unruhig vom Weibchen weg und zu ihm zurück; schliesslich blieb es mutig neben dem Weibchen sitzen und mass nur scharf über dessen Nacken und Flügel hin den aufdringlichen Beobachter.

Als die andern Arbeiter kamen, sagte der junge:

«Wollen wir wetten, dass das Weibchen bis am Feierabend auf dem ersten Eilein sitzt?»

Die Arbeiter standen eine Weile und werweissten, wieviel Eier die Rotschwänzchen bekämen und wie sie aussähen; einer wollte gar wissen, dass das Männchen um die Wette mit dem Weibchen brüte. Eine verheiratete Arbeiterin, die eben mit stotzigen Armen ihr Velo auch in den Rechen lupfte, rief:

«Ihr würdet gescheiter eure eigenen Jungen besser brüten helfen daheim, als da so ein Gschyss zu machen mit dem Federvieh.»

Nach Feierabend sass das Weibchen wirklich im Nest, tief zärtlich warm hineingeduckt; sein Köpflein lag im Dunkel des Sattelschattens; noch viel dunkler sahen seine Äuglein aus dem Schatten, wie schwarze Glaskügelchen mit einem winzigen Lichtkörnchen; ausdruckslos wie Glas oder völlig abwesend starrten sie.

Ein verheirateter Kollege sagte zu dem jungen Arbeiter:

«Du hast Pech gehabt. Aber nun... Schau, ich hab' da eine Federspule. Wir spannen sie noch schnell oben an die Gittertür zum Velohof, dass das Gatter immer schliesst – sonst weiss ich nicht... mit den Katzen...»

Sie spannten die Feder. Die Gittertür war mannshoch und so auch der Drahthag um den Velostand. Über einen derartigen Drahthag kletterte keine Katze. Der junge Arbeiter war vergnügt und glücklich, bis er zur Strassenecke vor den Unterführungen kam. Sein Schatz war ohne ein Wort weg.

Am andern Tage sagte sie zu ihm:

«Meinst du, ich habe nicht gesehen, wie du noch die Drahtfeder angebracht hast und mich warten lassen? So sind wir dann nicht, dass wir das nötig haben: auf dich warten.»

Er entgegnete:

«Sprich jetzt grad heraus, Emmy: willst du immer noch, dass ich das Nest herausreisse – das Weiblein hat schon seine Federchen an der Brust ausgerupft und das Bettlein für die Eier damit gepolstert und sitzt jetzt wahrscheinlich bereits auf dem ersten Eilein. Möchtest du das?»

«Es gilt dir mehr, das Nest mit dem Dings drin, als ich, gelt? Sag's nur. Alles dreht sich um das Nest. Dass ich mich schäme deinetwegen... Ich will doch keine derartige Gemütsunke zum Mann, die sich nicht einmal gegen ein paar Vögelein zur Wehr setzen kann... ich will einen Mann mit Haaren auf den Zähnen, dass du es weisst... der sich für mich wehren kann.»

«Ich könnte vielleicht das Velo von meiner Schwester haben, dass wir wieder zusammen heimfahren können, Emmy», schlug er vor. «Sie hat nicht so weit zur Arbeit. Sie...»

«Komm mir nicht auf der ihrer alten Geiss. Doch. Das auch noch. Du auf der ihrem Damenvelo. Dass alles vor Lachen platzt über uns zwei Komiker.»

Am Nachmittag, vor halb zwei, fütterte das Vogelmännchen dem Vogelweibchen einen riesigen grünen Heugumper. Der Arbeiter hätte nie gedacht, dass jemand einen so ungefügen zappligen Heuschreck-Gesellen so lieb und zärtlich und ritterlich-zuvorkommend servieren könne, oder jemand ihn so reizend und manierlich schnabulieren. Er lachte ein paarmal am Nachmittag.

Abends fuhr Emmy wieder sang- und klanglos weg, und ein frecher, wilder Kerl aus der Fabrik fuhr ihr mit seinem Rad nach. Sie sagte aber voller Wut zu ihm:

«Hau ab. Du fehlst mir gerade noch, jawohl. Wo ich sonst schon den Kopf voll habe wegen dem Dudli.»

Ihr Schatz führte sie am andern Morgen zum Nestlein. Sie wollte nicht kommen. Er fasste sie aber am Handgelenk, nachdem sie ihr Velo in den Ständer gehoben, und zog sie zu seinem Rad.

«Schau!»

Die Vögel waren weg, sie sassen auf dem Wellblech des Ständerdachs; in ihrer Nestmulde aber lagen jetzt drei Eilein, weisslich und ein wenig grösser als eine grosse Walderdbeere, und auf ihrem angsthaft-hauchdünnen Porzellan trugen sie einen wunderzarten bläulichen Schein.

«Jetzt sag, Emmy.»

«Du bist ein – ich weiss nicht was!» rief sie zornig. «Jetzt muss ich auch noch hinstehen und das Geschmeiss anschauen. Dabei bin ich fast nicht eingeschlafen die Nacht deinetwegen. Ich fang mir an Gedanken zu machen, ob ein solcher Sporenpeter wie du ein Mädchen überhaupt recht einzig und allein liebhaben kann.»

Indem kam der alte Mann mit dem lustigen Pfupf-pfupf-Pfeifchen und brachte einen Zweig dicht voll roter, reifer Himbeeren. Er hängte ihn ins Ständergestreb und sagte:

«Es nimmt mich doch wunder, was dran wahr ist – ob die Käferfresser wirklich während der Brutzeit auch Beeren futtern. Wart, ich muss sie mehr in die Sonne hängen, sonst glänzen sie ihnen nicht in die Augen.»

Sie gingen nur ein paar Schritte weg, die drei, da stürzte sich das Ehepärlein schon auf die Beeren und pickte sie wie Bratenstücklein.

«Ich will ihnen auch von unserm Holder bringen», sagte der Bursche.

«Steckgrind!» sagte das Mädchen zu ihm.

«Wie wird es mir einmal mit deinem Grindli gehen, du! Wenn du nie nachgibst.»

In den nächsten Tagen wurden es sieben Eilein; der Bursche sah, wie das Männchen das Weibchen geradewegs von den Eiern trieb und sich selber drauf schnuggerlete; ein andermal trieb das Weibchen das Männchen weg. Das Mädchen fuhr dem Burschen auf seinem Rad jetzt meistens fort; es hatte ein paarmal verweinte Augen; einmal sagte eine Arbeiterin zu ihm:

«Solang er keine ärgern Querköpfereien zeigt als die – er ist doch sonst nicht ungeschickt. Es muss doch jeder sein Steckenpferd haben von den Männern – hast du das noch nicht gewusst?»

«Ich habe immer gemeint, sie müssten uns ganz allein gehören. Das versprechen sie einem doch.»

«Pfeifendeckel. Ihr Herz hängt immer an irgendeinem andern Sächelchen viel mehr als an uns. So sind sie. Es spinnt jeder irgendwie. Es sind eben keine Frauen.»

Von jetzt an wartete ihm das Mädchen doch wieder von Zeit zu Zeit.

Einmal brachte er ihr die Eierschalen des ersten ausgeschlüpften Vögeleins. Er hatte sie unter dem Velo gefunden. Noch war sein Mädchen zornig und schleuderte sie weg. Die zweiten Eierschalen zerdrückte sie und warf sie ihm an die Nase. Die dritten blies sie ihm über die Handflächen ins Gesicht. Die vierten nahm sie zwischen die Zähne und probierte sie; es liefen noch Spuren von ganz feinen, blutroten Äderchen an der Innenwand. Die fünften behielt sie in der Hand, solang sie zusammen heimmarschierten; erst vor ihrem Haus legte sie sie ganz heiss und verschwitzt fein subtil in seine Hand. Die sechsten, da er in der dunklen Unterführung sie ihr gab, liess sie in den Ausschnitt ihrer Bluse gleiten und sagte böse:

«Damit mir auch Federchen wachsen auf der Brust und ich mir sie ausrupfen kann für meine Kinder, wenn ich einmal kriege.»

«Meine? Sag ruhig: unsere.»

«Das ist noch lange nicht ausgemacht. Ich muss mir sehr überlegen, ob ich so ein Kuriosum wie dich zum Vater meiner Kinder machen will.»

Sie arbeitete an einem der Hoffenster. Die Fenster standen den Tag über alle offen. Ob die Arbeiterin wollte oder nicht, sie blickte über ihrer Hände flinker Arbeit hin immerzu auf die Veloständer. Und wiederum, ob sie wollte oder nicht, musste sie einen Morgen lang und einen Nachmittag lang zählen, wie viele Schnäbel voll ihren sieben Jungen Rotschwanz und Rotschwänzin eintrügen. Es waren zweihundertsiebenundsiebzig Trageten. Am Abend gab er ihr richtig die Schalen vom letzten Eilein. Sie trugen sie zusammen in ihren verschlungenen Händen heim. Und nun frage ich: «Hätte sie die Hände so mit ihm verschlingen sollen, der ihr so Mannigfaltiges wegen der Vögelein angetan?»

«Aber ja», riefen alle. «Wer fremde Brut so hegt, wird die eigene noch hundertmal herzlicher hegen.»

Die Arbeiterin errötete vor Freude. Das sah der Fährmann und sprach:

«An mir hätte die Arbeiterin dann allerdings einen noch gescheitern Schatz gefunden: ich hätte die Tierlein nisten lassen – und wäre trotzdem auf dem Velo fröhlich mit ihr heimgefahren: und wenn die Vögelein Rassetierlein gewesen wären, so wären sie mir mit ihren Würmlein im Schnabel einenweg nachgekommen und hätten die Brut gefüttert. Oder nicht?»

«Pfui!» rief das Mädchen. «Jetzt erst sehe ich, was ein Grobian ist und was ein – ein –»

«Ein Feinian, hä?» sprach der Fährmann.

Darüber aber, über diesem Erzählen, war die Fähre einmal hin und einmal her über den Rhein gefahren, und die meisten Leute waren drin sitzen geblieben und hatten den Geschichten zugehört.

Als sie aber nun ans alte Ufer wieder anlegten, da sahen sie gerade, wie von den ausziehenden Leuten da oben der Vater und die zwei Buben mit dem leeren Handwagen in die beflaggte Gasse zurückkehrten – und stillstanden – und mit offenen Mündern die Fahnen betrachteten – und begriffen – und der Mann sich am Gartengeländer hielt und nicht wusste, wohin sehen, und ganz weiss ward – und die Buben sich beide nebeneinander auf den Wagen setzten und die Köpfe senkten und heulten und mit den Fäusten in den Augen wühlten – und nur die Schöpfe schüttelten, als die böse Frau sie gleich wieder ansang. Aber indem sie noch weinten und der Mann sich noch kreideweiss an den Geländerstäbchen hielt, siehe! da rollte sich lautlos eine Fahne nach der andern ein und zog sich mitsamt der goldenen Fahnenspitze über ihrem Elend lautlos in den Dämmer des Hauses zurück.

Da erst glaubte der Sankt-Galler, der auch noch einmal mitgefahren war, dass die Basler Gemüt hätten.

ZWEITE ÜBERFAHRT

«Was machen denn die Knirpse dort oben auf der Strasse mit ihren Wasserkesseln und dem Wägelein?»

Ein alter Herr fragte es, als er über einen Fähresteg im sonnigsten Kleinbasel an einem warmen Juniabend in ein Fähreschifflein stieg, und wies mit dem Daumen über seine Achsel zurück.

Es war in der Nacht dort oben unter dem Strassenteer eine Wasserleitung geplatzt, die Leute in den Häusern links und rechts waren seit der Frühe ohne einen Tropfen Nass – die Zwerglein aber aus der ersten und zweiten Primarklasse zapften aus einem aufgesteckten Hydranten seit Stunden schon Wasser, trugen es von Wohnung zu Wohnung und boten es mit den arglosesten Gesichtern den verzweifelten Hausfrauen zum Geschenk an.

«'s koschtet denn nüt, Sie dörfe's bhalte.» Und massen es aus wie Milch. «Sie müen is nüt derfür zahle.» Und herbsteten auf diese zarte Andeutung hin Fünferli und Zehnerli und Orangen und Zwanzgerli – sie gingen fast in die Lüfte vor Glück.

Die ganze Fähre sah ihnen eine Zeitlang zu, wie sie jedesmal das Geld zählten und verteilten, wenn sie aus einem Haus kamen, und von selber geriet alles ins Plaudern und Berichten über die Kühnheit, womit die heutige Jugend von vier- bis vierundzwanzig sich ihren Anteil am Volkseinkommen zu sichern begann. Einer der Fahrgäste lächelte auf den Stockzähnen und hub die Geschichte von der Degustation an.

Die Geschichte von der Degustation

«Alljährlich im April springen in Basel die Pforten der Mustermesse auf, und ein Fahnenmeer mit allen schönen Farben der Welt wirbelt über unserer Stadt, die Polizisten sitzen an Lautsprechern auf den Dächern der Tramstationen und treiben die Tausende und Tausende, die jeder Extrazug ausschüttet, im Laufschritt in die Strassenbahnzüge für die Mustermesse. Ist jemand mit kleinen Kindern behaftet, darf er sie dort gleich in ein Kinderparadies abschieben für den ganzen Tag, die allerschönsten Kindergärtnerinnen beugen sich über sie zwischen Resslirytten, Gygampfenen, Tramp-Auteli, Dreirädervelos und Rutschbahnen – japanische Sträucher mit schmalen Blättern und weiss-roten Blütenröschen umfächern Kinder und Gärtnerinnen – die Mütter sagen zu den Kindern, wenn sie sie abgeben: «So gut möcht ich's haben wie ihr hier einen Tag lang» – und rennen davon in die Modeausstellungen, die Väter trennen sich auch schwer von dem Paradies, weniger wegen ihrer Sprösslinge als wegen der lieblichen Fräulein, die wie Schutzengel aus den Kindern leuchten.

Das jüngste dieser Fräulein Kindergärtnerinnen hiess das letzte Jahr Dorli, mit einem weichen D, fast aber hätt' ich's Torli genannt – denn es war ein kleiner Tor, eitel bis über die Ohren, weil es so jung schon, als Seminaristin nach dem ersten Ausbildungsjahr schon, ins Kinderparadies der Mustermesse hatte einziehen dürfen, mit einem Tagesverdienst von über zwanzig Franken und einer Karte erst noch für freien Dauereintritt.

Sie zückte ihr Täschlein beim Eintritt am ersten Tag wie eine Filmdiva und zückte draus ihre Mitarbeiterkarte und streckte sie dem arbeitslosen Lümmel in der Wächteruniform am Messeeingang hin, so schnippisch, so ganz von oben herab, so dass er merken musste, ob er wollte oder nicht, mit wem er es zu tun habe, nicht mit irgendeiner bedeutungslosen Besucherin, sondern mit jemand Höherem, mit jemand Wichtigem, mit jemandem vom Leiterstab.

Es gab – sie sah es mit flinken Augen – Rudel solcher arbeitsloser Rüpel in allen Hallen und Eingängen, die in Uniformen gesteckt worden waren, um während der kurzen Traumzeit der Messe doch auch ihr Scherflein zu verdienen und nicht hungern zu müssen – für viele von ihnen war es geradezu schade, dass nichts aus ihnen geworden war – Dorli sagte es sich alsbald – und dass sie so als Gelegenheitsarbeiter von Veranstaltung zu Veranstaltung sich durchlungern mussten.

Insbesondere der Gesell am Eingang machte ihr in Gedanken zu schaffen. Als sie ihm am nächsten Morgen ihre Zutrittskarte wieder unter die Nase hielt, verächtlich, gnädig, hoheitsvoll, da wagte es der Frechling, die Karte wohl eine Viertelsminute in der Hand zu behalten und sie sorgfältig zu studieren, und dabei standen ihr Name und ihre Adresse drauf.

«Ihren Vornamen hab' ich immer geliebt», sagte er. «Dorothee. Hm.»

Sie entriss ihm die Karte und rauschte in ihren Kindergarten. Sie sah wohl, dass er den Tag über durch die Glaswände immer wieder zu ihr hinüberäugte; sie sah es sogar sehr gut; ihre Augen fuhren von selber immer wieder in seine Gegend; sie hasste ihre blöden Augen geradezu; aber sobald sie einmal nicht scharf auf sie aufpasste, zuckten sie wieder hinüber. Manchmal hob sich der Bursche sogar auf die Zehenspitzen, um über die Häupter der Herandrängenden in ihr Blütenparadies zu sperbern. Nachmittags hatte er noch näher bei ihr Dienst, in der weiten Halle, woraus die Treppen ins erste Stockwerk stiegen.

Er war ein grosser, schlanker Kerl von blitzender Schwärze, breitschultrig, schmalhüftig, mit Haaren wie Kohle und Augen wie

Kohle und – am frühen Morgen wenigstens – einer ganz weissen Gesichtshaut fast ohne eine Spur Rot. Nachmittags (scharf waren ihre Augen wenigstens, wenn sie noch so dumm taten) wurden seine Wangen und sein Kinn ebenfalls schwärzlich, offenbar fehlte es ihm an Zeit, sich ein zweitesmal zu rasieren; es war ein dünneres Schwarz, aber es beunruhigte sie nicht weniger als das lohende Schwarz seines amerikanischen Bürstenschnitts. – Sie selber war hellblond über und über, ihr Kraushaar drängte bis tief in die Schläfen, fast schmal erschien ihre Stirn in dem goldfunkelnden Geringel – hellrosig war ihre Haut, blau ihre Augen.

Es kam der dritte Morgen ihres verdienstvollen Daseins – und der schwarze Wächter am Eingang, da sie an ihm vorbeisausen wollte, ohne ihre Karte zu zeigen, denn er kannte sie ja bereits bis und mit ihrem Vornamen – der schwarze Strolch hielt sie an und verlangte ihren Ausweis.

«Wozu, wenn Sie doch –» fuhr sie ihn an, riss die Karte aus dem Täschlein, schwang sie ihm blitzschnell unter der Nase durch, und damit basta. Aber halt! Nichts basta!

«Einen Augenblick!» sagte er. «Wir sind gehalten, Dauerkarten besonders scharf zu prüfen. Da fehlt noch Ihr Geburtsjahr.»

«Wo?»

«Hier auf der Karte.»

Sie, scharf: «Da steht aber gar nichts vorgedruckt.»

«Es fehlt mir aber doch irgendwie.»

«Ihnen fehlt es woanders», zischte sie ihn an.

«Auch das. Seit Sie hier die Welt unsicher machen.»

«Die Welt un –»

«Mich.»

«Sie kommen mir aber gar nicht unsicher vor – im Gegenteil!» – Und ein vernichtender Blick!

Und vierter Morgen: Der Schwarze wieder an der Kontrolle – wieder sein Griff nach ihrer Karte – aber ätsch! diesmal hatte sie die Karte vergessen! «Warten Sie – jawohl! vollkommen vergessen.»

«Da müssen Sie mit mir aufs Personalbüro. Ich schliesse hier so lang.»

«Aufs –. Aber ich bin doch – ich leite doch – Sie wissen doch, was ich zu tun habe – Sie drücken die Nase ja oft genug an die Glaswand des Kindergartens.»

«Kindergarten? Ach richtig – dorthin gehören –. Aber jetzt müssen wir doch zusammen ins Büro wandern. Unsere erste gemeinsame Frühlingswanderung.»

Danke sehr, hier hatte sie ja die Karte im Täschchen – sie hatte sie gar nicht vergessen!

«Darf ich sehen? Sie wohnen weit von mir weg.»

«Das will ich hoffen!» erwiderte sie verachtungsvoll.

«Um so schöner wäre es, wenn ich Sie einmal heimbegleiten dürfte – so weit – vor die Stadt.»

«Sie und ich?» sagte sie. «Sie haben eine ausschweifende Phantasie.» Nickte und war hinter ihrem Glas geborgen, und drehte sich sofort und sah nach ihm, und alles zitterte an ihr vor Unzufriedenheit mit sich selbst und einer Art niegefühlten grässlichen Hungers – wonach? nach ihm? «Pfui – ach ich Dummes, nach wem denn sonst?»

Es fiel ihr auf, dass all das junge Wächtervolk in den Nachmittagsstunden müd und in den Abendstunden erschöpft dreinsah. Nicht nur ihre sprossenden Bärte waren daran schuld, die Burschen waren offenbar das endlose Stehen nicht gewohnt, vormittags vier Stunden an den Eingängen, nachmittags vier Stunden in den Hallen unter Auskunftgeben und Wachehalten, nachts bei jedem unvorhergesehenen Ereignis, oft in beissender Regenkälte, im Freien um die Hallen. Es gab Kerle, die schon um fünf Uhr abends kaum mehr Auskunft zu geben vermochten – ihrem Schwärzling las sie durch die Glaswand vom Mund ab, wie er einem Fragenden, dem tausendsten an jenem Tag, antwortete: «Dort rechts!» und mit der Hand linkshin zeigte und kaum mehr die Augen offenzuhalten vermochte.

Es war auch in das strahlende Eröffnungswetter hinein ein Aprillenkälte-Einbruch scheusslichster Art gepfiffen. Die jungen Wächter an den Toren hatten Dienstmäntel ausgeteilt bekommen und zitterten mit blauen Gesichtern darin. Aber auch durch die Eingangshalle neben ihrem glasgeschirmten Paradies flutete die kalte Luft und trieben Wolken Schnees, die Frauen hielten ihre Hüte fest, ihre Mäntel flogen; den Männern, die sich einen Stumpen anzünden wollten, wurden nicht bloss die Zündhölzer, es wurden ihnen auch die Feuerzeuge ausgeblasen.

Um fünf Uhr nachmittags pochte ein Kollege ihres schwarzen

Widersachers an die Glaswand, als Dorli eben wieder dampfende Schokolade für einen neuen Kinderkreis braute; er deutete mehrere Male mit dem gereckten Daumen in seinen weitaufgesperrten Schlund. Hinter ihm stand, noch einen Schatten bleicher als der Bittende, der schwarze Torhüter und blickte sie völlig verhungert an.

Sie nahm ihren Schokoladekrug und ein Tässlein, witschte in den Durchzug hinaus und servierte dem Bittsteller drei Tässlein. Reizender hatte sie nie irgend etwas serviert, es geschah alles in der Luft, in den Lüften, schwebend; sie spürte selber prickelnd, dass sie sich noch nie anmutiger bewegt hatte, sie wunderte sich über sich selber; die Zugluft tat das Ihrige, aus ihrem Kindergärtnerinnenkopf einen allerfröhlichsten, verwirrten Windstosskopf zu frisieren, mit fliegenden Locken, einen hellgoldnen lachenden Schlingelskopf, der Sturm blies auch auf der einen Seite, auf Lee, ihr Frühlingskleid so weit von ihr weg, als er konnte, auf Luv aber drückte er es aus allen Kräften fein eng an sie.

Der andere, ihr Schwarzer, stand ein wenig abseits, er schluckte vor Gier, aber er sah sie nur an, versuchte sie stolz anzulächeln, sagte kein Wort – gut, so lächelte sie eben stolz an ihm vorüber und entschwebte.

«Fräulein», rief der Getränkte hinter ihr drein, «und mein Kollege hier? Kriegt der nichts? Er hätte es so nötig wie ich.»

«Er hat ja einen Mund, es zu sagen», rief sie, öffnete die Glastür aufs eleganteste mit Ellbogen und Schulter und schwang sich um den Glasflügel in ihren Brutkasten. Sie war bleich vor Schmerz. Er, der Böse, Wilde, Schwarze, hatte ihren Kakao verschmäht – und sie war herzlos gegen ihn gewesen – voll Jammer, voll Reue, voll Tränen in den Augen beugte sie sich in ihre Kinder – aber den Kopf zog es ihr doch noch einmal gegen die Glaswand: da stand er dicht dran, sie zwinkerte und zwinkerte die Tränen aus ihren Augen, aber sie täuschte sich nicht, er war es und machte mit den Händen bitte-bitte!

Ach, wie schnell hatte sie ihr Schokolade-Krügli wieder voll, hatte ein neues Tässlein bereit, zögerte noch ein wenig über einem Kinderkopf, bis sie die Nässe alle aus den Augen gezwinkert hatte. Aber dann –

Aber dann, als sie vor ihrer Tür stand mit dampfendem Töpflein und spiegelnder Kindertasse, war ihr... ihr Bursch eben von einem Polizisten zu Hilfe gerufen worden. Im obern Stockwerk, in der sogenannten Degustation, wo die Weine zum Versuchen ausgeschenkt wurden, teils umsonst, teils fast umsonst, musste ein Überseliger abtransportiert werden. Dorli stand, starrte, wie die zwei den Koloss voll süssen Safts die Treppe herunter und durch die windsausende Halle lotsten.

Da sagte eine wüste, rauhe Weiberstimme neben ihr: «Verschwind du mit deinem Gaggo – Mannen brauchen Kraftnahrung!»

Und aus fünf, sechs Kehlen in nächster Nähe brach ein gellendes Gelächter, die Sprecherin riss die Kindergartentür auf und schob Dorli zusamt ihrem klappernden Schokoladenservicechen hinein – als die sich aber voll Zorn umdrehte, sah sie, wie die Schar aufgeputzter Dinger bereits im Aufstieg zur Degustation begriffen war, wie sie gleich auf der Treppe heruntertorkelnde Mannsbilder anblinzelten, anredeten, von diesen wie Notanker ergriffen und eifrig fortgezogen wurden – und wie sich die übrigen in den Weinstuben oben forschend nach weitern Opfern umsahen und sich zutunlich zu Einsamen gesellten.

Dorlis Herz klopfte, ihre Knie bebten. Sie war bisher mit dem Laster noch nie persönlich zusammengestossen – nur in Büchern, wo es sich weniger gottverlassen illusionslos hart dargestellt hatte.

Nachts träumte ihr gar, ihr junger, schwarzer Gegner werde auf ebenderselben Treppe von einem Rudel dieser Männerjägerinnen angefallen, sie zerrten ihm das Hemd vor der Brust auf und wollten ihm das Herz aus dem Leib reissen – sie erwachte mit einem Schrei.

Und tags darauf, um halb sechs abends, geschah tatsächlich Ähnliches. Sie hatte nach fünf Uhr den Aufstieg zur Degustation nicht aus den Augen gelassen. Von dieser Zeit an zogen die weiblichen Raubvögel einzeln oder in kleinen Scharen die Treppe hinauf. Dorlis Bedränger hatte seinen Wachtposten zu Füssen der Stiege. Und es ging keins der Mädchen oder Weiber an ihm vorbei, ohne sich nach ihm umzudrehen oder ihm ein Wort zuzuwerfen – ja eine gar, ein schönes, wildes rabenschwarzes Ding, eine Süditalienerin oder Zigeunerin, klein, mit braunem, feingeschnittenem

Gesicht und einem korallenroten Kleid, sie stieg geradezu zurückgewandt die Treppe hinauf, blieb auf einmal stehen, machte kehrt und kam die Stufen wieder herabgeklappert, immer schneller gegen ihn hin und hängte sich mit beiden Händen an seinen Arm und schmiegte ihren Kopf mit dem knisternd schwarzen Rossschweif an seine Schulter und sah zu ihm auf und – er lächelte auf sie hernieder –

Ach, wie fuhr Dorli an ihre Scheibenwand, ach, wie durchbohrte sie das Glas mit ihren Blicken.

Jetzt legte er gar seine feine schmale Rechte auf die der Schwarzen – blitzte einmal zu Dorli herüber – nein, er blitzte nicht zu ihr herüber, er hatte kein Auge mehr für sie, für eine Kindergärtnerin, ein Kind, einen Kindskopf – er sah nur die schwarze Schlange – begann zu traumwandeln mit ihr, wich von seinem Posten, traumwandelte quer durch die Halle her auf den Kindergarten zu, hielt mit der Gefährlichen dicht am Glas an, zwei Spannen weit von Dorli, die ihr Gesicht und ihre Brust ans Glas drückte, nur durch die Scheibe von ihnen getrennt – ach, er war so schön, so gross, so vornehm trotz seiner niedern Herkunft – ach, ob er nun ein armer Wächtersbursch war und Habenichts und Werdenichts: sie liebte ihn, sie liebte nur ihn, sie würde nie einen andern lieben können als diesen schwarzen jungen frechen wilden Menschen, an dem die andere hing mit zurückgeworfenem Kopf, wie ein Vogel an einer Weintraube.

Nun spielte er gar mit ihren braunen Fingern, löste ihre blutroten Krallen spielerisch von seinem Ärmel, eine nach der andern – sie sprachen miteinander – Gott, was sprachen sie wohl? – was wohl anderes als wie und wo und wann sie sich treffen wollten – zur Sünde –

Ach, Kindergarten hin und her und Kinder und Sitte und geistige Überlegenheit – wenn Dorli nicht sterben wollte, nicht an gebrochenem Herzen, in den nächsten Tagen, jetzt gleich – ach, wie die Schwarze mit blitzenden schneeweissen Italienerzähnen ihn jetzt anlachte, wie sie sich gar an ihn drückte –

Dorli sprang zur Tür, stand draussen, stand mit dem Rücken an die Glaswand gepresst, atmete, sah zu den beiden hin, aber er erblickte sie nicht, sie rückte ein Rückchen näher an der Glaswand – auf einmal stand sie vor den beiden, stand vor ihr, der Dunkeln, der Sünderin, der Verführerin, ihre blonden Haare züngelten aus der Stirn auf in lichter Empörung, ihre beiden Hände legte sie auf die zwei Sünderinnenhände, aber noch riss sie sie nicht los, noch sah sie klar, noch wunderte sie sich selbst über ihre völlige geistige Klarheit.

«Fräulein, lassen Sie augenblicks, aber augenblicks Ihre Finger von ihm: es ist das Garstigste, was Sie je getan, ihn zu verderben: einen armen Menschen wie ihn, der nichts hat und nichts ist.»

Die schwarze Fremde sagte:

«Hau ab. Das geht dich schon gar nichts an, gelt du?» Und sie legte jetzt dem jungen Menschen den Arm um die Schulter.

«Aber er hat mir versprochen», rief Dorli, «mich heimzubegleiten heute abend um sechs – mich hier zu erwarten –»

«Verdrück dich jetzt!» riet ihr die Schwarze mit einer unglaublich tiefen bestimmten Italienerstimme. «Sonst –»

«Was sonst? Wir gehen aber miteinander, er und ich», stiess Dorli heraus, «seit langem – wir kennen einander – wir sind so gut wie verlobt.»

Der junge Wächter hatte vornübergebeugt zugehört – interessiert – lächelnd sogar. «Jetzt erinnere ich mich plötzlich wieder», sprach er, «versprochen und verlobt – so gut wie –»

«Wie heisst sie?» examinierte ihn die Schwarze scharf.

«Dorothee.»

«Du liebst sie?»

«Ja.»

«Sag so was das nächstemal eher. My time is money, honey. Ich seh' dich wieder. Ciao!» Und stieg die Treppe hinauf.

Dorli aber sank an die Scheibenwand zurück, sie hob mit dem Handgelenk ihre Haare aus der Stirn und schnaufte, das Herz schlug ihr bis in den Hals zum Zerspringen, eine Weile konnte sie nicht reden vor Glück und Elend. Der junge schöne Mensch fragte sie spöttisch:

«War das an mir eine Seelenrettung wie in der Heilsarmee? Oder war es –?» Und er fasste ihre Hand.

«Eine Seelenrettung», atmete sie, aber sie liess ihm die Hand. «Ich lerne jetzt dann auch Gitarrespielen.»

«Aber vorher darf ich Sie doch noch abholen um sechs und heimbegleiten?»

«Mögen Sie mich abholen? Nach alledem? Mich Hüehndschi? Möchten Sie nicht lieber mit der dort –?»

«Die passt nicht in meine Lebenspläne.»

«Lebenspläne?»

«Ein armer Mensch, der nichts hat und nichts ist – was bleibt dem ausser Plänen? Wollen Sie mir helfen dabei?»

«Ich werde wohl müssen.»

«Und wollen mich trotz all meiner Bedürftigkeit liebhaben?»

«Ich kann gar nicht anders – augenblicklich.»

«Also dann auf sechs. Ich muss weg. Dort zanken sich wieder einmal zwei.»

Um sechs, nach Ladenschluss, erwartete der Bursch in der Uniform unser Dorli. Er sah bleich und überanstrengt aus, aber die Freude brannte in seinen Augen. Sie gaben einander alle Hände, die sie hatten; Dorli schmiegte sich an ihn durch die Hallen bis zum Ausgang, er schob ganz zart und versteckt seinen Arm unter ihren.

«Wie heisst du überhaupt?» fragte sie und drückte sogar ein wenig ihren Kopf an seine Schulter. «Wir sagen einander du, gelt? Komm, gib mir die Hand drauf. Wie heisst du?»

«John Christopher.»

«Wie? John Christopher? Aber das ist ja –»

«Meine Mutter hat es so gewollt.»

«Woher hatte sie denn –? Aus einem Film? Ist sie so eine Kinoläuferin? – Aber sie sind schön, deine zwei Namen. John Christopher. Ich sag' dir immer so. Unabgekürzt. Der Name wird mir sogar zu Hause ein wenig helfen, wenn ich gestehen muss, ich hätte mit einem Wächter aus der Mustermesse Bekanntschaft geschlossen – für immer – ich, eine Kindergärtnerin. Du meinst es doch auch für immer, John Christopher?»

«Für immer, Dorothy.» Er sprach es englisch aus. «Ich sag' dir Dorothy.»

«Das hast du auch aus einem Film. Sogar das th sprichst du englisch aus. Du sitzt wohl gleichfalls viel im Kino, Bürschlein? Das muss jetzt dann besser werden, unter meinem Regime.»

«Oho, Regime!»

«Sparen auf der ganzen Linie, John Christopher. Ich meinen Lohn, du deinen. Dann bringen wir sicher so viel zusammen – mit der Zeit, meine ich – dass du irgendeine Berufsschulung durchmachen kannst. Gelt, ich bin eine schreckliche hausbackene Pädagogin?»

«Du bist genau das, was ich brauche.»

«Sieh, das hab' ich dir doch auf den ersten Blick angemerkt, John Christopher. Zweimal, wie ich von dir träumte, warst du sogar mein kleiner Bub, und ich hatte dich auf dem Schoss und lehrte dich etwas, aber dann wurdest du jedesmal zauberschnell grösser und immer grösser und schwerer –.»

Sie standen jetzt vor den Türen des neuen Messebaus. Die ungeheure Uhr über ihnen tickte mit ihrem Sekundenzeiger, durch ihr schwarzgerahmtes Glasgehäuse leuchtete blau der Himmel, die roten Backsteinwände glommen in der Abendsonne.

«Lieber Gott im Himmel», sagte Dorli, «wie bin ich glücklich. Ich könnte hier an der Mauer hinauf vor Freude bis zum grossen Zeiger und drauf rundum reiten wie eine Hexe.»

«Aber eine schöne.»

«Findest du? Sicher? John Christopher, ich habe einfach Vertrauen zu dir. Gelt, ich bin ein blödes, dummes, einfältiges Ding, was ich alles quatsche. Aber so mit dir – du bist mein erster Schatz, mein allererster – und letzter, wohlverstanden. Und ich? Ihr Burschen aus dem Volk – ich frag' dich lieber nicht – wenn du mich nur liebhast und ich von jetzt an die Einzig-Einzige bin. Willst du das?»

«Ja.»

«Bin ich wirklich ein wenig nett?»

«Du gleichst meiner Mutter, soweit ich sie in Erinnerung habe.»

«Geschieden? Dein Vater und sie? – Das tust du mir aber nie an! Versprochen!»

«Mutter ist durch den Tod von uns geschieden, von Vater und mir – und das tust du mir auch nie an, es ist sehr – sehr –»

«Oh – o weh – oh, John – oh, und ich... Nein, das tun wir einander nie an. Hast du sie immer noch lieb?»

«Ja. – Darf ich dich jetzt nach Hause führen, Dorothy?»

«Bitte, nein, nicht so schnell. Ich möchte mit dir stundenlang – es ist in dir etwas: ich werde nicht satt daran. Ich lass dich vor ein paar Stunden –»

«Vater wartet aber schon die ganze Zeit drüben. Dort.»
«Sapperlot. Wo? Der Plakatankleber mit dem Velo? Du – das entwickelt sich ja rasend. Und wenn er mich mit dem Leiterlein in den Rücken stösst und sagt: Fort! – weil ich ihm seinen Sohn wegschnappe? Bist du am End gar der einzige?»
«Ja. Und du?»
«Ich hab' noch vier Geschwister. Aber ich bin die Älteste. Ist er das dort, dein Vater?»
«Nein.»
«Wo denn?»
«Komm jetzt schnell. Er kann in dem Höllengestürm –»
Denn Tausende und Zehntausende drängten sich immer noch aus der Messe ins Freie. Unsere zwei rannten quer durch den Wirrwarr, er zog sie an der Hand, sie rannten über Gleise, Fussgängerinseln – auf einmal streckte ihr junger Mustermessewärter einem Herrn die Hand hin, der in gewählter heller Frühjahrskleidung an einem allerherrlichsten Auto lehnte, dessen Verdeck zurückgeschlagen war.
«Mein Vater», sagte John Christopher. «Dorothy.»
«Endlich», sagte der Herr fröhlich. «Jeden Tag hat er versprochen, Sie zu bringen – und jeden Tag sind wir zwei kleinlauter heimgefahren. Darf ich mal sehen? Er sagte, Sie seien seiner Mutter aus dem Gesicht geschnitten. Das sind Sie aber nicht – von fern ja – doch – ein bisschen. Ja: ich versteh' nun seinen Kummer all die Tage. – Nur: hinein jetzt! Fahr du, Fräulein Dorothy setzt sich zu dir. Ich komm' bloss mit bis zum Marktplatz; dort hab' ich noch zu tun. Ich lass den Wagen dir.»
Dorli sank hinein, sie hörte den Himmel voller Geigen klingen – sie kam erst wieder zu sich, als sie beide allein aus der Stadt steuerten – das Häuslein ihrer Eltern lag ausserhalb.
«Was bist du denn, John Christopher?» fragte sie. «Und ich Besserwisserin meinte –»
«Medizinstudent. Wir sind alles Studenten, wir Wächter in der Messe. Fast alles.»
«Und ich Dinglein wollte zu dir hinabsteigen...»
«Das machen Engel immer», antwortete John Christopher und hielt den Wagen einen Augenblick an. Es war in einem Wäldchen.»

Und jetzt hätte eine Frau wieder weiter gewusst – aber nein – was sie wusste, war nicht nur zum Lachen – oder sollte sie doch – also denn – so teilte sie in Gottesnamen die Geschichte von der weissen Ratte mit.

Die Geschichte von der weissen Ratte

«Ein heiterer Bruder Luftibus, Schüler der Gewerbeschule, zukünftiger Graphiker und Kunstmaler, der in ein paar Jahren der Welt zeigen wollte, was Malerei des Heute war, ein fröhlicher Wispel, zuversichtlich, selbstsicher, eine lange Latte mit einem Busch schwärzester Haare am obern Ende und dicht darunter einer spitzen Nase und zwei Augen, so dunkelglänzend und schnell wie die eines Buchfinks – er übernahm in den schulfreien Sommermonaten die Ernährung der Versuchsratten im Frauenspital. Die Rattenkäfige befanden sich in einem Gelass halb unter der Erde, sie bedeckten die Wände und zwei Quergestelle mitten durch den weiten Raum, jeder Käfig war numeriert, jede Ratte trug in sich ihre besonderen Keime – darum hatte sich unser Kunstjünger nicht zu bekümmern, ihm oblag einzig, den Ratten so lange etwas zu essen zu geben, als sie noch essen mochten, auf Telefonabruf bestimmte Käfige in die verschiedenen Laboratorien zu bringen und jedes Erlöschen einer Ratte zu melden. Es wurden dann neue in die gereinigten Käfige nachgeliefert, und bei einer dieser Nachlieferungen gelang es dem jungen Kunstmaler, eine überzählige weisse zu verheimlichen und in einem versteckten Käfig unterzubringen, wo ihr keine Gefahr drohte. Er hatte sich aus der Lieferung blitzschnell die jüngste, schönste und weisseste ausgesucht; er hatte durch den Umgang mit seinen Pfleglingen bereits herausgefunden, dass Ratten auch Tiere waren und somit geheimnisvollen Gesetzen unwandelbar folgten, zum Beispiel unbeirrbar nur das taten, was für sie gesund war, anscheinend ohne je einer Versuchung zu unterliegen, und Wärme und Zuneigung sofort mit vornehm gewährter Dankbarkeit erwiderten.

Seine geschmuggelte Ratte hatte rosarote Lider und Augensterne und einen rosaroten Schwanz. Er fragte sich, ob es zu Weiss ein schöneres Rosarot geben könne, und verneinte die Frage. Er fand zudem die Schuppen ihres Schwanzes so fein kunstvoll gelegt, dass ihr Muster nicht vollendeter sein konnte; er fand sein einsames Tier auch überaus beflissen zu jeglicher Sauberkeit. «Es ist alles schön auf der Welt, durch das richtige Vergrösserungsglas gesehen», sagte er sich und begann, seine Ratte zu dressieren.

Sie kannte ihn sofort – er war ihr Ernährer, und was für einer mit seinen Leckerbissen – war ihr Spielkamerad, ein ungeheurer zwar und schrulliger, den sie anfangs nicht ganz verstand – trotzdem liebte sie ihn über kurzem, kletterte an ihm herum, liebte seinen Geruch und seine Wärme, liebte jeden seiner zehn Finger als Spielgenossen, balgte sich vergnügt mit ihnen herum und beherrschte nach wenigen Tagen drei Kunststücke völlig: Männchenmachen, Tot-auf-dem-Rücken-Liegen und Überschlag auf der Erde, und vier weitere einigermassen. Er pfiff dazu, sie pfiff und kletterte in den Erziehungspausen an ihm umher; wenn er nicht pfiff, rauchte er, und die armen kranken verlorenen Mädchen und jungen Weiber im Absonderungshaus über ihm, in den drei Stockwerken über ihm, liessen an Fäden Zettelchen vor seine offenen Kellerfenster hinunter, auf denen geschrieben stand: «Bind uns einen Frosch dran» – sie meinten: eine Zigarette, aber sie hätten das Wort nicht richtig schreiben können – er schickte ihnen durch ihre Luftpost ein Päckchen – drauf kam ein neues Zettelchen: «Bitte noch Feuer – die Vögel haben uns alles abgenommen!» – Und hernach ein drittes: «Du darfst dafür alles von uns wünschen.»

Eines frühen Nachmittags wurde er einmal plötzlich mit drei Käfigen in ein Laboratorium gerufen. Es war zur Zeit der Hundstage und so heiss, dass sogar der Beton seines Kellers schwitzte. Das ganze Spital war still, die Schwestern hatten ihre Ruhezeit und schliefen, alle Türen und Fenster standen offen, um jeden Luftzug zu haschen – auch unser junger Kunstmaler in spe hatte auf seinem Schragen geschlafen – jetzt raste er mit seinen drei klirrenden Käfigen treppauf; und unterwegs, auf den Stufen zum ersten Stock, sprang ihm seine weisse Ratte aus der Tasche seiner Künstlerschürze, worein sie sich während seines Schläfchens aus Zärtlichkeitsbedürfnis verschloffen hatte, und rannte verstört davon. Er stellte seine Käfige hin und rannte ihr nach, pfiff ihr leise, rief ihr – jetzt erst erkannte sie ihn und legte sich auf seinen Befehl steif wie ein Gummitierlein auf den Rücken in einen Gangwinkel – denn mitnehmen ins Laboratorium konnte er sie nicht, ihr Leben war ihm zu teuer; und er wollte sie gleich nachher abholen und in sein unterirdisches Reich tragen.

Aber mit seinen rasselnden Käfigen hatte er eine der abgesonderten Kranken geweckt. Auch in deren Saal standen Tür und Fenster sperrangelweit offen. Sie blickte hinter dem flüchtigen Bruder Leichtfuss her, der mit drei Käfigen in zwei Armen den Gang hinunterhuschte und die hinterste Treppe hinauf – sah die

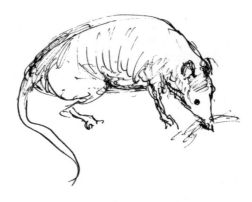

zusammengerollte weisse Serviette auf dem Gangboden liegen – aber die Serviette hatte ja einen Spitzkopf mit einem weissen Schnauz und erst noch vier Beinchen – die Kranke stiess einen gellenden Schrei aus – alle ihre Mitkranken wölbten und krümmten sich in Entsetzen aus dem Schlaf auf – «Eine Ratte!» kreischte es durch die Gänge, ein Glas flog gegen sie, eine Tür wurde gegen sie zugeschmettert. Eben kam der junge Geuggel von einem Rattenbetreuer in Vierstufensätzen die Stiegen herabgefegt. Aber seine weisse Gespielin raste schon kopflos aus den Splittern des

Glases davon, einen dunklen Gang entlang, verschwand um eine Ecke, fünf verzweifelte Schreie klangen aus einem neuen Saal – der Künstlerjüngling schoss hinein, seine Ratte galoppierte drin unter sechs Betten umher, von denen fünf ohne Motorantrieb auf ihren Rädchen hin und her kreuzten, so wild warfen sich die Insassinnen drin umher – Picasso der Zweite, mit einem Hechtsprung, fuhr unter das sechste Bett, das stillstand, und erwischte sein zitterndes Rättelein. «Stellt eure Sirenen ab!» sagte er und richtete sich auf. «Was ist denn los? Eine Ratte mehr oder weniger in der Stube – was? Soll ich wegen eurer blöden Tuterei aus dem Spital fliegen? Was dann mit den Zigaretten?» Er steckte seine Ratte in die Schürzentasche, rückte blitzschnell die fünf verrutschten Betten zurecht und wollte schon flüchten, um nicht von einer Schwester in dem verbotenen Zimmer ertappt zu werden – da, mitten im Satz gegen die Tür hin, fiel sein Blick noch auf das unverrückte sechste Bett. Ein Mädchen von sechzehn oder siebzehn Jahren lag darin, blond, bleich und sah ihn mit müden, aber klarbraunen Augen still und aufmerksam an. Etwas riss ihn im Flug herum, vielleicht die Schönheit, vielleicht die Traurigkeit des hellen, fast unbewegten Gesichts. Er hielt sich am Türpfosten, wandte sich und sagte strafend zu den fünf andern, die immer noch zähneklappernd unter den Leintüchern hervorgückselten:

«Nehmt ein Beispiel an eurer Jüngsten dort – die regt und rodet sich nicht.»

Jetzt krabbelten die Kühnsten ans Tageslicht und riefen:

«Die kann sich auch nicht regen und roden, die ist nur noch halb lebendig, die haben wir nicht mehr lang, die muss jede Nacht ins Einzelzimmer, damit wir nicht eines Morgens noch mehr erschrekken als über die Ratte, wenn sich plötzlich dort hinten nichts mehr rührt.»

«Wieso?» fragte der Jüngling am Türpfosten verblüfft, seine Ratte kletterte ihm aus der Tasche über die Brust auf die Achsel, die bösen Mäuler geussten und verschwanden wieder unter den Tüchern. Die junge Kranke aber schüttelte unter Tränen ein wenig den Kopf, ihre hellblonden Haare schimmerten zart auf, sie hob bittend die Rechte, es war eine feine, helle, unschuldige Hand; sie krümmte leicht die Finger gegen sich, sie winkte sich das Rättlein her.

Er nahm es auf seine Hand, hiess es das Männchen machen und wollte es ebenso elegant gegen sie hintragen wie Bäckerjungen mit einem Schwung einen Gugelhupf – da hörte er oben im Schwesternzimmer die Tür knarren; auf den Zehenspitzen entfloh er, die Ratte immer noch auf der Hand, und entkam unbemerkt.

In der stillen Nacht aber, als Mitternacht verklungen war, schlich er mit seiner Ratte das Haus empor, hörte die Nachtschwester in ihrem Zimmer leis schnarchen, öffnete unhörbar die Tür zum Einzel(sterbe)zimmer und blickte vorsichtig hinein. Die junge blonde Schwerkranke lag genauso, wie sie am Nachmittag gelegen, auf dem Rücken, die Arme neben dem Leib, und sah ihm mit ihren dunkelbraunen Augen ruhig, müd und aufmerksam entgegen. Der Mond war zwar im offenen Fenster nicht mehr zu sehen, allein er warf eben noch einen hellen Lichtfleck auf ihre Knie und Füsse, die sich unter dem Linnen hinzeichneten, und beleuchtete mit seinem

Widerschein unmerklich und weich von unten her ihr Kinn, die feine Nasenspitze und die ruhigen, reinen Bogen über ihren Augen; er erkannte sogar das Gold ihrer Brauen.

Er fragte sie mit der lautlosen Gebärdensprache, die wir für Notfälle alle neben unserer Wortsprache beherrschen, ohne es zu wissen – mit Stirnkrausen und Fingerweisen ins Zimmer hinein fragte er sie, ob er eintreten dürfe. Sie winkte ihm mit den Lidern Gewährung, er schwebte herein, schloss die Tür lautlos – wollte sich auf das Fussende ihres Bettes setzen, aber sie fuhr mit einem so entsetzten leisen Zuck zusammen, dass er spürte, jedes Zittern des Fussbodens schon tat ihr weh. So hob er die Federdecke von ihrem Stuhl auf den Tisch, trug den Stuhl neben ihr Bett und setzte sich dicht neben sie. Dann nahm er die weisse Ratte aus seiner Tasche auf die Hand und liess sie das Männchen und erst noch bitte-bitte! machen. Das Mädchen lächelte, schob ihre Rechte offen her gegen ihn und nahm das Tierlein auf ihre Handfläche. Dieses aber glitt alsbald von ihrer Rechten und schmiegte sich auf ihren linken Unterarm, den sie über ihre Brust gelegt hatte. Die Kranke streichelte es, sie schob das weisse Tierlein sogar wärmer gegen ihre linke Brust, und streichelte es weiter. Dann rührte sie sich schmerzlich und gab das kleine Spielwesen zurück. Aber als sie es schon auf seine Hand abgeladen hatte, umfing sie es noch einmal mit beiden Händen, als möchte sie ihm warmgeben, und löste die Hände unter feinem Streicheln wie widerstrebend von ihm.

«Soll ich jetzt gehen?» flüsterte er.

Sie blickte in den Mondfleck auf ihren Zehen, blickte durchs Fenster in die Nacht, sagte nichts. Schliesslich nickte sie.

«Sie kann aber noch andere Kunststücke, noch viel tollere. Soll sie nicht –? nur grad –?»

«Nein», hauchte sie und hob die Handfläche zu einer kaum sichtbaren Abwehr.

«Aber morgen nacht darf ich wiederkommen?» bat er.

«Morgen?» fragte sie, sann und zog das Leintuch um ihre Schulter, als friere sie. «Morgen...»

«Doch», sagte er. «Sie leben morgen noch.»

Als er in der nächsten Nacht wieder zu ihr geflogen kam – denn er schwebte und flatterte mehr über die Stufen empor, als dass er sie berührte – sah sie ihn nicht an, obwohl sie nicht schlief, sie versuchte sogar den Kopf ein wenig wegzudrehen. Dennoch setzte er sich neben ihr Bett und sprach:

«Sehen Sie – wie ich sagte –» (Er unterschlug: «Sie leben noch.»)

«Ich wollte nicht.»

«Mein kleiner weisser Tausendsassa möchte Ihnen aber noch drei unerhörte Sachen zeigen.»

Sie versuchte, reglos wie eine Steingestalt zu liegen, aber sie konnte nicht, das Leintuch über ihrer Brust hob sich ein wenig vor Atemnot; er sah sie zum erstenmal atmen. Der Mondschein auf ihrem Bett lag heut nacht um die Verzögerung einer Nacht noch auf ihrem Schoss und ihren Oberschenkeln, und er sah sie deutlicher durch die Mondnähe: sie senkte langsam den Blick ihrer braunen Augen auf das Stücklein freien Bettraum, wo die Ratte gestern vorgespielt hatte; und er liess seine kleine Artistin drauf Fässlidrohlen (wie ein Fässlein rollen), dann über den Kopf purzeln, dann sich dreimal in freier Luft überschlagen.

Das Mädchen stiess vor Überraschung und Hinneigung zu dem Tierchen einen kleinen Ruf aus und wollte es abermals streicheln. Aber es schnüffelte sich eben ihrem Leib entlang davon, und sie sagte:

«Es riecht mein vergiftetes Blut.»

Er befühlte ihre Stirn; sie hatte das irrsinnigste Fieber. Er gab ihr vom Tee zu trinken, den sie neben sich stehen hatte, und sagte:

«Sie sehen aber viel besser aus als gestern.»

«Ich wäre vielleicht schon gestorben –»

«Wenn was –?»

«Es ist mein einziger Ausweg.» –

In der dritten Nacht beschien der Mond ihren Hals, was für einen schmalen, zärtlichen Kinderhals, und eine Weile noch den untern Teil ihres feinen Gesichts.

Er hatte aus seiner Vase im Keller einen Schilfstengel mitgebracht, er legte ihn mit der Blüte auf ihre Brust und liess die Ratte darauf von seiner Hand auf ihre Brust hinübertänzeln. Das war ihr grösstes Kunststück. Sie balancierte auf allen Vieren hinüber, aber drüben richtete sie sich auf und klatschte in die Pfötchen, und dabei stand sie mitten im Mondlicht und schimmerte wie weisse Seide.

«Sie ist eine Ratte», sagte sie, «alle schrien vor ihr – und sie ist doch so schön.»

«Es ist alles schön auf Erden», behauptete er und bückte sich gegen sie, damit sie ihn höre, «alles, sobald es aufmerksam genug betrachtet wird – unter einem Vergrösserungsglas sozusagen – sogar ihr Schwanz.»

«Alles?»

Die Kranke legte den Kopf auf die Seite, von ihm abgewandt, und schüttelte ihn unmerklich. Es war mehr ein Erschrecken und Zittern der Augäpfel als ein Kopfschütteln.

«O wäre es», sagte sie und verbarg jetzt sogar das Gesicht im Kissen. «Was Menschen tun...» Und er sah an einem feinen Zittern ihrer blonden Haare, dass sie abermals den Kopf zu schütteln versuchte.

«Was Menschen tun», entgegnete er und führte, ohne es zu merken, sein Tierlein an einem Finger jetzt gar aufrecht über den Schilfhalm zwischen ihnen hin und her, «das ist freilich nicht immer schön... aber es ist erklärbar. Wenigstens das. Alles. Jawohl. Alles ist erklärbar, sobald ich mir die Mühe nehme, es auseinanderzulösen und immer tiefer nach seinen Gründen zu graben.»

«Nein», entgegnete sie leise. «Was an mir geschehn... und worein ich habe willigen müssen –. Nein. Etwas entschuldigen an – an –» Und nun bedeckte sie ihr Gesicht mit einer Hand und schauderte – «aber auch an mir –»

«Es ist ein Gesetz, was ich sagte», widerredete er ihr, «und Gesetze gelten für alle und jeden Fall, da ist keiner ausgenommen. Ja sogar mehr (und das ist unumstösslich, das hab' ich mir glashell durchdacht): was erklärbar ist, ist zugleich verzeihbar – es ist seltsam, aber es ist so. Und für einen Kopf, der Zeit hat, einzudringen in alle Verwirrungen bis ans Ende, gibt es keine Schuld... für Gott zum Beispiel... der Zeit hat und Einsicht...»

«Oh...»

Er sah jetzt von ihrem Gesicht nichts mehr, er sah nur ihr hellgoldenes Lockengeringel, dennoch lagen ihr Unterleib, ihr Schoss, ihre Oberschenkel unverrückt wie festgefroren.

«Was mit mir geschah...» Ihr war Fürchterliches widerfahren von einem nächsten Verwandten, und abermals Fürchterliches aus Angst vor Entdeckung... und nun lag sie auf den Tod verwundet und wartete nur, bis sie sterben konnte. Sie wollte den Menschen nicht mehr unter die Augen treten. Fast unvernehmbar flüsterte sie es in ihr Kissen. «Das kann kein Mensch mehr verstehen oder entschuldigen... und gar Gott...»

Er drehte den Kopf der Kranken mit beiden Händen vorsichtig gegen sich; ihre Haut war immer noch fiebrig, ihr Puls am Hals ging wie rinnendes Wasser, ohne festen Schlag, über alle Massen schnell; aber sie wehrte sich nicht gegen sein Herdrehen.

«Der Mensch», sagte er, «ist das, was er bei andern Menschen gilt und wie er sich in den Menschen um ihn spiegelt...» Er nestelte die Ratte aus seinen schwarzen Haarbüscheln, wohin sie geklettert war, und fragte das Tierlein: «Wie spiegelt sie sich in uns zweien, du? Sag es ihr ins Ohr!» – und sieh! die weisse Seiltänzerin rieb ihr kleines, rosarotes Ohr an ihrem. «Weiss, gelt? Warm, gelt? Lieb, gelt? Und so schön... Wir zwei wissen nichts von Verdammungen und Tod...»

«Ich früher auch nicht. Aber nun...»

Und sie bat ihn mit ihrer weissen zarten Hand abermals, sie allein zu lassen.

Er aber kam sieben Nächte zu ihr. Dann wurde sie nachts nicht mehr ins Einzelzimmer geschoben. Er streifte einmal am Tag an ihrem Saal vorbei und sah, dass sie aufsass. Er versuchte, während der Mittagsruhe in ihr schlafendes Zimmer zu schleichen, aber er stiess unerwartet auf eine Schwester und entging nur um ein Haar einer hochnotpeinlichen Untersuchung. Er erkundigte sich auf dem Luftwege durch Zigarettenpost nach ihr – auf die törichtesten Fragen hätte er Antwort gekriegt – über das blonde, bleiche Mädchen schwieg jedes Brieflein.

An einem kühlen grauen Regenmorgen aber erschien sie in einem sehr gut geschnittenen grauen Reisekleid bei ihm im Keller. Ihr Haar war feingekämmt und sehr hell, ihr Gesicht schmaler und härter als im müden aufgelösten Liegen, irgendeine herbe feste Entschlossenheit ging von ihr aus – sie erschien ihm geradezu vornehm und ein wenig grösser; er erkannte sie zuerst nur an den klaren braunen Augen. Er sprang auf, er hatte gezeichnet, sie schloss die Tür hinter sich und blieb daran stehen.

– Sie kam, um ihm Adieu zu sagen. Sie fuhr zu einem Onkel nach England, der sich ihrer erbarmt hatte und sie zu sich und in sein Fotogeschäft nehmen wollte – für immer, oder solang es ihr behagte. Sie wollte ihm noch danken für alles. «Ich würde ohne Sie nicht mehr leben», sagte sie.

«Darf ich Ihnen einmal schreiben?» bat er. «Darf ich Ihre Adresse –»

«Ich schicke sie Ihnen, wenn mir wieder so elend ist wie oft hier, oder wenn ich mir nicht mehr zu helfen weiss vor Heim-, vor Sehn-, vor Heimweh.» Nein, danke, sie wollte sich nicht setzen. Sie hatte hier, in ihrem Täschlein, eine Schokolade für die weisse Ratte. – Nein, auch selber füttern wollte sie sie nicht – sie war nur auf einen Augenblick noch – wo war das Tierchen denn?

Sie beugte sich zum Käfig und wollte ihr Täschchen immerzu und immerzu schliessen, aber es klickte nicht ein. Er kauerte neben ihr und sah, dass sie vor Tränenwasser nicht aus den Augen sah.

«Ich wollte nie mehr weinen», sagte sie und öffnete das Täschchen wieder. Aber sie nahm nicht das Taschentuch heraus, nicht zuerst das Taschentuch – sondern ein Zettelchen, worauf sie mit einer feinen, kritzligen Schrift ihre Adresse in England aufgeschrieben hatte.

DRITTE ÜBERFAHRT

Am Rhein in Basel, dicht bei einem Fähresteg, sassen an einem heissen Juninachmittag ein Kind und eine Frau in Badkleidern. Das Kind war ein Mädchen von neun Jahren, schmächtig und raschäugig, die behäbige Frau war dessen Nachbarin, und beide starrten sie rheinaufwärts und starrten und starrten, ob nicht die Mutter des Mädchens endlich heruntergeschwommen komme; denn die war noch ein Stück weiter stromauf gewandert. Und als sie immer nicht kam und immer die Wasser vorbeischossen ohne die Mutter, da sagte das Kind mit grosser Bestimmtheit:

«Sie isch versoffe. Jetzt blyb i by dir.»

Das hörte eine alte Dame, die eben über den Fährsteg schritt, und als sie in die Fähre trat, wankten ihr die Knie über diese Worte, und sie fand kaum den Zwanzger in ihrer Tasche, so schüttelte ihr von selber der Kopf, und sie berichtete alsbald, was das Kind Ruchloses gesprochen; und alle in der Fähre waren sich einig über die heutige Jugend und starrten voll Entsetzen aus dem Schiff heraus auf das Mädchen, das von seiner leiblichen Mutter festgestellt hatte, dass sie ersoffen sei – und verfügt, dass es jetzt bei der Nachbarin wohnen werde.

Eine alte Kinderärztin aber, die eben noch eingestiegen war, sagte laut: «Nein, nein!» – suchte plötzlich in ihrer Arzttasche nach dem Instrumentenetui – sie hatte es doch wohl nicht an einem – an einem häufig besuchten Kinderbett vergessen? – Nein, sie beruhigte sich, sammelte ihre Gedanken zusammen und sprach:

«Brechen Sie den Stab nicht über dies Kind, und noch weniger über alle Kinder von heute!» – und berichtete zum Beweis, dass sie es sehr anders wisse, den Leuten, indem sie über den Rhein fuhren, die Geschichte von der Schülerversicherung.

Die Geschichte von der Schülerversicherung

«Ach», hob sie in einiger Bitterkeit an, «es lebt da unten im Kleinbasel eine Runzel von einem Familienvater, die ich mir nicht zum Lebensgefährten ausgesucht hätte, nein! ein Gemütsdusler, zu weich für unsere Zeit, ein in sich und sein bisschen Welt Verkrochener, ein zu spät Verheirateter natürlich auch, der mit 58 noch für drei Kinder sorgen muss von siebzehn bis zu elf – zu elf –» – sie wiederholte das Wort «elf» fast scheu und zärtlich, und wieder, wie auf ein Stichwort, tastete sie in ihrer grossen Tasche nach dem Lederkästchen mit dem Arztbesteck. «Er hat auch einen Beruf, der Alte», fuhr sie jedoch schnell fort, «so verloren und uneinträglich als möglich, er ist Blasinstrumentenbauer oder schon fast mehr nur noch Ausbesserer und Flicker, hat sich mit dem vielen Blasen seiner Hörner, Trompeten, Fagotte und Klarinetten, die er unablässig ausprobieren muss, eine Herzerweiterung anmusiziert, die sich sehen lassen kann, nebst allem Drum und Dran wie Herzmuskelschwäche und wohl auch einiger Brüchigkeit der Hauptschlagader hier in der Brust.

Und nun muss dem Pechvogel noch widerfahren, dass das Haus, worin er mit seinem Völklein nistet, verkauft wird, einem wilden Spekulanten, der es alsbald einem noch wildern weiterverkauft, auf Abbruch – die Leutlein alle drin erhalten die Kündigung auf Ende Juni, auf jetzt in ein paar Tagen – es ist ein altes Haus, worin sie wohnen, die Wohnungen spottbillig und doch um keinen Rappen zu billig für Habenichtse – hei, und nun ging Hals über Kopf ihrer aller Jagd los auf die paar wenigen erschwinglichen Wohnungen in der Stadt, die wilde Jagd, die Hetzjagd, die unerbittliche – all die harmlosen Menschen in dem Abbruchhaus, die bisher vertraut zusammen gelebt und (wenn sie auch zwischenhinein einmal einen Kritz oder Span ausgefochten) einander in Not und Trübsal treulich als Gefährten geholfen: sie alle liefen jetzt plötzlich wie in einem Windhundrennen atemlos um die Wette als unbarmherzige Mitbewerber und Nebenbuhler, rannten, stiegen, fuhren von Hausbesitzer zu Besitzer – und unser bröckeliger Trompetenbauer lief hintendrein, lief nicht – schleppte sich. Und stand er atemlos vor einem der Mächtigen, die eine Wohnung zu vergeben hatten, so begann alsbald das Verhör:

«Was sind Sie von Beruf?»
«Blasinstrumentenbauer.»
«Wo haben Sie Ihre Werkstatt?»
«Ich habe nur ein Zimmer als Werkstatt eingerichtet.»
«In Ihrer Wohnung?»
«Ja. Es ist ein sehr feingriffiger, stiller Beruf.»
«Aber Sie hämmern doch?»
«Nur sehr weiches Metall: Silber, Messing.»
«Und müssen die Instrumente blasen?»
«Grad so zur Prüfung – ganz zum Schluss – ein paar Töne.»
«Sind Sie verheiratet?»
«Ja.»
«Und Kinder?»

«Drei. Von elf, sechzehn und siebzehn Jahren.»
«Von elf? Und was schaffen die ältern?»
«Der Sechzehnjährige lernt Gärtner, und die Tochter – ist an der Musik-Akademie. Sie will – sie wird Flötenlehrerin werden – vielleicht Virtuosin. Sie ist wunderbar begabt.»
«Und übt zu Hause? Warum sind Sie so bleich? Wieviel Stunden übt sie am Tag?»
«Es ist aber eine Freude, ihr zuzuhören. Sie spielt mit ihren siebzehn Jahren Musiken – so unerhört –»
«Sind Sie krank, dass Sie so schlecht aussehen? Setzen Sie sich doch einen Augenblick. Wo hapert's? An der Lunge?»
«Eigentlich nirgends. Ein wenig das Herz – in letzter Zeit.»
«Das Herz... Sind Sie pensionsberechtigt? In einer Kasse? Gibt es das für Blasinstrumentenbauer? – Nein? Aber Sie haben doch irgendeine Versicherung abgeschlossen? Für alle Fälle?»
Fast hätte er gefragt: «Womit?»
«Ich werde Ihnen noch Bericht geben. Oder besser: Wenn Sie bis morgen abend keinen haben, dann...»
Er hatte bis morgen abend nie.
Er lief trotzdem immer weiter. Vom 49. Bittgang an vermochte er keinen zweiten Stock mehr zu erklimmen. Auch wenn er sich in den Stiegenhäusern heimlich einen Augenblick auf Fenstersimsen und Stufen ausruhte und seine Frau ihn stützte, die ihn jetzt immer häufiger begleiten musste – es reichte nicht mehr. Auf den Heimwegen zerhackte ihm das Gedröhn der Bohrhämmer die Ohren. Da, dort, allerorts wurden Häuser niedergebrochen – die Stadt zitterte vor Baufieber – die Balken krachten in die Tiefe, Wände sanken ein, sandfarbener Staub qualmte in Wolken, ganze Strassenzüge waren vernebelt – er stolperte elend durch den Staubdunst heim. Es war zu viel Geld in der Stadt – es wusste nicht mehr, wo sich einwurzeln und aufschiessen und seine hellgelben Goldfrüchte tragen – man scharrte ihm die alten Häuser weg, damit es Wurzelgründe darunter finde und bald geil und hoch emporschiesse... In jedem einstürzenden Haus spürte er seins stürzen, worin er seit seinem Hochzeitstag eingemietet sass...

Denn ach! er liebte sein Haus, liebte es, wie sonst nur Katzen noch ihre Häuser lieben, hartnäckig, zäh, zärtlich – fast hätte ich gesagt: auf den Tod. Und es war auch ein Haus, das bescheidene

Menschen lieben konnten, mit seinen schlichten Fensterreihen, seinen Abmessungen, so fein und ausgewogen, als hätte es ein Architekt aus dem achtzehnten Jahrhundert sparsam errichtet; mit einem französischen Dachstock mit bläulich schimmerndem Schiefer darauf, dunklen Winkeln unter Dachstiegen und hinter Kaminen, und mit einem Garten – ich frage mich, welcher kultivierte alte Herr Weltfahrer wohl diesen Garten vor 60, 70 Jahren einst angelegt haben mag da unten, mit Mittelmeerkiefern, Ginster, hellblauem Lavendel, Oleandern und ein paar Bäumen mit Blättern gross wie Elefantenohren, weichen grünen Blättern, zwischen denen empor den ganzen Sommer lang lichtblaue Kerzen blühten. Es hatte auch hinter dem Haus, als Schutzwand gegen die Strasse hin, eine geschnittene Hagebuchenwand mit alten verdrehten Stämmen, in deren Gabeln die Amseln nisteten; ja unser Trompetenbauer sah sogar über seinen Arbeitstisch weg ein Stück Rhein, Ahornbäume am Strom und darunter und dazwischen durch das grüne Wasser.

Eines Morgens sagte er zu seiner Frau: «Sieh!» und zeigte ihr im Taschentuch ein Klümpchen Blut. Er hatte es soeben ausgehustet.

Seine Frau sprach:

«Das gibt es nach Luftröhrenkatarrhen immer. Sorg dich nicht. Hustest du zum erstenmal Blut?»

«Nein – schon seit Wochen. Aber einmal musste ich es dir doch sagen.»

«Mach dir keinen Kummer. Du hast eine Bronchitis nicht beachtet und hustest nun das Zeug aus.»

Der weiche Mann, der zögernde, sehr schmerzempfindliche, alle Schwierigkeiten scheuende Mann, hat eine Frau, die mir mit jedem Atemzug und Blick besser zusagt als der in sich gezogene musikantische Instrumentenmacher: eine klaräugige, klarstirnige, gescheite Frau, zu jedem Opfer bereit und jeder Arbeit von früh bis spät, tapfer in jeder Not, über ihre Kraft hinaus, und immer erst nach den grossen Nöten halb hinsinkend.

Der Bluthusten wurde nicht besser mit dem Instrumentenprobieren, mit dem Schmerz um das zum Tod verurteilte, vertraute Haus, mit der immer schrecklicheren Angst um Unterschlupf. Der Mann ging zum Doktor. Dieser tat das Menschenmögliche –

umsonst: zwei-, dreimal im Tag hustete der Leidende Blutklümpchen aus, gross wie eine Fingerbeere.

Vater und Mutter sagten es schliesslich den zwei ältern Kindern, die vernünftig und stark genug waren, es zu ertragen; nichts sagten sie dem Jüngsten, dem Elfjährigen, diesem schlanken, geschmeidigen, schöngliedrigen Knaben mit seinen dunkelbraunen Augen von vollkommener tiefer Klarheit, die er –»

Die Erzählerin stockte und hatte schon wieder ihr Instrumentarium in Händen.

«– die er von seiner Mutter geerbt –»

Und klappte es auf.

«– nicht von seinem Vater –»

Und schoss drin mit ihren kurzsichtigen, hellhellen Augen auf ein besonders grimmiges Messerlein los, ob nicht gar eine Spur Kinderblut noch dran klebe – aber ihr Schreck war umsonst.

«47 Jahre», fuhr sie schnell weiter, «war der Instrumentenbauer alt, seine Frau 40, da sie den Spätgeborenen bekamen. Und eigentlich golden-heiter und übersprudelnd und selig wie ein Kind war dieser nur ganz zu Anfang seines Lebens – schon nach wenig Jahren ward er nachdenklich und scharf hinhorchend oder ahnungsvoll dem Leben gegenüber.

Einmal hatte er durch die angelehnte Tür etwas vom Schmerzvollsten mitangehört, was ein Kind von seinen Eltern erlauschen kann. Es waren Bekannte da, und Vater erzählte vom Schreck, den seine Frau und er, hauptsächlich aber er, empfunden, da sich ihr letztes Kind ihnen angezeigt; er war schon herzkrank gewesen; es war zu Kriegsausgang; seine Frau, vor ungestilltem Hunger, suchte wie ein Tierchen nach Essbarem in der Wohnung umher – der Vater hatte sich das Gesicht des Neugeborenen zuerst überhaupt nicht einprägen können, es hatte sich ihm nicht in die Seele geprägt wie die Antlitze der zwei andern – er hatte den Kleinen einmal im Kinderwagen vor einem Laden stehen sehn und nicht erkannt, übrigens auch den Kinderwagen nicht – so gross war seine Erschütterung gewesen, sein Widerstreben, sein Schuldgefühl, noch einmal, so spät noch und so krank, ein Kind anvertraut zu bekommen.

Seit einem Jahr wuchs der Bub ein wenig schneller als viele seiner Altersgenossen, und im letzten Herbst fiel er in der Turnstunde plötzlich einmal vornüber auf den Kopf; er hatte sich bücken müssen, damit sein Kamerad über ihn springen könne; ehe der Kamerad sprang, sank er auf die Stirn und wurde mit einer Hirnerschütterung heimgebracht.

Er musste mehrere Tage still liegen. Sein Bett stand in der Schlafstube der Eltern, und sein Vater ging während dieser Zeit ein paarmal schon mit der Dämmerung zur Ruhe und plauderte sich mit dem kranken Knaben in Schlaf. Er liebte den Knaben längst mit einer Art verzweifelter alter vorwurfsvoller allertiefster Liebe. Es war schon fast dunkel im Zimmer; der Spiegel einzig blinkte noch mild; durch die Lättlein der geschlossenen Läden klang das Spielgeschrei der Kinder aus den Gärten und Gassen. Der Knabe sagte schlicht und lieb:

«Ich möchte einen andern Vater als dich – einen jungen, der mit mir spielen und rennen könnte oder Faltbootfahren und dummtun. Warum haben alle andern Knaben so junge Väter – nur du bist so alt und getraust dich nichts mehr? Früher hast du noch im Rhein gebadet mit mir und mich schwimmen gelehrt. Nun scheust du dich sogar, im freien Wasser zu baden. Frag doch den Doktor, ob du nicht wenigstens Velo fahren dürfest. Dann könnten wir auch zusammen einmal etwas unternehmen – eine Fahrt – wie die andern Buben mit ihren Vätern.»

Der Knabe hatte eben Radfahren gelernt.

«Du bist so ein trauriger Vater. Die andern sind lustig, nur du – du siehst auch immer alles von der schwärzesten Seite an. Die andern Väter sind keck und frech und lustig mit ihren Kindern, werfen sie in die Luft, fangen sie wieder auf, hauen sie auch einmal. Du bist immer lieb, aber so fremd zu mir und langweilig.»

Als er wieder hergestellt war, fragte er den Vater oftmals über viele Dinge in der Welt. Vater sann und gab ihm behutsam Antwort nach seiner Art, die niemand weh tun durfte, sondern angstvoll gerecht abwog.

Der Knabe fragte:

«Warum sagst du nie: Der und der ist ein verfluchtes Astloch, ein schräggebohrtes – oder ein Sauhund, ein elender? Meine Kameraden wissen so viel mehr über alles, was es wert ist. Wenn ich dich frage, sind alle Menschen rings noch ein wenig gut, keiner ein Dreckkaib. Sag mir doch alles auch so einfach wie die andern Väter ihren Buben.»

«Das werde ich nie können. Je mehr du von jemandem weisst, desto weniger kannst du ihn so mit einem Wort abtun. Ich wenigstens kann es nicht. Und wenn du gar alles wüsstest von einem –»

«Aber die andern Buben lachen mich aus mit meiner Gescheittuerei. Das ist der Bruch. Sie hauen mich sogar. Ich bin nicht wie sie. Deinetwegen. Die meisten Buben sind auch stärker als ich. Warum hustet du immer in dein Sacktuch und blickst heimlich und mit Angst hinein und versteckst es schnell?»

«Was soll ich denn anderes tun mit einem vollgespuckten Taschentuch, als es wegbringen?»

«Es ist aber etwas mit deinem Husten. Ich weiss es. Ihr fragt einander immer hin und her... nur ich soll nichts wissen. Warum? Was ist denn, Vater? Meinst du, ich hab' dich nicht auch lieb?»

Unlängst flehte er den Vater geradewegs an, heute wieder einmal früh mit ihm zur Ruhe zu kommen. Er lag schon auf seinem Bett zusammengekauert in seinem zu weiten Pyjama, das er vom Bruder geerbt – Vater zog sich noch aus – da stellte er schon die grosse Frage:

«Sag mir: wie kommen die Kinder aus der Mutter heraus?»

Dass sie in der Mutter drin erwuchsen, das hatten ihm beide Eltern bereits gesagt.

Vater erschrak vor der Unausweichbarkeit dieser Frage. Er zog sich weiter aus, schwieg dazu, das Schweigen schwankte wie eine dunkle bange Wolke in dem Schlafzimmer tief hin und her – ein Psychologe hatte einst gesagt: Soweit Kinder fragen, soweit gib ihnen Antwort – Vater erinnerte sich daran – mit einem Ruck (irgendeine tiefe Scham musste er überwinden) sagte er, wie die Mutter ihn geboren hatte; wie er selber im Spital der Mutter beigestanden dabei, sie fest unter dem Nacken und an den Händen gehalten in ihren Schmerzen.

Der Junge, in seinem bläulich- und weissgestreiften Nachtanzug, der weit um ihn floss, lag unbeweglich, die Knie unterm Kinn, die Finger zwischen den Zehen, und lauschte mit fast starren Augen.

«Hat die Mutter gar geblutet dabei?»

«Ja.»

«Ach.» Und nach einer Weile: «Und wie werden denn die Kinder? Wie bin ich –? Sag es mir aber ganz genau!»

Es klang geradezu eine scharfe Härte in der Bubenstimme, keine Frechheit, aber ein verzweifelter Wille zu Klarheit und Helle. Überhaupt war aus dem Kind ohne letzte tolpatschige Kindhaftigkeit ein vollkommener Knabe geworden, hart, bestimmt, entschlossen, finster entschlossen oft, und sehr verschlossen.

Einen Augenblick war Vater drauf und dran, vor dieser allerletzten Frage ein Feigling zu werden und sich hinter eine Wand und einen Vorwand ganz drecklumpenweich zu flüchten. Dann hatte er doch eine seiner seltenen Anwandlungen von Mannesmut und schilderte dem Knaben alles, was er zu wissen begehrte, ruhig, behutsam... «Ich sage es dir wie ein Mann dem andern, gelt.»

Dennoch legte sich der Junge, nachdem der Alte geendet, mit der Seite des Gesichts jammervoll aufs Leintuch und verharrte wie tot.

«Bist du nicht glücklich, dass du jetzt so viel weisst?»

Der Junge schüttelte ganz fein unmerklich das weisse Gesicht auf dem weissen Linnen.

«Dass du so viel weisst wie wenige?»

«Wie wenige?» sprach der Knabe in der dämmerigen Dunkelheit; er hatte seine Augen offen; sie blickten traurig; der Spiegel blinkte versinkend; der letzte Tagesschein durch die grünen verschlossenen Stäbchenläden verglomm und erlosch.

«Du musst nicht meinen, ich hätte das alles nicht schon gewusst. Die Knaben auf der Strasse haben mir das alles oft genug erzählt – die ältern, wenn sie so oft auf den Velos an den Randsteinen sitzen und wir kleinen um sie herumstehen. Ich hatte ihnen immer gesagt: Es ist nicht wahr. Ihr lügt uns an. Ihr seid Sauhunde. Nun ist es doch wahr. Sie hatten es so hässlich erzählt. Aber sie hatten nicht gelogen. Sie hatten doch die Wahrheit gesagt.»

«Du darfst aber gar nicht glauben, dass es hässlich ist», sagte der Vater voll Mitleid und Angst. «Es ist vielmehr so schön, wenn eine Mutter und ein Vater einander ganz voller Liebe umfassen.» –

Ende März brachte der Junge sein Zeugnis heim. Fleiss und Betragen waren gut, seine Leistungen schwach. Der Vater kam in der Arbeitsschürze aus seiner Werkstatt im Nebenzimmer an den

Mittagstisch, schob die Arbeitsbrille von der Stirn wieder vor die Augen, studierte das Zeugnis, rückte seinen Teller weg und unterschrieb es; aber er sagte:

«Wenn du ins Gymnasium übertreten willst und Tierarzt werden, musst du dich anders an den Laden legen. Du willst doch Tierarzt werden?»

Er wie sein kleiner Sohn waren beide Tiernarren; stundenlang lasen sie einander aus Brehms Tierleben vor.

«Tierarzt... ich weiss nicht mehr... ich bin doch zu dumm zum Studieren. Du siehst: meine Fleissnote ist Eins, ich strenge mich an –»

«Du armer Bursch», sagte die Mutter und strich ihm seine Haare zurück. «Unsere Wohnungssuche nimmt dir alle Gedanken gefangen wie uns auch.»

«Und dann», ergänzte der Vater, «will er nachts vor dem Einschlafen tausend Dinge wissen, woher die Kinder kommen.»

«Ja, wie soll er da seinen Kopf beisammen haben? Und trotzdem – du darfst nicht lockerlassen – du sollst doch einmal etwas Rechtes werden im Leben.»

«Ich finde das Leben nichts Schönes – von Anfang an nicht», sagte der kleine Mensch. «Ich möchte oft lieber nicht mehr leben. Dann müsste Vater nicht mehr um mein Essen arbeiten – und ihr fändet mit zwei Kindern eher eine Wohnung als mit drei.»

Alle um den Tisch, Vater, Mutter, Schwester, Bruder, hatten mit erstaunten oder spottvollen oder erschreckten Augen an ihm gehangen. Er hatte erst vor wenigen Tagen in Nachahmung seines ältern Bruders sich die Haare in amerikanischem Bürstenschnitt schneiden lassen; das feine, hellbraune Gestachel auf seinem Kopf, aufgebürstet und aufrechtstehend, machte sein Gesichtchen länger und nachdenklicher; es deckte auch die Höhe seiner Stirn auf; ganz hell war diese Stirnhöhe und schimmerte altklug; ganz dicht auch unterm Haaransatz schlängelten sich in der kleinen Stirn nah übereinander hin drei, vier scharfe waagrechte Fältlein, irgendwie lächerlich in ihrer Winzigkeit und dennoch so scharf eingekerbt, als könnten sie zeitlebens sich nicht mehr glätten.

«Ich bin euch aber zur Last», sagte er. «Ihr habt einen solchen Schreck gehabt, als ihr mich noch so spät hinterdrein bekommen habt – Vater hat sich nicht einmal mein Gesicht merken mögen. –

Ich hab' es an der Tür gehört, alles... Ich möchte lieber tot sein.»

Er sagte die Worte leis und gradhin; es war das Ergebnis öftern Nachdenkens; alle spürten es.

«Kind», sprach der Vater innig, «ich wüsste nicht, wie wir es machen könnten ohne dich. Erstens haben wir dich alle lieb, lieb –»

«Besonders mein Bruder.»

«Sobald du nicht frech gegen mich bist.»

«Und dann», fuhr der Vater fort, «hilfst du uns so viel, kaufst ein, schleppst Holz und Briketts aus dem Keller herauf (die Kohlen förderte der ältere Bruder), trägst Instrumente aus. Wir wären schlankweg verloren ohne dich, Mutter und ich.»

«Verloren!» sagte der Knabe höhnisch und zugleich mit einem Blick voll Sehnsucht und Wärme auf seinen Alten. –

Es war nun Mitte April, und sie hatten noch immer keine Wohnung. Es gab selbstverständlich um so weniger Wohnungen, je weiter die Zeit vorrückte; sie wussten es alle, wenngleich niemand davon redete; die meisten Leute in dem Abbruchhaus hatten bereits Unterschlupfe; es hatte sich plötzlich gezeigt, dass jene viel mehr Auskünfte wussten und Beziehungen hatten, als zu vermuten gewesen war. Einzig die Familie des Waldhornbauers sass da ohne jegliche Aussicht. Sie erwies sich als die untüchtigste im Lebenskampf. Vater hatte es aufgegeben, auf die Wohnungssuche zu gehen; er wich kaum mehr aus seiner Stube; sein Herz reichte fast nicht mehr für die eigenen Stiegen. Mutter ging allein suchen – umsonst. Die Tochter derweil, mit geschwellten Backen, probierte Vaters Instrumente aus, damit der nicht mehr blase. Eben damals kam Vater vom Arzt heim mit dem Bericht, er müsse für ein paar Tage ins Spital zur Beobachtung. Alle erschraken. Der ältere Sohn sagte:

«Man kennt das: die paar Tage.»

«Wieso?» fragte der jüngere voll Schreck. «Wer verdient dann während der Zeit? Müssen wir jetzt verhungern?»

In der Nacht erwachte der Vater an einem ungewohnten Lichtschein und einem unterdrückten, entsetzten Jammerlaut. Er fuhr auf; die Schlafzimmertür stand einen Spalt offen; im Gang brannte Licht – sein kleiner Sohn stand im Pyjama draussen, hielt etwas in der Hand und blickte schluchzend darauf; es war ein Taschentuch des Vaters; er hatte es heimlich in der Nacht dem schlafenden Vater unter dem Kopfkissen hervorgezupft; es war ein Blutfleck darin; der Knabe bestarrte ihn, er bebte vor lautlosem Schluchzen, aber er hatte keine Tränen in den Augen.

Als er sah, dass der Vater wach war, kam er auf unhörbaren Zehen zu ihm gerannt, umhalste ihn, drückte sich an ihn und sagte:

«Musst du jetzt sterben, Vater? Du darfst nicht sterben.»

«Im Gegenteil: ich werde gesünder als je aus dem Spital heimkommen.»

Seltsam: als Vater nun im Spital war, verlangte ihn nach den Besuchen all seiner Lieben, er richtete sich an ihnen offengestanden recht eigentlich auf – nur seines Jüngsten Besuch scheute er und verbat ihn sich lange – und als der Knabe drängte und immer wieder zurückgewiesen wurde und zürnend verzweifelte, da drang der arme Junge zu einer Besuchszeit mit Blumen neben einer fremden Dame in das himmelhohe gläserne Spital und machte Vaters Krankenzimmer ausfindig. Und als er die Tür aufstiess mit seinem Blumenstrauss in Händen, den er aus dem Garten gepflückt, da blieb er im Türrahmen stehen, die Tür mit dem Knie gegen den Zugwind haltend, und blickte durch die Blumen hindurch seinen Vater an, der als einer unter sechs Kranken dasass, im Spitalhemd, auf einem mit weisser Ölfarbe angestrichenen Röhrenbett, dessen Kissen durch ein Brettergestell hochgestellt wurden – der Knabe stand, sah, zornig, verzweifelt – und bebte und bebte vor unterdrücktem Weinen – und durch seine luftgebräunte Wange zog sich lichtblau eine Ader, die Vater noch nie gesehen. Und weswegen Vater ihn nicht hatte kommen lassen, und was er gefürchtet: – er auch, Vater auch, wie sein Kind, schütterte und bebte, sein Herz schütterte, auch ihn schüttelte ein Schluchzen, das er in sich zurück schluckte und das ihn wie Glassplitter brannte in Kehle und Augenlidern. Und als der Knabe, noch halb trotzig, nähertrat und zögernd die Blumen auf seine Decke legte und dann auf einmal hellweinend ihn um den Leib fasste, da vermochte auch der Alte sich nicht mehr zu fassen, der leider nicht aus Granit war, sondern aus – und weinte in den Bürstenschnitt der weichen, stacheligen, hellbraunen Haare.

«Vater», sagte der Knabe plötzlich – plötzlich, mit einem Schlag, waren seine Tränen versiegt, war sein Gesicht hart, erinnerte er sich voller Gespanntheit an etwas Unerhörtes – er trocknete sich auch mit dem Handrücken eilig die Tränen des Vaters wie etwas Ungehöriges und Beschämendes aus seinem aufgeborsteten Haar: «Vater, wir kaufen ein Haus.»

Die Sache war so: Der ältere Sohn, der Gärtnerlehrling, hatte unter der Hand von einem zerfallenen Rebbauernhaus erfahren, das hinter einem entlegenen Dorf unter den Waldhängen des Blauenbergs zu verkaufen war und das niemand begehrte. Seine Reben waren verdorben, das Gelände zu steil für Äcker, das Haus, dessen Dachstuhl sich ineinander gesenkt hatte, nicht teuer – Mutter, Tochter, Sohn, alle drei waren sie Hals über Kopf heut gleich nach dem Essen in die ferne Gegend aufgebrochen.

«Vater, was meinst du, wenn wir ein Haus bekämen!»

«Wir und ein Haus. Woher das Geld nehmen und nicht stehlen?»

«Du musst Mut haben, Vater. Hast du Mut? Ich habe, Vater.»

Und dass er es nicht vergass: hier hatte der Knabe noch einen Zettel aus der Schule, zum Unterschreiben. Es war der grüne Zettel der Schülerversicherung – Mutter hatte vor Aufregung wegen des Hauses nicht Zeit gehabt, auch nur einen Blick darauf zu werfen.

Vater nahm seine Brille vom Krankentischchen, und sie lasen beide den Zettel. Wenn der Vater unterschrieb, war der Knabe versichert gegen die Arztkosten aus Unfällen, die er in der Schule und auf dem Schulweg erleiden konnte.

Natürlich unterschrieb der Vater.

«Aber du gibst mir trotzdem acht, dass dir nichts passiert, Bürschlein – auch wenn du versichert bist.»

«Es ist ja gleich, ob mir etwas passiert oder nicht», sagte der Knabe und sah den Vater, verstohlen forschend, scharf an. «Du hast mich ja doch nicht ganz, ganz, ganz gern. Warum hab' ich nie zu dir ins Spital kommen dürfen? Du hast mich nicht sehen wollen, weil ich...»

«Weil ich dich zu lieb habe. Wie soll ich dir begreiflich machen, dass man ein Kind so liebhaben kann, dass –»

«Ich bin zu dumm, um es zu begreifen. Ich bin immer zu dumm. Ich kann vor Dummheit auch nie etwas Rechtes werden im Leben.»

«Ich habe Angst gehabt, ich müsse weinen, wenn du kämst. Und siehst du ... Es sind mehrere Gründe für mein Weinen – willst du sie alle wissen? Es sind auch die Nerven.»

Nein, der Knabe wollte sie nicht wissen. Er hob sich vielmehr mit einem Knie aufs Bett und angelte Vaters Krankenblatt aus der Fassung herunter. Es war kompliziert festgemacht, aber er hatte es sofort los. Sie betrachteten es zusammen: den roten Zickzackstrich, den blauen, den schwarzen.

«Anfangs», sagte das Kind, «sahen mich die sechs weissen Zettel oben an euren sechs Betten an wie die Zettel oben an den Kreuzen vom Heiland und den Schächern. Inri, weisst du I.N.R.I. Muss ich wohl später als Tierarzt auch über meine Tiere solche Zettel hängen? Aber ich werde es ja nicht werden, Tierarzt. Ich möchte gar nicht. Ohnehin brächten wir das Geld nicht auf für mein Studium. Der Bruder hat es gesagt. Wo sollen wir es nur schon für die Rebhütte –?»

Er schob das steife, weisse Blatt mit den Krankheitskurven bös und entschlossen zurück, und dabei glitt eine Ecke des grünen Blatts, des Versicherungszettels, darunter hervor; in dieser Ecke stand fett gedruckt: Bei Todesfall 5000 Franken.

«Wie, Vater», fragte der Knabe, «wenn du stirbst, bekommen wir fünftausend Franken?»

Der Vater las mit der Brille nach.

«Nein», sagte er, «wenn ein Schüler in der Schule oder auf dem Schulweg durch einen Unfall stirbt –»

«Dann erhalten die Eltern –?»

Am nächsten Besuchstag durfte auch der Kleine mit ins Spital. Alle vier sassen sie um das Krankenbett und knüsperleten und wisperten. Es ging um das Haus. Wenn Mutter ihr Stückchen Gartenland verkaufte, das sie im nächsten Dorf draussen noch besass, ein Streifchen eben nur, dazu ihre letzten Ringe und Kettlein, und Vater die paar schönen alten Instrumente, die er gegen seine neuen im Laufe der Jahre eingetauscht und mit aller Liebe wieder zum Klingen erweckt, wie es sonst wohl nur ein Künstler vermag – und verkaufte, was er noch an Edelmetallen besass, und

all seine Werkzeuge mit (ich sage gleich, warum er sie verkaufen wollte) – dann reichte es trotz allem nicht – auch wenn sie sich die grösstmögliche Hypothek erhofften – es reichte nicht. Und der ältere Sohn hätte doch statt der verkommenen und unwerten Reben Beeren anbauen wollen, ganze Wälder übereinander in dem Sonnenkessel, worüber das Häuschen zerfiel, und Vater und Mutter hätten die Beeren betreut und am Ende gar ihr Leben daraus gefristet, und die ältern Kinder hätten allmählich auch ein Scherflein beizusteuern vermocht –.
Aber nun reichte es nicht.

«Und übrigens er da», sprach der Gärtnerlehrling und wies mit dem Kinn auf sein Brüderchen, «was hätten wir mit ihm angefangen da hinten? Er wäre talab in die nächste Dorfschule gezottelt, aber Gymnasium und Tierarzt: aus! – denn ihn auch noch zu meiner Schwester hinzu auf mein Motorrad laden, das ich mir erstottert hätte...»

Der kleine Bruder schnitt ihm eine Fratze hin. Sie war aber mehr weinerlich als unverschämt. Der ältere bemerkte den Unterschied nicht recht. Er war so aufgebläht vor Wichtigkeit und Glück, die Eltern mit seinen Beerenhängen retten zu können, dass er für jenen nur das Wort fand:

«Zwuggel frecher!»

Der Kleine hatte übrigens aus seinem Sparbüchlein auch noch Geld – er warf es jetzt selber ins Gespräch – nicht einmal wenig, wie ihm schien. Denn solang es der Familie noch leidlich gegangen war, hatten sie alle zusammen für des Jüngsten elektrische Eisenbahn gespart, fünf Franken jeden Monat, und im Mai, wo er Geburtstag hatte, zehn – wieviel machte es denn zusammen aus? Dies alles gab er auch an das Haus, alles. Bekamen sie dann das Haus?

«Häng noch zwei Nullen dran», sagte der Ältere. «7000 statt 70, du Gernegross du. Mit einer elektrischen Eisenbahn ein Haus kaufen. Was glaubst du eigentlich!»

Am Tag, da Vater aus dem Spital heimkam, niedergeschlagen und verzweifelt, denn die Ärzte hatten für seine Brustschlagader das Schlimmste prophezeit beim ersten Horn- oder Trompetenstoss – am gleichen Tag begannen Arbeiter den Garten um das Haus auszuräumen, fühllos, als widerliche Plackerei; wie die alte

Föhre mit ihren dichten, langen, glänzenden Nadeln nicht stürzen wollte, trotzdem ihre Wurzeln schon fast alle untergraben waren oder abgehackt, verwünschten die Arbeiter, die am Seil zogen, den schönen alten Baum als einen verfluchten Bösewicht voll niederträchtigen Trotzes. Die Mutter wollte den Vater vom Fenster wegziehen, woran er, völlig zusammengebückt vor Schmerz, stand. Über Mittag stieg er trotz seiner Mattigkeit in den zerschlagenen, verwüsteten Garten hinunter und sammelte von jeder Art Baum und Strauch ein Blatt oder eine Blüte. Die Bäume mit den sanften Riesenblättern lagen gefällt, aber ihre Trauben voll hellblauer Blüten hatten sich mittlerweile schon wieder gegen die Sonne emporgerichtet, völlig verdreht, und wollten weiterblühen. Der Jasmin blühte noch und duftete. Der weisse Liguster wollte eben aufbrechen und brach noch im Hinsterben auf. Von der Föhre klaubte der Vater ein Stück der roten, brüchigen Rinde ab. Unter all den Büschen und Bäumen hatten seine Kinder einst gespielt und gelacht, und Mutter mit ihnen, und er, solange er sich noch hatte tummeln können. Er wehrte sich gegen die Erinnerungen, aber sie strömten ihm dicht aus den sterbenden Blättern und Zweigen zu; sie bedrängten ihn; er flüchtete sich aus dem Garten, dessen Säfte aus den aufgesplitterten Stämmen und verhauchenden Blüten und Blättern scharf wundersam weh dufteten und ihn ersticken wollten.

Er hatte im Spital nach den ersten Tagen kein Blut mehr gehustet. Jetzt, während er die abgebrochenen Blätter und Blüten neben sich liegen hatte und eine nach der andern zum Pressen und Dörren in Bücher legte, damit er sie stets um sich habe, hustete er wieder rote Blutfäserchen.

Die Mutter kam vom Mietamt und berichtete, dass es für Obdachlose Mietbaracken gebe am Rand des Exerzierfeldes in den Langen Erlen.

«Aber du stirbst mir darin», rief sie, «ich weiss es. Du überstehst keinen Winter auf diesem Bretterboden dicht an der Erde... nicht zu reden von deiner Gefühlsunkerei. – Auch gäbe es noch ein paar Wohnungen, so teuer, dass uns von deinem Verdienst nicht mehr das Salz in die Suppe übrigbliebe – eine solche mieten, wenn wir sie überhaupt bekämen, nennte ich Hochstapelei. – Jetzt bin ich selbst am äussersten», sagte sie. «Ich könnte manchmal, wenn ich durch die Stadt gehe und die Wohnhäuser zusammenkrachen sehe, und von der andern Strassenseite, mit dem dicken Arm aus seinem Prachtsauto, lässig der Unternehmer den Abbruch dirigiert – ich könnte hinzutreten ans Auto und –»

Sie zitterte und musste sich setzen.

Der kleine Bub stand im Türrahmen, trocknete mit dem Geschirrtuch einen gemalten Teller, er war der Geschirrabtrockner der Familie, und sagte:

«Und wenn wir alle beteten? Wir haben in der Schule, in der Religion, gehabt, wie –»

Die siebzehnjährige Tochter errötete und sprach leise und schnell:

«Ich tue es aber auch wieder in der letzten Zeit und habe es seit der Konfirmation nicht mehr getan.»

Und der Vater brummte:

«Und Mutter und ich –»

Der Gärtnerbursch hingegen sah seinen tellerreibenden Bruder aufgeklärt und lebenskühn an und nannte als seinen Grundsatz:

«Hilf dir selbst, so hilft dir Gott.»

Das Brüderchen fragte:

«Darf ich mir helfen – oder euch, wie ich will – ist es immer Gott, der mir hilft?»

«Wenn du uns hilfst – bestimmt!» entschied der ältere Bruder. «Warum? Willst du schon wieder deine Malereien drangeben und uns das Haus erstehn damit?»

Der Junge hatte als Knirps einst auf dem Buffet eine Ausstellung seiner Zeichnungen und Farbkritzeleien veranstaltet und das Stück zu einem Rappen feilgeboten.

«Wie ich es machen will», sagte der Kleine und verschwand mit seinem Teller in die Küche.

Der Vater sah müd und traurig durchs Fenster in den Garten. Es war nun auch der Eisenzaun darum mit dem Mauersockel weggerissen worden. Es regnete dazu. Regen und zersprengte Mauern und verbogenes Eisen, dazu die gefällten Bäume im Garten, die an den unrichtigsten Orten, mitten auf den Stämmen, noch einmal Schosse zu treiben begannen – konnte es etwas Unheimeligeres und Befremdenderes geben?

Auch den Knaben schauderte durch die Verwüstung hindurch,

als er in die Nachmittagsschule wegging. Ihn schauderte auch vor Kälte. Die Mutter hatte ihm zwar die Wollpelerine umgeknöpft, trotz seinem bubenhaften Widerstreben, und ihm die Kapuze über den Kopf bis in die Stirn geklappt – aber so eisig blies der Nordwind über den Rhein her, dass der Junge an den maiennackten Knien und an der Bauchwand zitterte. Über den Rhein her trieb der Wind Quälme; der Knabe wusste nicht, waren es Nebel oder Dünste aus den chemischen Fabriken jenseits des Wassers; sie rochen scharf nach Säuren; wo der Wind sie aufs Wasser niederpeitschte, schauderte auch der Wasserspiegel in Tupfen und Flekken. Zwischen Strasse und Rhein liefen Eisenbahnschienen; ein hoher Gitterhag trennte sie von seinem Gehweg; in allen Gittermaschen hingen Regentropfen und zitterten im Wind; das Gitter zitterte und klirrte; zwischen den Schienen tschupte der Wind Schafgarben und Reseden und schlug ihnen die blühenden Köpfe an die Steine.

– Vor Gott also brauchte er keine Angst zu haben, sann der Knabe, wenn er über kurzem ausführte, was er im Sinn trug. Hilf dir selbst, so hilft dir Gott. Hilf nur erst dir oder den Deinen – Gott wird beide Augen zudrücken und alles hinterher billigen. Dies bedeutete der Spruch und nichts anderes. Er konnte demnach trotz allem, was er vorhatte, in den Himmel kommen – sehr bald sogar – morgen früh schon, wenn er –.

Er trottete im Regen hin; am Kapuzenrand vor seinen Augen reihten sich die kleinen Silbertropfen immer dichter.

– Vielleicht erfuhr er sogar eine blitzende Luftreise in den Himmel, um die seine Schulkameraden ihn beneiden würden, wenn sie sie ahnten. Ja vielleicht gab es im Himmel nicht einmal eine Schule und keine Rechenaufgaben – bestimmt keine – dagegen ein ewiges unaufkündbares Dach über seinem Bett – und auf Erden 5000 Franken für seine Eltern und ein Haus über Beerenhängen...

Er schritt und grübelte.

– Eigentlich war dies ein so guter Handel, dass er sich wunderte, warum nicht mehr arme Kinder ihn abschlossen. Am Ende stimmte etwas nicht in seiner Berechnung? Er hatte auch jetzt wieder, wie immer in den letzten Tagen, wenn er an seinen Entschluss dachte, ein so widerlich übles Gefühl über der Magengrube, als müsse er sich nächstens erbrechen... Er musste sein Leben drangeben, ja... aber er liebte das Leben ja nicht... er hatte es den Seinen mehrmals gesagt... es war so abscheulich schon in seinen Anfängen... er schlüpfte daraus wie aus etwas für immer Missratenem...

Auf der andern Strassenseite, den schmutzigen, verregneten Backsteinwänden einer eisgrauen «Chemischen» entlang, klatschten Treibriemen, nass und verdrossen und träg.

– Vielleicht war es im Himmel sehr langweilig wie dann und wann in der Sonntagsschule – andauernd langweilig möglicherweise – mit so vielen Engeln, die am Ende gar allesamt Mädchen waren, ihren Jugendfestkleidern nach – hoffentlich musste er nicht auch so ein Kleid tragen aus Flor und Schleiern – und wurde nicht gar selber ein Mädchen...

Er kickte eine leere Zigarettenschachtel mit furchtbarer Wucht an die Seitenwand eines Autos, das spritzend, mit Gischtbogen links und rechts, durch den Regen brauste.

– Aber darin bestand vielleicht eben sein Opfer: singen müssen im Himmel den ganzen Tag – nichts Scharfes, Salziges zu essen bekommen, das er so liebte, Senf zum Beispiel... wohl aber von Zeit zu Zeit vor dem lieben Gott auf dem Goldthron vortraben müssen und ihm in die Augen schauen... Dagegen durfte ihm gewiss niemand verwehren, sich auf seinen Vater zu freuen, bis der zu ihm herauf in den Himmel käme – Vater würde ja als erster erscheinen, das stand fest – ohne sein Rebenhaus würde er schon im Winter sterben, Mutter hatte es gesagt – und mit dem Rebenhaus... hoffentlich nicht zu spät, damit sein Bub nicht so lange auf ihn warten musste und immer am Himmelshag stehen und darüberharren... Vielleicht sogar gab es im Himmel für alle Eintretenden neue Herzen, gesunde... dann würden aber Vater und er einmal – nein, nicht einmal, jeden Tag in alle Ewigkeit hinaus ein paarmal in einem versteckten Himmelswinkel sich tollen, Kügelipürzlis machen, ringen, wettlaufen... mit gerafften Engelsröcken in Gottesnamen – alles wollten sie nachholen, was sie hier versäumt.

Er kam nun an die Stelle, die er sich für seinen baldigen Unfall und Tod mit scharfer Überlegung ausgesucht hatte. Die Gitterwand brach ab, schräg über die Schienen stiess ein Fahrzeug in seine Strasse, der Weg kam aus dem Rheinhafen, von den gewaltigen Kesseltürmen voll Öl und Benzin; riesige Lastautos mit Anhängern polterten und donnerten ohne Unterbruch mit ihren gefüllten tonnenschweren Tankkesseln über die Schienen einher; flinke Personenautos drängten sich von aussen in die Uferstrasse; mitten hindurch schnaubte die schwarze Rangierlokomotive mit endlosen klirrenden Wagenreihen und wehte ihren Russqualm über Schienen und Autogedräng.

Hier brauchte es nur eben einen zu frühen Schritt, einen Kapuzenrand zu tief über die Augen, und er lag zermalmt.

– Schmerzen?

Er spürte in der Magengegend plötzlich mehr als Übelkeit, er spürte einen Krampf, als kralle eine kräftige Hand hinein.

– Schmerzen – das hatte er sich schon hundertmal gesagt – die gab es nicht zu fürchten, das stand fest, das stand felsenfest. Er hatte selber schon, mit eigenen Ohren, Leute von ihren Auto- und Motorrad-Unfällen erzählen hören, und alle hatten sie im Augenblick der Katastrophe nichts empfunden. Sie waren mit den Köpfen in die Scheibe gebrochen, sie hatten sich das Lenkrad in den Leib gerannt, waren kopfüber auf die Randsteine geflogen und liegengeblieben – von alledem hatten sie nichts gespürt, blitzschnell hatte sie Ohnmacht umfangen – Schmerzen kamen immer erst beim Erwachen – und er erwachte ja auf der Erde nicht mehr – dafür würde sein Sprung sorgen zwischen die Ungetüme hinein, mit ein wenig herabgezogener Kapuze...

Er hätte auch in der Schule aus einem hochgelegenen Fenster stürzen können beim Sich-Jagen, oder beim Turnen von der Höhe der Kletterstangen – aber es war hier alles einfacher und sicherer.

Auf einmal zuckte zu seinem ekelhaften Gefühl in Magen und Därmen ein Schmerz durch ihn, den er seit Tagen immer wieder erlitt und den er mehr fürchtete als die andern – ein scharfer Schmerz, der ihm durchs Herz zuckte, durch die Kehle, durch die Schläfen...

Seine Lieben, die er verlassen musste... Mutter... Bruder... Schwester...

Morgen früh, vor Schulbeginn, starb er. Heute abend wollte er noch um sie sein, unter ihnen sitzen und sie heimlich liebhaben, heimlich von ihnen Abschied feiern.

Als er aber aus der Schule heimkam, wurde ihm das Feiern nicht leichtgemacht. Die Mutter zitierte ihn sogleich zu sich an den Tisch, woran sie nähte, und er musste unter ihren Augen die Aufgaben machen für morgen, in die doch kein Lehrer mehr einen Blick werfen würde. Es waren vier Häufelein Rechnungen zu lösen, das Häufelein zu vier Aufgaben, und er konnte plötzlich nicht mehr rechnen, vieles machte er dummfalsch, die Mutter schalt ihn einen kopflosen Burschen und liess ihn die ganze Arbeit noch einmal abschreiben; er tat es und schrieb alles fein säuberlich; es war alles abermals falsch; die Mutter rief:

«Was ist mit dir los? Du hast etwas auf dem Herzen und sagst es nicht. Hast du Arrest bekommen vom Lehrer wegen deiner Liederlichkeit?»

Gar der Gesangbuchvers für die Bibelstunde wurde beiden zur Qual.

«Kreuz und Elende/das nimmt ein Ende...»

Das war schön und liess sich einprägen. Aber dann die Worte:

«Freude die Fülle / und selige Stille / darf ich erwarten / im himmlischen Garten...» – dies vermochte er nur mit unsicherer Stimme der Mutter nachzusprechen.

Sie nahm ihn endlich mit der Hand unterm Kinn, sah ihm in die Augen – er schlug vor ihren Blicken die Lider herab – sie fasste sein Kinn fester, schüttelte es zornig:

«Aber ein paar Seiten Strafarbeit hast du erwischt. Jetzt lüg nicht. Oder ihr habt wieder wüste Sachen geredet auf dem Schulweg, ihr kleinen Sauniggel, und du wagst es mir nicht zu beichten wie sonst. Los jetzt mit dem Vers!»

Und während sie sein Kinn festhielt und mit den schönen, tiefklaren, dunklen Augen seine durchdrang, sah er sie gleichfalls aus Leibeskräften aus seinen braunen Augen fest und bestimmt an und sagte:

«Selige Stille / darf ich erwarten / im himmlischen Garten. / Dahin sind meine Gedanken gericht.» –

Später, nach dem Nachtessen und Geschirrabtrocknen, schmeichelte er Vater an den Familientisch zurück. Vater kam aus seiner Werkstatt mit einem Arbeitsbrett und einem Saxophon, dessen Klappen er frisch einsetzte. Er gab seinem Jüngsten ein Hämmerchen, der durfte ihm auf einer Ecke seines Bretts eine winzige Silberplatte für das Mundstück fein runden. Der Bub tat es mit inniger Lust. Manchmal atmete er nicht vor Eifer, so weit wölbte er die Zunge zwischen die Zähne vor, dann stiess er plötzlich alle Luft von sich und vermengte sie mit des Vaters Odem.

Mutter setzte sich herzu, las zuerst mit Eifer eine geschenkte Ladenzeitung und nahm dann wieder ihre Näharbeit vor... draussen knisterte und prasselte von Zeit zu Zeit der Regen an die Scheiben... eine Weile lauschten alle drei bang und sich duckend auf ein Schleifen und Zerren über ihren Häuptern – jemand im Haus räumte den Estrich aus, die Leute wollten in den nächsten Tagen ausziehen – alle im Haus bereiteten schon ihre Auszüge vor, nur sie nicht... Vater und Mutter drehten ihre Köpfe wieder in ihre Beschäftigung, beider Stirnen hingen voller Falten.

«Vielleicht wird doch alles gut», sprach ihr kleiner Mensch tröstend zu ihnen. «Ihr müsst nur nicht verzagen. Sicher sogar wird alles gut.»

Ein wenig später musste die Tochter Vaters Saxophon ausprobieren. Eben rumpelte ein Sack Holz oder eine volle Kiste über den Estrichboden, die Zimmerdecke zitterte, ein Stückchen Verputz flatterte weiss flimmernd auf sie nieder – bumm, donnerte es abermals – die Tochter, zum Trotz gegen das Untergangsgepolter, stellte sich drollig breitbeinig hin, knickte ein wenig in die Knie, warf den Leib schnell und scharf links und rechts und schüttelte den Kopf wild im Takt; sie stellte gar einen Fuss auf den Stuhl und spielte noch ausgelassener; ihr Brüderchen sprang ihr auf den Rücken vor Lust. Als sie wieder in ihr Zimmer entweichen wollte, hielt der Kleine sie um den Leib zurück, bat:

«Bleib doch noch, nur einmal!» und hielt sie umfangen.

Sie holte nur schnell die Flöte, um noch ein paar Läufe zu üben. Sie und ihr Brüderchen warfen sich eng aneinander geschmiegt in die Kanapee-Ecke; der Bruder Gärtner verzog sich mit seiner Gärtnerzeitung grollend in den andern Winkel...

«Oh, sprecht mir doch von eurem Haus im Rebberg», flehte der Bub.

Er und Vater hatten es ja noch nie gesehen.

Die Schwester fegte ein paar Läufe und Triller auf ihrer Flöte auf und nieder – setzte ab, sprach:

«Pass auf! Was du jetzt hörst, haben wir im Traubenhäuslein vernommen, wie wir in den Estrich gedrungen sind –» warf die Flöte an die Lippen – tripp tripp tripp: immer höher, immer schneller trippelte und huschte etwas davon.

«Weisst du, was das gewesen ist? Anderthalb Dutzend Siebenschläfer, davon ein Dutzend Junge, die aus ihren Nestern wegbeinelten.»

«Siebenschläfer? Was sind das: Siebenschläfer?»

Das war eine Art handgrosser Haselmäuse, mit so schönen, tiefschwarzen Glanzaugen, wie kein Tier auf der Welt sie mehr hatte, und einem so weichen Fell...

«Oh –» der Junge rief es sehnsüchtig langhin. «Jetzt werde ich im Leben keinen Siebenschläfer mehr sehen.»

«Wieso nicht?»

Der Vater sah ihn über die Brille her an und hiess ihn Brehms Tierleben holen – drin war ein Foto.

«Ach, wie weich, wie possierlich.»

Ach, der Junge hatte solche Sehnsucht nach dem Weinrebenhaus. «Und horch!» – nun piepste die Schwester und riss die höchsten Töne aus ihrer Flöte. «So tönte es zwischen den eingesunkenen Dachbalken. Errat!»

– Ja, das waren Fledermäuse, die kannte er.

Und der Bruder hatte gar Spuren von Dachsen zwischen den Rebstöcken entdeckt – na, denen hätte er heimgezündet, wenn sie ihm an die Beeren gegangen wären, Jagdgesetz hin oder her... Diese Himbeersorte übrigens hätte er angepflanzt, diese – in dem heissen Hang. – Er schlug seine Gärtnerzeitung um und zeigte ihnen darin die Abbildung einer Prachtsbeere. – Und dann diese Brombeersorte... sogar um die Felsbrocken und über die Felsplatten hätte er die gesponnen.

– Hatte es denn auch noch Felsbrocken und Felsplatten beim Haus? Ach... Des kleinen Buben Seele brannte vor Sehnsucht... Felsbrocken und Felsplatten...

– Es hingen sogar in den Kalkschroffen über dem Haus Mauertrümmer einer alten Burg – dicht verwachsen – ein Bubenparadies – die Schwester schilderte es.

«Nein nein nein», rief der Kleine und wälzte vor Schmerz und Heimweh den Kopf an der Kanapeewand und an der Schwester. –

«Es ist nicht wahr. Ihr lügt mich an.»

Der Vater reichte ihm traurig ein altes Jahrbuch der Stadt Basel. Daraus sollte er diese Seite hier vorlesen. Er las sie mit zahllosen Fehlern. Es hatte dort hinten, bei «ihrem» Haus, in der Klus, nicht nur die eine Ruine des Tschäpperli – unweit davon, über einer Schlucht, in den waldigen Nordhängen des Blauen, fand der suchende Wanderer im Umkreis von tausend Schritten gleich auch noch die Burgtrümmer von Kleinenfeck, Mönchsberg und Oberklus.

«Ich will nicht mehr weiterlesen», sagte der Kleine und drückte das Buch mit beiden Händen zu. Er wollte jedes nur noch einmal umarmen, zum Dank, dass sie so lang mit ihm zusammengesessen waren.

Es reichte eben noch bis ins Dunkel des Betts, dann brachen seine Tränen wie durch ein geöffnetes Wehr. Dies alte Haus über den Reben, dies Haus seiner Liebe, das er mit seinem Leben bezahlen musste, aber nie zu Gesicht bekam... ach... während sein Bruder, der ihn oft so grob behandelte, als grosssprecherischer Nutzniesser darin umherkommandieren würde... Zorn erfüllte ihn und Neid auf seinen Bruder und Verzweiflung über diese ihre Not... Dann erinnerte er sich, dass er ja für alle, für Vater und Mutter vor allem und Schwester sein bisschen blödes Leben drangab... Und im nächsten Atemzug entsann er sich, wie oft schon Engel auf Erden gesandt worden waren mit heiligen Aufträgen – wie, wenn er als Engel ihr Häuschen zu schützen hätte vor Blitzschlag und ihre Beeren vor Hagel? Und Tag und Nacht darumschweben durfte oder oben auf dem Dach sitzen und, wenn kein Gewitter drohte, mit den vielen, vielen Siebenschläfern unter den Ziegeln spielen... Die Siebenschläfer sahen ihn plötzlich von allen Seiten an mit den schönsten, schwärzesten Augen der Welt... und hiessen eigentlich warum Siebenschläfer? Weil sie siebenmal tiefer und seliger schliefen als alle anderen Tiere? Er atmete siebenmal tiefer als sonst... und darum hatten sie auch diese wundersam glänzenden Augen... da... alle... Und er schlummerte.

Andernmorgens verbarg er jedem seiner Lieben auf dem Frühstückstisch unter den Untertellerchen ein Abschiedsgeschenk: dem Bruder zwanzig Rappen aus der Sparbüchse, der Schwester ein Kämmchen, das er umsonst in einem Laden erhalten und worum sie ihn schon mehrmals angebettelt hatte, der Mutter einen kleinen Ring mit rotem Glasrubin aus einem Wundergüggli und dem Vater ein Kartonherz, woraus drei Blumen sprossten, selber ausgeschnitten, selber mit Seidenfaden umstickt und inwendig bemalt.

Er bekam während des Frühstücks plötzlich die heftigste Angst, jemand könnte das Tellerchen aufheben und stutzig werden – er bekam sogar ganz starre Augen vor Schreck – aber niemand rückte das Geschirr – und jetzt wurde ihm seltsamerweise eben deswegen schwach und matt. Allein er erhob sich schliesslich mit Haltung vom Tisch, liess sich von der Mutter gegen den Nebel draussen die Pelerine umwerfen, half ihr selber beim Überstülpen der Kapuze, küsste sie auf ihre weiche Wange, küsste den Vater, der hatte sich schlecht rasiert und unter dem Ohrläppchen ein ganzes Gärtlein Stoppeln stehenlassen, allesamt waren die schneeweiss – das Büblein fuhr zurück und sah dem Vater entsetzt ins Gesicht und sagte:

«Vater, du bist schneeweiss, mit einem schneeweissen Bart – unrasiert...»

Der Vater zuckte die Achsel, nickte und sah wieder in seine Kaffeetasse, worunter unbemerkt das kleine Kartonherz mit den drei umstickten Kartonblumen versteckt lag – «Hab nur Mut!» sagte der Knabe mit hoher Bestimmtheit, «es wird noch alles gut!» Dann küsste er auch die Schwester, die rief: «Oho, wie liebesbedürftig!» – er streckte gar seinem Bruder die Hand hin, der gurgelte durch seinen Löffel voller Brotbrocken: «Schon recht, geh nur!» und brauchte gleich beide Hände für sein Kaffeekacheli – aber das Brüderchen liess nicht locker, es wollte noch des Bruders Hand.

Dann trat es in den Nebel des kalten Morgens hinaus. Es regnete nicht mehr, aber alle Blätter des Gartens hingen noch schwer und dunkel voller Tropfen, Gartenerde war auf die Strasse geschwemmt und staute in der Rinne einen braundunklen See – am Haus hing ein Laden schräg und hatte die Mauer zerschlagen, mehrere Scheiben in den Dachfenstern waren bereits zerbrochen, kein Mensch kümmerte sich mehr drum.

Er hüpfte über den See, sein kleines Herz machte nach dem Hupf: Bumm! ganz schlapp und schwer, er musste auch ein wenig nach Luft schlucken – er wusste: er kam jetzt nie mehr in dies Haus zurück – er wusste es genau: er wurde in den Spitalwagen geschoben, auch wenn er schon nicht mehr atmete – und weggefahren... jedoch nicht heim...

Nun entschloss er sich, an gar nichts mehr zu denken bis zum Tod. Er pfeiferlete zwischen seinen grossen blanken Schneidezähnen hindurch – richtig pfeifen konnte er noch nicht – schritt schnell aus – der Nebel roch nach Fischleim, dicht und eklig – damit hatte es jetzt dann auch ein Ende, mit diesen Gestänken – alle wurden sie bald davon erlöst. Nun lief schon der Drahthag neben ihm her, erstaunlich schnell lief er neben ihm – rummpumm! hörte er die Ölautos bereits durch den Nebel über die Schienen hereinpoltern – puff-puff! qualmte eine ferne Lokomotive dazwischen; jetzt pfiff sie langhin gellend, und er unterschied am Pfiff deutlich, dass sie sich näherschob – er beeilte sich, er lief jetzt, es hatte keinen Wert, etwas hinauszuzögern – er spürte auch plötzlich in seinem Herzen eine namenlose, eine unerträgliche Angst – es gab nur eins: vor ihr davonzulaufen schnell schnell in den Tod hinein, sonst am Ende – es war auch wieder nach dem Haus draussen, nach seinen vier Lieben seine ganze Sehnsucht, ja eine Gier erwacht – er musste auch vor ihr davonrennen – sein Schulsack klapperte hinter ihm unter der Pelerine – das Federläppchen, das Mutter ihm noch schnell hineingeschoben, war es wohl noch warm von ihrer Hand... nur auch von eines Hauches Wärme... oh Mutter... oh...

In diesem Augenblick, durch das Gebrumm und Gedonner der Lastwagen, hörte er zusammenzuckend hinter sich im Nebel seinen Namen rufen. Eine dunkle Männerstimme rief ihn, sie war nicht nur gedämpft durch den Dunst, sie war erstickt durch etwas anderes, durch namenlose Angst, durch Verzweiflung, sie klang wie ein angespieltes Waldhorn, das seinen vollen Ton erst sucht – war sie erstickt von Blut – seines Vaters Stimme?

Der Knabe hatte ihn in den wenigen Jahren seines Lebens nie laut rufen gehört – der Vater hatte immer eine sanfte samtene Art zu sprechen gehabt, sein Herz hatte ihm kein Schreien erlaubt.

Jetzt schrie er, schrie hinter ihm.

Der Bub stand, hatte sich umgedreht – mit beiden steifen Zeigefingern rieb er in den Augenwinkeln, wie er beim Erwachen jeweils Salzkrüstchen und Schlaf aus den Augen rieb – voller Aufregung rieb er, als könnte er so besser durch den Nebel sehen.

Jetzt schrie noch jemand, hell, scharf, gellend – der Bruder – jetzt schrien beide Stimmen zusammen – wie tief, wie hoch – Und wie schnell sie näherkamen... Rannten Vater und Bruder? Rannte Vater mit seinem todkranken Herzen? Der Knabe spürte: in wenigen Sekunden mussten sie aus dem Nebeldunst brechen. Aber erwischen würden sie ihn nicht mehr.

Er hatte die Hafenausfahrt jetzt dicht an seinem Rücken. Er fing an rückwärts draufzuzuschreiten – so brauchte er den Ungeheuern von Tankwagen nicht in die stechenden Augen zu sehen, in die schneidenden Scheinwerfer, die heute morgen im Nebel alle brannten –

Nur schnell rückwärts musste er hineinbeinerlen –

Die Treibriemen klatschten unsichtbar an der nassen Fabrikwand. Über die Schienen tosten die Kesselwagen mit ihren furchtbaren Doppelrädern unmittelbar hinter ihm. Er spürte einen Druck hinter beiden Ohren. Die Anhänger mit ihren Riesenkesseln torkelten und krachten hintendrein. Ganz nah warnte grell die Lokomotive. Noch einmal hörte er Vaters Stimme. Seine Knie zitterten und wollten einsinken... Wenn er jetzt den Mut nicht aufbrachte, starb Vater im Winter schon... und all die Seinen... Schnell lief er rückwärts hinein in den furchtbaren Strom.

Ein entsetzlicher Stoss – er flog weit – noch spürte er es, hörte Bremsen kreischen – schlug mit dem Hinterhaupt an den Hagsockel – noch während er erlosch, sah er das Seltsamste: der Bruder schoss aus dem Nebel auf ihn zu, auf der Längsseite seines Fahrrads seinen Vater mit sich balancierend –

Hilferufe – Telefone – Anrufe ans Spital – an Ärzte – an mich –

Ich war zufällig die erste am Unglücksort. Der Vater lag in einem Blutsturz neben dem Kind. Der Kleine, mit seinem Totengesichtlein, stützte den zerschlagenen Nacken steil am Betonsockel des Drahthags aufwärts; sein aufgebürstetes, aufgesträubtes Haar machte sein kleines Kinderantlitz über die Massen ernst und entschlossen; in die Höhe der Stirn waren die wunderlichsten Kummerfalten so scharf eingeritzt, wie ich sie noch bei wenigen Kindern gesehen.

Der Vater lebte noch, ich sah es auf den ersten Blick, das Kind jedoch –

Aber als ich es vornüber in seine Pelerine legte, war mir, als fühlte ich am Hals die Ader noch einmal ganz zart erbeben, vielleicht in einem letzten Schauer, vielleicht in einer versteckten Sehnsucht nach dem Leben.

Ich balgte mich wortwörtlich mit dem Tod herum um das Kind... noch während ich auf der Strasse bei ihm auf den Knien lag – dann im Spital, wo es mit seinem Vater ins gleiche Zimmer gebettet wurde – drauf zu Hause, wo es mir all sein Leiden erzählte. Heute nachmittag habe ich ihm aus seinen Wunden, die ich an jenem Nebelmorgen selbst genäht, die Fäden entfernt.»

Die Erzählerin hob abermals aus der grossen Tasche, die sie mit sich führte, ihr Instrumentenetui, ohne es zu wissen, und erbebte dabei ein wenig vor Aufregung. Dann sprach sie glücklich:

«Der Bub ist auch schon an meiner Hand wieder gegangen und wird draussen im Rebenhaus ein starker Bursch werden. Denn gute Menschen –» sie errötete ein wenig – «mitfühlende Menschen haben sich gefunden, die der Familie das fehlende Geld vorgestreckt – sie wird an einem der nächsten Tage hinausziehen – der Vater freut sich so drauf, dass er mit dem Buben um die Wette gesundet. Und wenn jemand über die heutige Jugend seufzt – Übrigens: nun sehen Sie sich aber doch das schon an!»

Ihr Schifflein war im Erzählen längst über den Rhein gefahren, längst lag es am Fähresteg des andern Ufers still, doch kein Mensch hatte sich draus gerührt: nun wies die alte Kinderärztin mit kurzsichtig zusammengekniffenen Augen über den Strom – und dort drüben in der Sonne krabbelte eben eine runde, farbenhelle Schwimmerin aus dem Wasser – die vermisste Mutter! – denn das Kind, das gesagt hatte: «Sie isch versoffe», es hüpfte auf dem Treidelpfad wie irrsinnig in die Höhe vor Freude und auf und ab, als hüpfe es Seil aus allen Leibeskräften; und als die Mutter in seiner Reichweite war, sprang es ihr vor Lust die Böschung abwärts an den Hals, und vor seinem trunkenen Anprall und Ungestüm kollerten alle beide übereinander die Steinhalde hinunter und ins Wasser, und unterwegs und im Untergehn und Wiederauftauchen verküsste das Mädchen unaufhörlich seine Mutter, bis die es mit einem Klaps die Böschung hinaufbeförderte, damit sie nicht ein zweitesmal ins Wasser plumpsten und grad alle beide – ertranken.

VIERTE ÜBERFAHRT

Am Kleinbasler Rheinufer lag an einem hellen, heissen Frühsommertag die Fähre in der Sonne und wartete auf Fahrgäste – da begehrte eine übermütige Schar junger Mädchen in klitschnassen Badekleidern übergeführt zu werden. Die Mädchen waren über den Rhein geschwommen; aber zum Zurückschwimmen reichten ihre Kräfte nicht aus; sie hatten darum auch alle ihre Zwanzgerli bei sich; umsonst sollte sie der Fährmann nicht fahren. Da aber eben auch Leute in die Fähre stiegen, die wohlanständig bis zum Halszäpflein angezogen waren und bis zu den Zehenspitzen, so fragte der Schiffsherr erst vorsichtigerweise dies sittsame Publikum an, ob er die halbnackte nasse Gesellschaft mit einladen dürfe. Alles lachte fröhlich und sagte: «He aber ja!» Doch auf die Bänke liess der Fährmann das tropfende Pack nicht; vorn auf dem Schiffsbug sollten sie sich auf den Boden kauern. Sie taten es mit dem Übermut und dem Gezwitscher junger Wellensittiche; befahlen aber nun ihrerseits dem Fährimann, wegzuschauen, bis sie ihre Zwanzgerli aus den Badekleidern geholt: sie hatten sie in die Träger geknotet oder ins Trikot. Und eines der Mädchen fragte den Fährimann, da er die Münzen einsammelte, ob sie ihre erst schnell im Wasser abkühlen solle; sie sei noch ganz warm von ihr.

«Dich kühl' ich jetzt dann ab», rief der Fährimann, «und schmeiss' dich ins Wasser!»

«Kostet das nochmals zwanzig?» fragte das Nixlein unerschrokken. Da brach unter den Mädchen erst recht alle Heiterkeit aus; sie lachten und riefen um die Wette durcheinander. Und im Fährehäuslein drin, im Schatten, schüttelte eine ältere Frau wehmütig den Kopf und stellte die Behauptung auf: das Glücklichste auf der Welt seien doch die jungen Mädchen – die jungen Burschen nicht, beileibe nicht, die machten sich das Leben so schwer wie möglich – aber die da – sie möchte auch noch einmal so jung sein.

Kaum aber hatten dies die Mädchen gehört, so bestritten sie mit hellen Kehlen aufs schrillste ihr Glücklichsein; wenn jemand auf der Welt es schwer habe, dann sie; und zum Beweis zwitscherte ein reizender Lachmian, so blond wie rund, die graublauen Augen voller Sonnenfunken aus dem Himmel und dem Wellenspiegeln, die Geschichte von dem weinroten Pullover her.

Die Geschichte von dem weinroten Pullover

«Um meinen Bildungsstand nur immer noch mehr emporzutreiben», brach sie los, «der doch schon durch den Besuch der höhern Töchterschule bemerkenswert genug war, liess ich mich im vergangenen Vorfrühling in eine Studentenvorstellung einladen – von einem Mathematikstudenten, der die Musik für die Aufführung geschrieben hatte – und was für eine geistreiche. Ich hatte den Studenten eine Woche vorher kennengelernt; er war für mich – ich bringe es hier *coram publico* schon gar nicht über die Lippen, was mir der Göttliche bedeutete (und, ach, bedeutet!) – und um mich noch attraktiver zu gestalten als das erstemal, wo ich in einem blauen Röcklein mit ihm getanzt hatte, fiel ich meiner Freundin um den Hals, als sie mir ihren neuesten Pullover zeigte, und bat sie innig, ihn mir für heute abend, nur in diese einzige Theatervorstellung, zu leihen. Sie hatte ihn selber noch gar nie getragen; sie packte ihn eben vor meinen Augen aus dem Seidenpapier aus; er hatte fast ein halbes Hundert Franken gekostet. Aber sie hat das beste Herz der Welt; sie lieh ihn mir.

Der Pullover war toll, und ich darin – na. Er war weinrot und aus einem Seidensamt so weich und schimmernd, wie eben nur Seide und Samt um die Wette einen umschmiegen und umschillern können; ausserdem hatte er ein Kräglein, das im Nacken heruntergeklappt oder aufgestellt werden konnte; ich stellte es auf. Wenn ich nun in den Spiegel sah, so umfasste das Kräglein – man nennt es wunderschönerweise auch noch Stuartkräglein – meinen Nakken und die Locken meines Hinterhauptes so vornehm, dass mein Kopf in dem schimmernden weinroten Samt ruhte wie der Kopf einer – hmhm –», sie musste husten, die andern riefen: «Einer Königin von Schottland!» – die Erzählerin nickte in ihrem Hustenanfall und rief endlich: «Ihr sagt es, und mein Erfolg bei Erhard (so heisst nämlich mein Abgott) war denn auch dementsprechend. Denn jedes weibliche Wesen hier auf der Fähre wird mir zugeben, dass ein schönes Kleid zauberhaft uns über uns selber hinausheben kann und sogar aus unserm Kopf Geistesblitze hervorzulocken vermag, denen wir selber verblüfft und ungläubig beiwohnen. So war es an jenem Abend. Was Erhard mit seinen feurigen roten Lippen nach der Vorstellung mit mir sprach, muss ich als sein geistiges Eigentum verschweigen – item – kurz und gut – basta!

Ich gab den Pullover mit heissem Dank meiner Freundin zurück und entfaltete in den holden Frühlingstagen, die nun über uns aufgingen, vor den trunkenen Augen meines Freundes die ganze Pracht meines eigenen Kleiderreichtums, nämlich das dunkelblaue Konfirmationskleidlein, worin ich ihn kennengelernt, ein gelbes, das mich an einzelnen Leibesstellen mehr beengte als letztes Jahr, und ein buntgeblumtes. Was mich an meinem mathematischen Musiker während dieser Prachtentfaltung alsbald zutiefst erschreckte, war sein entsetzliches Gedächtnis für jedes meiner Kleidungsstücke. Es gibt harmlose Studenten, die jederzeit schwören würden, ich sei in einem nigelnagelneuen Kleid mit ihnen gebummelt, wenn ich zu meinem gelben Rock nur frisch ein rotes Korallenhalsband trüge, von einem neuen Seidentuch um den Hals nicht zu reden. Mein Mathematiker erinnerte sich nicht nur meines Rocks und Mantels, die ich bei dem und dem Zusammentreffen getragen, sondern der Handschuhe, ja der Stickerei auf dem Taschentüchlein; er war nicht einmal durch ein Dunkelfärben über meinen Schuhbesitz zu täuschen. Und da sollen wir keine Sorgen kennen, wir jungen Mädchen!

Denn wie, wenn er mich jetzt mit meiner Freundin traf – und die trug gerade ihren weinroten Pullover? Jeden Morgen schwebten sonst meine Freundin und ich fröhlich wie die Vögel über die sonnenglänzenden Brücken und durch die vielen hellen Strassen schulwärts. Aber von nun an stach mein dunkel umwölktes Auge dolchscharf in die Ferne, ob nicht irgendwo eine weisse Studentenmütze auftauchte mit roten Streifchen und eine goldgeränderte Brille. – Himmel, dort waren sie – meine Freundin, durch Seitengassen, über Treppen und Hinterhöfe, jagte davon –, mit verklärtem Antlitz lief ich meinem Freund entgegen, aber zitternden Herzens, zitternd bis unter die Zungenwurzel, auf den Lippen alle Süssigkeiten der Liebe und Angst.

Dies mein Leben – wochenlang – durch einen weinroten Pullover! Falschheit, Betrug, Ende aller Unbefangenheiten – mehr! Eines Tages, nachdem sich meine Freundin nur durch die Flucht in ein Kino hatte unsichtbar machen können (und dadurch auch noch um den Nachmittagsunterricht gekommen war), fragte ich sie geradeheraus:

«Und wenn er uns doch einmal zusammen erwischt: Darf ich ihm dann sagen, ich hätte dir den Pullover geliehen oder geschenkt?»

Meine Freundin, sonst das weitherzigste Wesen, sagte nein! Sagte nach meiner Meinung hart nein! Sagte es sogar mit einem erbosten, befremdeten Zug um den Mund, den ich zum erstenmal an ihr sah; sie fügte hinzu:

«Du weisst, ich habe jetzt auch einen Studenten kennengelernt – und da der Pullover schon mein ist, so möchte ich in seiner Verbindung nicht als die gelten...»

Punkt. Schluss. «Gelten», sagte sie und sonst kein Wort weiter – unhörbar aber schwirrte aus ihrer Seele und ihrer Nasenspitze das Wort: «Gebrandmarkt... ich möchte nicht als die gebrandmarkt werden, die entliehene Kleider trägt!» – Und der Schleier vor ihren Augen zerriss, heisst es irgendwo in einem meiner Lieblingsromane – zwischen meiner Freundin und mir war der Schleier so zerrissen.

Ich hatte bisher mehrere Male mit dem Gedanken gespielt, meinem Freunde den frommen Betrug – den schönen Betrug jenes Abends – offen einzugestehen. Seit dem nichtgesprochenen Wort «Gebrandmarkt» hätte ich mir eher die Zunge abgebissen.

Um meine Pechsträhne weiterzuflechten, luden eines Apriltages die Verbindung meines Freundes und die Verbindung des ihren – meiner Freundin – zu einem gemeinsamen sonntäglichen Blustbummel ein. Und das erste Wort meiner Freundin war, als wir davon sprachen, dass sie ihren weinroten Pullover für diesen Blustbummel wähle. Wir machten noch immer unsern Schulweg gemeinsam – äusserlich hatte sich nichts zwischen uns geändert – innerlich alles: es ging so weit, dass ich sogar, wenn ich gerade niedergestimmt war – und wir glücklichen Mädchen sind es ja leider von Zeit zu Zeit –, dass ich vor ihr geradezu Angst hatte, dass ich mir sagte: Sie hat mich in der Hand. (Dies, wie gesagt, nur von Zeit zu Zeit.)

Offen gestanden: Ich begriff ihre Kleiderwahl. Auch ich hätte den weinroten Pullover angezogen. Sie sah darin – ich leugne es nicht – frisch und blendend aus; es war ihr bestes Inventarstück; ich hätte sie schon deshalb nicht zu bitten gewagt, etwas anderes anzulegen. Nur dies eine wagte ich: Schier kniefällig vor Angst flehte ich sie an, mich an dem Bummel zu verleugnen, keinen Blick und kein Wort der Freundschaft mit mir zu wechseln, mich völlig als Fremde zu behandeln, um jeden Verdacht auszuschalten. Wir wandelten denn auch auf der Jubelfahrt umeinander kalt und hart wie Eiszapfen. Bei einer Rast, auf Holzbänken unter blühenden Apfelbäumen vor einem Baselbieter Bergwirtshaus, richtete ich immerhin einen schnellen Blick der Liebe und Dankbarkeit auf sie – mein Freund entdeckte den Blick, nicht aber das Ziel, ward misstrauisch und eifersüchtig – die erste Wolke flog über unsern blauen, blauen Frühlingshimmel.

Beim Abschiednehmen vor unserer Haustüre sagte er:

«Wenn ich dir unrecht getan habe, soll es mir leid tun. Aber irgendwo bist du ein tieferes Wasser, als deine lichte Oberfläche vermuten lässt. Nächsten Mittwochnachmittag bummeln wir und reden uns von Herzensgrund aus. Wein jetzt nicht! Du ziehst deinen schönen roten Pullover an dazu... wir schlendern fröhlich... alles wird wieder gut... die eine, die heute mit war und den gleichen weinroten Pullover trug wie du unlängst, sah so reizend aus drin – ich muss dich auch wieder mal so sehen!» Mein Freund hatte sogar mit dieser einen getanzt, mit meiner Freundin; ich hatte sie im Vorübertanzen deutlich miteinander schäkern hören... zweimal hatte er getanzt... und schon das erstemal hatten sie geschäkert.

Ich stürzte nach dem Abschied unsere Treppe hinauf, hundert Messer im Herzen: Verzweiflung über mein jammervolles Geschick, nicht als Millionärstochter geboren zu sein – Eifersucht auf die Schäkerin – die schwarze Angst, meinen Freund zu verlieren, so oder so, den ich nie heisser geliebt als jetzt – und fein schneidend (zu meiner Ehre sei es gesagt) Verachtung über meinen niedern, verworfenen Charakter, der der Freundin (und nötigenfalls dem Freund) jetzt weiss Gott was hätte antun können. – Ach, wir lesen Shakespeare in der Schule, auf englisch, und unsere Lehrer wollen uns glauben machen, nur dort tobten noch echte Verzweiflungen und Leidenschaften, während in den Mädchenseelen vor ihnen...

Oben warf ich mich auf meine Couch und brach in einen Tränenstrom aus, so jämmerlich und so endlos, dass meine Mutter mitweinte, meine Schwester mitweinte und endlich beide dem Vater eine Sonntagabendszene bereiteten, so erschütternd, dass dieser gegen ihr Ende sich erhob, im Schlafzimmer hinter der Türe seinen Sonntagskittel holte und aus der Brieftasche, selber dunkel angerührt von der Tragik meines Schicksals, eine Fünfzigernote herausklaubte zu einem weinroten Pullover.

Am Montag nach dem Mittagessen wanderten Mutter, Schwester und ich triumphierend – nein, wir wanderten nicht, wir flogen und flatterten wie drei Engel zusammen in den Laden, wo meine Freundin ihren Pullover herhatte. Der Pullover war ausverkauft. Kein Wunder! Er war auch nicht mehr nachzubestellen. Wir standen entgeistert vor dem Ladentisch. Es gab meerblaue, kirschrote, sandgelbe – nur weinrote gab es nicht mehr. Es regnete in der Strasse, und die Sonne schien darein – ich aber wusste nicht, waren es die Regentropfen oder meine Tränen, die mich gläsern blendeten.

Wir eilten noch in einen zweiten Laden. Umsonst. Die Art Pullover war dort unbekannt. Ich musste weg in die Schule. Vor dem zweiten Laden regnete es stärker, die Sonne schien stärker, es war mir jetzt einerlei, dass meine Tränen mit den Regentropfen um die Wette mir über die Wangen kollerten. – Meine liebe Mutter, im Zweiuhrgedräng, drückte mich an sich, küsste mich auf beide Ohren und flüsterte mir zu, sie gehe nicht aus der Stadt heim, ehe sie den Pullover gefunden. Ich rief aus der Abwartswohnung um drei zu Hause an, um vier, um fünf – ich kriegte keine Antwort. Als ich nach den sechsen heimgerast kam, kam auch die Mutter eben um die Gartenecke, völlig erschöpft – wir waren beide gleich atemlos. Den Pullover hatte sie nicht gefunden.

Wohl aber breitete sie, als sie das Nachtessen auf dem Feuer hatte, mit ungewissen Händen vor mir ein Stück Seidensamt aus, das sie in den letzten Minuten vor sechs noch gekauft: sie wollte mir den Pullover nähen, sie selber, die gute, gute Mutter – die Freundin würde mir ihren Pullover schon leihen zum Nachschneidern.

Ich rief ihr sofort an. Meine Freundin hatte den Pullover, frischgewaschen und getrocknet, heute früh ihrer jungverheirateten Schwester auf die Hochzeitsreise mitgegeben, aufs Motorrad, an die Côte d'Azur.

«Wann?»

«Heute früh.»

«Sag offen: Willst du nicht, dass ich den gleichen Pullover trage wie du?»

«Aber ich hab' dir davon doch schon letzte Woche berichtet!»

Sie hatte es. Ich erinnerte mich.

«Ich freue mich sogar drauf», sagte sie, «mit dir einmal ganz gleich gekleidet aufzutreten. Was hältst du von dunkelgrauen Faltenröcken dazu?»

Ich küsste den Hörer auf den Mund statt ihrer; ich gestand ihr in meiner Bewegung meine dunkelsten Verdächte gegen sie; wir lachten uns krumm. Sie wollte uns auf der Stelle, sobald wir sie brauchen konnten, mit Rat und Tat beistehen.

Meine Mutter arbeitete mittlerweile bereits an ihrem Werk. Zunächst erwies sich, dass ihr Stück Seidensamt eine Schwebung zu hell war. Es war nicht weinrot, mit Purpurschimmern, es war blutrot. Und dann zeigte es sich im Laufe des Dienstags, dass es zu klein war. Für das Kräglein reichte es nicht mehr. Doch – so und so reichte es schliesslich – was doch Geschicklichkeit vermochte! Mutter kämpfte bis Mittwoch mittag um meiner Seele Seligkeit. Um zwei nachmittags gab sie ihr Werk aus den Händen, nachdem es dreimal aufgebaut und dreimal unter meinen Verzweiflungsschreien und den Ratschlägen von Schwester und Freundin niedergerissen worden war.

Der Pullover war, wie er nicht anders sein konnte: ein armseliges, verhutzeltes, verschnäfeltes Zerrbild des echten – ach, lasst mich schweigen, lasst mich vor allem kein Wort sagen von dem Kräglein, von dem Stuartkräglein – lieber Sankt Niklaus, was stand da Struppiges, Verschrumpeltes, Zu-klein-Geratenes hinter mir empor. Ich hatte die Nacht vom Sonntag zum Montag kaum ein Auge zugetan, vor Erschöpfung und vor Freude über meine Fünfzigfrankennote, die bei jeder Bewegung unter meinem Kopfkissen knisterte und mich elektrisch durchzuckte. Montag nacht schnitten Mama und Schwester aus Papier Muster um Muster an mir nach, massen und werweissten, und wir gerieten uns ein paarmal nachgerade in die Haare dabei – als ich um zwei einschlief, träumte ich von schneiderischen Entsetzlichkeiten, worin ich herumspazieren

musste und die aus Papier waren und in Stücken von mir wehten, wenn der Wind blies und ich mit dem Freund dahinwandelte. Und Dienstag abend endlich war die Freundin da, wir probierten an und änderten bis nachts zwölf; brauten Kaffee, und was für Kaffee, um uns wachzuhalten; er hielt mich auch wirklich wach bis um fünf Uhr früh.

Und nun schlug es Mittwoch nachmittag halb drei, ich liess mir den neuentstandenen Pullover überstreifen wie ein Galgensünder den Strick, ich hing auch wie eine Gehängte darin, vorn herunter war der Samt nass und struppig von meinen Tränenstürzen; alles an mir – nicht nur der Pullover – kam mir verpfuscht vor; ich war eine Missgeburt, aus einer missgebürtigen Familie; mein Leben – seit meiner Geburt – war eine Kette scheusslicher Misslichkeiten. So, in dieser Stimmung, nur eine Sehnsucht im Herzen, die nach Stille im Grab, mit diesen Augen und diesem Gesicht, die drei Nächte nicht geschlafen hatten (allerdings den Pullover noch durch einen Regenmantel verhüllt – aber wie lang würde er sich verhüllen lassen?) –, so trat ich meinem Freund unter die Augen.

Er wartete auf mich im Kleinen Basel, am Rhein, oberhalb der Mittleren Brücke. Er besah mein armes, verstörtes, zerstörtes Gesicht betroffen und mit tiefstem Interesse (wahrscheinlich sogar mit jähen Gewissensbissen) – er wickelte mich aus dem Mantel – daraus schliesse ich, dass die Sonne schien – ich selber vermochte die Witterung nicht zu erkennen – ich liess das Auswickeln willenlos geschehen... es war ja ohnehin alles verloren, mein Ruf, meine Liebe, sogar sein Glaube an mich... ich wartete auf das erste Wort über meinen blutroten Pullover, um hinzusinken. Allein seine Augen hingen und hingen gebannt nur immerzu an meinem Gesicht, sie tranken sozusagen mein Gesicht ein. Wir schritten am Rhein aufwärts. Bei der Münsterfähre legte er mir den Arm um die Hüfte und sagte:

«Wie schön dein Gesicht ist – ich fasse es nicht –» und fügte zweimal meinen Vornamen hinzu. Dabei waren meine Augen grad eben noch Schlitze, zerquollen vom Weinen, mein Mund aufgeworfen vor Weh und auch verquollen vom Geheul, meine Backen gelblich wie Käs vom Wachen und Weinen. – «So viel entdeck' ich auf einmal in deinem Gesicht! O Susann! Wie viel, viel mehr ist in dir, als ich in meiner grössten Verwegenheit hoffte... so viel Erschüttertheit... so viel Schmerzbereitschaft... so viel dunkle, heisse Tiefe:... Und all dies bricht meinetwegen auf, meiner Tolpatschigkeit wegen... meiner tolpatschigen Eifersucht...»

Wir kamen unter der Wettsteinbrücke durch an den südlichsten der Rheinwege. Hier vermochte ich an der Stromböschung wenigstens wieder die ersten Königskerzen zu unterscheiden, die eben aufschossen, auch junge Bäume mit wunderschönen weichen Blättern, gross wie Gesichter... es musste himmlisch darunter zu schlafen sein... auch Eidechsen, wonnig mit den Bäuchen an die heissen grauen Steine der Böschung geschnuggerlet... vielleicht schien die Sonne doch irgendwo... ich versuchte mit meinen geblendeten, gebrochenen Blicken nach ihr zu spähen; ich musste die Augen schliessen.

«Wieviel tiefer musst du empfinden, als ich je erwartete», sprach er, «wieviel verletzlicher sein, als ich ahnte! Liebe, liebe Susann! Und ich tu dir so weh... so kleinlich weh... mit meinem Verdacht... Und hast so gelitten meinetwegen... seit Sonntag... all die Tage her?»

Ich blickte ihm in die Augen, ich nickte, meine Nasenspitze fing sofort wieder zu brennen an vor Tränendrang; ich wehrte mich verzweifelt.

«Wissen, dass du mir verzeihst... und dich so in mir behalten, wie du heut bist... Susann... für immer...»

Die Grasmücken trieben's im Gebüsch an der Rheinhalde und lockten zärtlich und innig; das weisse Blechdach der St.-Alban-Fähre blendete mich mit dem weissen Schlehenblust um die Wette. Wir traten in den schönen Park um das Landgut Solitude. Aus den alten Föhrenwipfeln fiel wie Balsam Schatten kühl und dunkel in meine zermarterten Augenhöhlen. Um das vornehme Landhaus von einst standen Kaffeetische. Wir setzten uns nicht an die heisse, weisse Wand, sondern in den lichtdurchsprenkelten Schatten der jungen Kastanienblätter. Beim Kaffee versuchte Erhard mich zu zeichnen... mein Erhard... «Diesen Zauber festhalten... um dich... in dir... dies...» Alsbald aber schlug er sein Büchlein wieder zu und sagte:

«Ich hab' dich in der Seele, Zug für Zug. Aufs Papier bring' ich dich nicht. Warum nicht?»

Und bestellte für jedes von uns eine zweite Schale Gold. Ich sah in den wispelnden Lichtflecken am Boden meinen Schatten mit dem jämmerlich aufstehenden Schwänzlein von einem Stuartkragen.

«Sag eine Weile gar nichts», bat er plötzlich, trommelte beschwörend mit seinen zarten Klavierspielerfingern auf meinem Handgelenk und meinem goldenen Armbändchen... «gar nichts»... und lauschte in die Wipfel... «vielleicht fang' ich alles in einer Melodie ein, dies unsagbar Süsse in dir... ich weiss: ich werde dich so wunderbar wie jetzt nie, nie, nie mehr erleben... es ist nicht möglich... sooft wir auch...»

Jetzt sang er leise... wie gern schwieg ich ausgebranntes Wesen dazu!

Aber auch die Melodie meines zerfallenen Gesichts fand er nicht. Er zahlte den Kaffee und die Süssigkeiten, sah mich durch und durch mit seinen braunen Augen, die in dem sonnigen Schatten bis in alle Tiefen leuchteten, schön und treu wie nie an und sprach geheimnisvoll:

«Ich hab's gefunden, wie ich dich festhalte. Was ist schon die Kunst?»

Und zog mich weg und seitab durch verschlungene, hochgeschnittene Parkwege, und auf einmal standen wir zwischen steilen Stechpalmenbüschen, zwischen Birken und Föhren in einem Inselchen Zauberland, das der Stadtgärtner zur besondern Beglückung stiller Seltenheitssucher angelegt zu haben schien: die Schritte wurden plötzlich lautlos, die Wege waren alle mit Torf bedeckt und ebenso das ganze kleine verborgene Gelände, das mit lauter Gewächsen von Heide und Moor angebaut war, mit einem Feld licht- und zartblühender Erika und Büschen von feinen, harten, grossblütigen Azaleen und schweren, harzduftenden Rhododendren.

Hier umschloss – hier verschlossen wir uns völlig vor der Welt, und nachdem wir innige Zwiesprache miteinander gehalten, ohne das geringste Splitterchen Zeit für ein Wort zu verlieren, wanderten wir heim, wundersam durchduftet und gestärkt von all den aufblühenden Pflänzlein und Bäumen rings, Heidekraut und Ginster und Birken.

Es gelang mir sogar, im Wehen der Baumkronen eine leichte Frühlingskühle zu entdecken und heimlich wieder in meinen Regenmantel zurückzuschlüpfen. Vor unserm Gartentor sprach er:

«Du hast mir so wenig gesagt über dich... und was ich dir angetan... und dennoch so wunderbar viel... Ein andermal fassen wir es vielleicht in Worte... Heute habe ich nichts als Liebe gespürt für dich und immerzu Liebe... Wieviel Herrlichkeit ist in dir... nur allein in deinem Mund!»

Wir rissen uns voneinander.

Er hatte einen Nachmittag lang nur mein Gesicht gesehen, nichts als mein Gesicht, trotzdem ihn das Stuartkräglein zeitweise fast in die Nase gestupft hatte. Er hatte nur mein Gesicht gesehen, nur meine Seele – keinen Pullover.

Diesmal setzte ich mich gleich auf den ersten Stiegentritt im Haus drin und weinte, weinte, weinte vor Seligkeit. Schliesslich hörte ich die Mutter oben jammern:

«Wenn es nur endlich käme, das Dinglein, das arme, dass ich es ihm sagen könnte. Wenn es nur nicht gar noch etwas Dummes... ich hab' heut nacht so viel von Wasser geträumt... wo der Rhein noch so eiskalt ist.»

Ich sog alle Tränen zusammen hoch in die Nase und stürzte zu Muttern. Sie schloss mich in die Arme, führte mich im Gang zum Spiegeltischchen vor eine aufgerissene Schachtel, woraus Seidenpapier quoll – das Geschäft hatte angeläutet, es hatte den weinroten Pullover noch einmal auftreiben können; ob es ihn senden dürfe? – Es durfte – Mutter kam für ihr Pfuschwerk aus der eigenen Tasche auf.

Das nächstemal flog ich meinem Freund abermals in einem roten Pullover entgegen, diesmal glitzernd von Glück und mit einem Gesicht süss wie Blütenhonig.

«Schau da her», rief er entzückt, «auch den Wunsch erfüllst du mir und trägst wieder mal deinen herrlichen Pullover!»

«Ich hab' ihn aber das letztemal schon getragen!»

«Wahrhaftig», sprach er, «jetzt erinnere ich mich – jetzt seh' ich dich sogar deutlich –»

Und hielt die Hand vor die Augen und schaute hinein.

«Schau nicht zu fest hinein», flehte ich, «sonst siehst du am Ende gar, was ich dir jetzt gestehen möchte.»

Und gestand es. Und eine Weile war er sprachlos und sogar ein wenig enttäuscht über meine Oberflächlichkeit; denn er hatte meinen Schmerz auf Tieferes als den Pullover zurückgeführt. Schliesslich aber fasste er sich, sah mich an und sprach:

«Aber hör: so schön du warst in deinem Seelenelend und so durchschimmert: nun bist du wiederum noch hundertmal schöner – und wenn das so weitergeht – juhu!»

«Juhu!» rief das Mädchen und schoss mit einem Kopfsprung ins Wasser; denn das Schifflein war schon ganz nahe am Ufer, und alle andern Schwimmerinnen sprangen hinterher und liessen sich wonnevoll rheinab in die Badanstalt treiben. Die Fähre aber, nachdem sie gelandet war, lag wieder eine ganze Weile still, niemand wollte aussteigen, das Garn vom Elend der jungen Mädchen spann sich weiter...